GRAND UNION

Zadie Smith

GRAND UNION

Traducción del inglés de
Eugenia Vázquez Nacarino

narrativa
salamandra

Papel certificado por el Forest Stewardship Council®

MIXTO
Papel procedente de
fuentes responsables
FSC® C117695

Penguin
Random House
Grupo Editorial

Título original: *Grand Union*
Primera edición: enero de 2022

© 2019, Zadie Smith
© 2022, Penguin Random House Grupo Editorial, S.A.U.
Travessera de Gràcia, 47-49. 08021 Barcelona
© 2022, Eugenia Vázquez Nacarino, por la traducción

Printed in Spain – Impreso en España

ISBN: 978-84-18107-90-0
Depósito legal: B-15.235-2021

Impreso en Romanyà-Valls
Capellades, Barcelona

SM07900

Para Maud

¿Cómo puede alguien dejar de ser?

FRANK O'HARA,
«Ayer en el canal»

Índice

La dialéctica

—A mí me gustaría estar a bien con todos los animales —le recalcó la mujer a su hija.

Estaban sentadas en el arenal de Sopot mirando hacia aquel mar gélido. El hijo mayor había ido al salón de los videojuegos. Los gemelos estaban en el agua.

—¡Pues no lo estás! —exclamó la hija—. ¡Ni mucho menos!

Era verdad. La mujer había dicho la verdad en lo que respectaba a su intención, pero la niña también había dicho la verdad con respecto a los hechos. Aun cuando la mujer solía evitar la ternera, el cerdo y el cordero, comía con gran fruición pescado y otros animales, en verano ponía papel atrapamoscas en la sofocante cocina del minúsculo piso donde vivían y una vez (aunque eso su hija no lo sabía) le había dado una patada al perro de la familia. Por aquel entonces estaba embarazada de su cuarto hijo, y muy temperamental. El perro le parecía una responsabilidad excesiva en aquellas circunstancias.

—No he dicho que lo esté. He dicho que me gustaría estarlo.

La hija soltó una carcajada cruel.

—Hablar cuesta poco —dijo.

En ese preciso instante, de hecho, la mujer sostenía entre los dedos un ala de pollo mordisqueada, extrañamente suspendida en el aire para que no se llenara de arena: la visible forma de los huesos y la imagen torturada de la fina piel crujiente que los cubría habían suscitado el tema.

—No me gusta este sitio —sentenció la hija.

Fulminó con la mirada al socorrista, que había tenido que adentrarse de nuevo en la bruma para pedirles a sus hermanos, los únicos bañistas, que no pasaran de la boya roja.

No estaban nadando, no sabían. En la ciudad no había lugares al aire libre donde recibir clases de natación y los siete días que pasaban cada año en Sopot no bastaban para que aprendieran. No, sólo saltaban sobre las olas, que a veces los derribaban, tambaleantes como terneros recién nacidos, con el pecho manchado de gris por el extraño cieno que bordeaba la playa, como un manchurrón que Dios hubiera dibujado alrededor de aquel lugar con un pulgar sucio.

—No tiene sentido —continuó la hija— construir un pueblo turístico delante de un mar tan inhóspito y mugriento.

La madre se mordió la lengua. De niña había ido a Sopot con su madre y antes de eso su madre también había ido con su madre. Durante por lo menos doscientos años la gente había ido allí para escapar de las ciudades y dejar que los niños corrieran a su antojo por las plazas. El cieno no era mugre, desde luego, era natural, aunque nadie le había explicado nunca de qué clase de sustancia natural se trataba exactamente. La mujer sólo tomaba la precaución de lavar los trajes de baño cada noche en el lavabo del hotel.

En otros tiempos, la hija de la mujer había disfrutado el mar de Sopot y todo lo demás. El algodón de azúcar y los relucientes coches eléctricos de juguete, réplicas de ferraris y mercedes, que podías conducir por la calle a tontas y a locas. Como todos los niños que iban a Sopot, gozaba contando sus pasos mientras caminaban sobre el mar a lo largo del famoso muelle de madera. A la mujer le parecía que lo mejor de un pueblo turístico como ése era que hacías lo mismo que todo el mundo sin pensarlo, moviéndote en manada. Para una familia sin padre, como la suya ahora, ese aspecto colectivo era el camuflaje perfecto. Allí no había personas individuales. En el barrio, por el contrario, la mujer era un individuo, y un individuo particularmente desgraciado que cargaba con cuatro niños sin padre. Aquí sólo era otra madre que compraba algodón dulce para la familia. Sus niños eran como todos esos niños con las caras ocultas tras enormes nubes rosas de azúcar hilado. Pero ese año el camuflaje no le servía de nada a su hija porque ya estaba a punto de convertirse en una mujer y si se montaba en uno de aquellos ridículos coches de juguete las rodillas le chocarían con el mentón. Así pues había decidido que la asqueaba todo lo relacionado con Sopot, su madre y el mundo.

—Es una aspiración —dijo su madre sin alzar la voz—. Me gustaría mirar a los ojos de un animal, de cualquier animal, y ser capaz de no sentir ninguna culpa.

—Bueno, entonces no tiene nada que ver con el animal —dijo la chica con un mohín al tiempo que desenrollaba por fin la toalla y exponía su hermoso cuerpo adolescente al sol y a los mirones que ahora imaginaba acechando en todas partes, detrás de cualquier esquina—. Tiene que ver contigo, como de costumbre. ¡Otra vez negro! Mamá, hay bañadores de distintos colores, ¿sabes? Todo lo transformas en un funeral.

El viento debía de haberse llevado el barquito de papel donde servían el pollo a la brasa. Daba la impresión de que, por mucho calor que hiciera, en Sopot siempre soplaba ese viento del noreste, las olas cabrilleaban, el socorrista ponía la señal y nunca parecía un momento seguro para nadar. Era complicado llevar la vida por donde tú querías. La mujer saludó a sus hijos cuando ambos gesticularon con las manos desde lejos, pero sólo querían que su madre les prestara atención, que viera cómo hacían muecas con la lengua y se metían las manos bajo las axilas y se caían riendo a carcajadas cada vez que los derribaba una ola grande. Su padre, que para cualquiera en Sopot bien podía estar a la vuelta de la esquina comprando más refrigerios para la familia, en realidad había emigrado, a América, y ahora ensamblaba puertas de coche en una fábrica gigantesca en lugar de llevar a medias un pequeño taller mecánico, como había hecho con mejor fortuna en otro tiempo, antes de marcharse.

Ella no lo criticaba ni maldecía su estupidez delante de sus hijos. En ese sentido, nadie la podía culpar por la acritud de su hija ni por la inmadurez y la temeridad de los niños. Sin embargo, en su fuero interno se consolaba deseando que sus días fuesen horribles y oscuros y que viviera sumido en esa particular pobreza que, según había oído, abunda en las grandes ciudades de Estados Unidos. Mientras su hija se untaba lo que parecía aceite de cocina en la tersa piel del vientre, la mujer dejó caer con disimulo el ala de pollo en la arena antes de taparla furtiva y apresuradamente echando más arena con los pies, como si quisiera enterrar un zurullo. Y los polluelos, cientos de miles, o quizá millones, pasan cada día de la semana por una cadena de montaje: los sexadores de pollos les dan la vuelta y echan a todos los machos en enormes tanques donde los trituran vivos.

Educación sentimental

En aquella época turbaba a los hombres, pero no entendía por qué y buscaba respuestas en fuentes poco fidedignas. Revistas para mujeres, las propias mujeres. Más tarde, ya en la madurez, llegó a otras conclusiones. Tendida en el césped del pabellón que hay sobre la cafetería del lago Serpentine, admirando a un niño, su hijo, que entraba y salía de la piscinita donde chapoteaban las criaturas. Su hija apareció de pronto a su lado.

—Lo miras como si estuvieras enamorada de él. Como si lo quisieras pintar.

Esa hija acababa de nadar en el estanque, venía cubierta de lentejas de agua. El crío llevaba un enorme pañal empapado que arrastraba por el suelo y se endurecía como la arcilla. Convenía tenerlo en cuenta. Christo había instalado en el río una mastaba de techo plano y veinte metros de altura construida con barriles de petróleo rojos y violetas apilados unos encima de otros. Los patines acuáticos iban y venían a su alrededor. Atrevidas mujeres en traje de neopreno la dejaban atrás a nado. Las gaviotas se posaban encima salpicándola de cacas. Eso también se debía tener en cuenta. Se abrió un claro entre las nubes y el sol de finales del verano envolvió la morada eterna de Christo y todo lo demás, incluso la cara verde y furiosa de su hija. Tanto las revistas para mujeres como las propias mujeres habían subrayado la carencia y el error. El problema es que te «faltaba» algo. Ahora, un cuarto de siglo después, vio que lo que había parecido un caso de carencia era de hecho una cuestión de exceso inoportuno. ¿Exceso de qué? ¿Puedes padecer un exceso de ti misma?

Pero era cierto: siempre había pensado en los hombres como musas. Siempre los trataba así.

Darryl fue el primero a quien le gustó. No era muy alto, pero ¡qué guapo! Tenía el típico culo africano que habría querido para ella; era compacto y musculoso de los pies a la cabeza. Una polla adorable, nada espectacular, pero idónea para cualquier situación. Sobre todo le gustaba cuando reposaba sobre su vientre apuntando hacia una línea de vello ensortijado que subía hasta esparcirse en dos llanuras suaves por su pecho simétrico. Sus pezones se mostraban receptivos al mundo, enloquecían como las antenas trémulas de un insecto. La única parte del cuerpo que se le activaba así a ella era el cerebro. Admiraba especialmente su pelo, suave y parejo, sin rapar. Ella en cambio se había afeitado completamente la cabeza tras abusar durante años de los productos químicos de peluquería. Empezaba de cero, intentaba que creciera más abundante con la esperanza de resucitar las raíces africanas, pero nadie en aquella pequeña ciudad universitaria había visto nada parecido y sin querer causó sensación. Darryl sabía de qué iba.

. . .

—¿Ya has conocido a Darryl?

—¡Pero deberías conocer a Darryl! ¡Por Dios, tienes que conocerlo!

La universidad como organismo empujaba para que se conociesen. Eran dos de las únicas cuatro caras negras en el campus.

—Darryl, Monica. Monica, Darryl. ¡Por fin!

Intentaron ofenderse, pero la verdad es que agradecían todas las facilidades porque eran tímidos. Se sentaron balanceando las piernas encima del agua y descubrieron que se habían criado en el mismo código postal, a diez minutos de distancia uno del otro, aunque nunca se cruzaron, y que les habían ofrecido unas notas de corte relativamente bajas (a ella varios notables, a él varios aprobados) para demostrar cuánto mérito tenían o qué poco se esperaba de ellos o qué progresista era la universidad. A saber... Ambos salvaron con creces ese listón tan bajo distinguiéndose en todo. Como experimentos sociales eran intachables.

Se dieron cuenta de que en la universidad, y sobre el papel, parecían casi idénticos, pero ambos lo comprendían mejor. Los nombres de las calles, los nombres de las escuelas, vivir haciendo frente a la ausencia de los padres. Ojeando el *Metro* entre la parada de Darryl y la suya (sin haberlo visto en veinticinco años) leyó una noticia brutal y pensó, sí, de mi escuela salieron dos estrellas y media del pop y un jugador de la selección inglesa de fútbol; de la de Darryl, este zumbado sonriente que acaba de decapitar a alguien en Irak. Por otra

21

parte, el primer chico a quien Monica besó en su vida mató a un hombre a puñaladas en una freiduría más o menos por la época en que ella se estaba colocando el birrete en la cabeza. Entre la parada de Darryl y la suya se preguntó vagamente qué habría sido de su vida si se hubiera casado con Darryl o con aquel asesino o si no se hubiera casado con nadie. Seguramente su marido también tenía su propio mapa de los borrosos caminos no transitados. Te vuelves convencional con los años. Las decisiones tomadas a lo largo del tiempo se presentan como las ramas que se bifurcan en los recios robles que bordean la ruta a Kensal Rise. Te salen canas, se te ensanchan las caderas. Aun así, los días más alegres veía los mismos pechos pequeños, erguidos, las mismas piernas largas y poderosas, el animal que tan bien conocía, espléndido y moreno, sano y fuerte casi todo el tiempo. ¿Hasta dónde esa imagen era real y hasta dónde engañosa? Intuía que ahí radicaba el tema con la edad. Y la diferencia entre ahora y tener veinte años era que no había certezas, ni siquiera de un momento a otro. Próxima parada Canonbury. Próxima parada la menopausia y no más vaqueros. ¿O sí? Gusanos ciegos excretando barro a través de sus cuerpos es una metáfora mejor para lo que ocurre que los caminos no tomados o las ramas malogradas. Pero ninguna metáfora lo plasma realmente. No hay nada que hacer.

Seis meses antes de conocer a Darryl, cuando aún estaba en Londres, pasó un verano interesante con un asistente de fotografía de dos metros, un chico blanco de Brixton que en otros tiempos había sido un *skater* afamado entre los grafiteros. Un tren de la línea de Bakerloo llevaba pintado uno de sus dragones morados. Ella descubrió que sentía una admiración irracional por la gente muy alta. Arrodillarse delante de él le parecía una forma de adoración. Estando un día en la bañera empezó a contar chistes y consiguió que se riera, pero siguió intentando hacerle gracia como una cómica, se empeñó en forzar la mano y cada vez recibía menos a cambio de sus esfuerzos: risas de compromiso, suspiros. Cambió de táctica. Tres párrafos sobre sus ojos azul hielo, su corte de pelo a lo Leni Riefenstahl y su pene incircunciso de veintidós centímetros. En aras de la experimentación sumergió la cabeza en el agua y lo buscó con la boca abierta. Él salió de la bañera, se marchó a su casa, estuvo varios días sin llamarla y luego escribió una carta muy noble protestando porque lo había comparado con una nazi. ¡Una carta! Llegó a la universidad con esa lección muy presente: no hables de ellos como si fueran objetos, no les gusta. Quieren ser sujetos en todas las circunstancias. No se te ocurra intentar ser tú el sujeto. Y no intentes hacer que se rían y no les digas que son una monada.

Todas esas reglas hubo que adaptarlas para Darryl. A él le encantaba reírse y se recreaba en la adoración física. No conocía la agresividad. Se tumbaba de espaldas y esperaba a que lo adorara. La facilidad con que lograba que se deslizase dentro de su cuerpo, por ejemplo, sin dolor, absorberlo, ofreciéndole un refugio pasajero hasta que llegaba la hora de liberarlo. Pero eran los años noventa: el lenguaje no estaba de su parte. No «liberabas» a los hombres, ellos iban «por libre». Eran el sujeto. Se había vuelto normal oírlos fanfarronear en el pub entusiasmados con la nueva licencia para hablar de sexo en

23

voz alta. «Se la metí hasta el fondo», «me la follé por el culo». Con Darryl, en cambio, Monica descubrió que eso no era más que palabrería, alardes de virilidad, y que de hecho eran ellas las que iban sobradas. Una tarde, después de pasar follando todas las horas de clase matutinas, tanteó la idea con él:

—En un matriarcado oirías a las mujeres jactándose con sus comadres: «Lo absorbí por el ano. Realmente logré que su pene desapareciera. Se lo robé y me lo escondí bien adentro hasta que ni siquiera existió.»

Darryl se limpiaba con un pañuelo de papel mirando ceñudo las manchas marrones. Hizo una pausa y se rió, pero después volvió a tumbarse en el futón azul manchado de semen y de nuevo frunció el ceño mientras valoraba la idea en serio (estaba estudiando Ciencias Políticas y Sociales).

—«Me lo tragué entero» —continuó Monica, subiendo el volumen sin proponérselo—. «Tomé su carne y la anulé completamente en mi propia carne.»

—Ya... No estoy seguro de que cuajara.

—¡Pues debería! Sería BONITO.

Darryl se dio la vuelta, se puso encima de ella, ni más alto ni más bajo, y le llenó la cara de besos.

—¿Sabes qué sería más bonito aún? —dijo—. Que no hubiera ni matriarcado ni patriarcado y la gente se limitase a decir: «El amor unió nuestros cuerpos y nos convertimos en un solo ser.»

—No seas guarro —dijo ella.

Hay un viejo cliché sobre la vida callejera: tú te vas y las calles te siguen. En el caso de Darryl, literalmente era así. Monica, que no sentía ningún vínculo especial con las calles salvo el de vivir en ellas, sólo se había llevado unas cuantas fotografías, una maceta y un falso taburete senufo que su madre compró en un aeropuerto de Kenia. De Kilburn Sur Darryl se había llevado a Leon, un delincuente de poca monta, irlandés de tercera generación. No lo llevaba dentro del corazón, o en cualquier otro sentido metafórico, sino en persona: vivía en el cuarto de Darryl en la residencia universitaria, dormía en un colchón de aire que Darryl desinflaba y escondía en una maleta cada mañana para que las señoras de la limpieza no lo encontraran. Era un montaje extraño, pero lo que más sorprendía a Monica era que a Darryl no se lo pareciese. Leon y él eran uña y carne, amigos íntimos desde los tres años. Habían ido al mismo parvulario, a la misma escuela primaria y luego al mismo instituto. Ahora irían juntos a la facultad al margen de que Leon hubiese suspendido los exámenes de secundaria con notas catastróficas y no estuviera matriculado en la universidad.

Monica enseguida se dio cuenta de que cualquier relación con Darryl pasaba también por Leon. Los dos amigos comían juntos, bebían juntos, paseaban juntos en batea e incluso estudiaban juntos en el sentido de que Darryl iba a la biblioteca y Leon se sentaba a su lado con los pies encima de la mesa y escuchaba *Paul's Boutique* en su reproductor de MiniDisc. El único momento que Monica tenía a Darryl para ella sola era cuando anulaba la carne de él en la suya, y a menudo apenas pasaban unos minutos antes de oír al otro lado de la puerta el vigoroso *beatbox* de Leon, su «contraseña secreta». Entonces Darryl y Monica tenían que vestirse y los tres se trasladaban adonde fuera: al bar de la facultad, al río para ponerse hasta arriba, al tejado de la capilla para ponerse aún más ciegos.

—Pero no es que yo no pague a mi manera, ¿eh? —dijo Leon replicando a Monica una noche en que ella estaba lo bastante colocada para insinuar que se estaba aprovechando del buen corazón de su amante—. ¡Joder, pongo algo de mi parte! ¿O no?

Nadie podía decir que no. Suministraba a todo el campus hierba, éxtasis y setas siempre que encontraba, además de lo que promocionaba como «la coca más barata a este lado de la M4».

Leon llevaba chándales Kappa en rotación. Los días especialmente fríos agregaba un plumón amarillo fosforito y una gorra Kangol de fieltro. Los días de calor se dejaba la parte de abajo del chándal y la conjuntaba con una camiseta de tirantes ceñida que revelaba una complexión firme, fibrosa y más blanca que un fantasma. Llevaba sus British Knights *vintage* en cualquier época del año: las compraba importadas de Japón antes de internet, cuando eso no era tan fácil. No se parecía a nadie y a la vez no destacaba: un tipo con una cara convencional que no espantaba a la vista, ni guapo ni feo. Pelo rubio corto, tieso a base de gomina, ojos azules, un brillante en la oreja izquierda. Encarnaba la viva imagen de «joven blanco» cuando se usa en un informe policial. Podría robarte el coche delante de tus narices y no conseguirías identificarlo en una rueda de reconocimiento. Y aun así, al final de aquel primer trimestre todo el mundo lo conocía y le tenía cariño. Hay gente que puede «hablar con cualquiera». En un contexto donde todo el mundo intentaba ser alguien (procurando impresionar, fabricando un personaje), su coherencia despertaba admiración. Hablaba igual con las chicas pijas, con los becarios del coro, con los estudiantes nórdicos de ciencias naturales, con los geniales matemáticos de clase obrera, con los dos príncipes africanos, con los celadores universitarios que habían servido en el Ejército Territorial, con los intelectuales judíos del norte de Londres, con los doctorandos marxistas sudamericanos, con la capellana y, cuando finalmente la mierda llegó al ventilador, con el mismísimo rector. Parte de su encanto era que ofrecía una visión de la vida universitaria sin el peso del estudio. Todas aquellas fantasías del folleto que les habían vendido a los estudiantes (las imágenes de los jóvenes navegando río abajo o manteniendo charlas filosóficas en la hierba silvestre) eran una vida que se había hecho realidad sólo para Leon. Desde el vitral panóptico de la biblioteca, Monica lo miraba de lejos: tumbado a sus anchas en los prados a orillas del Cam, echando humo en el morro de una vaca o en una batea con estudiantes de primero y una botella de cava. Ella, mientras tanto, escribía y reescribía su tesis sobre la poesía de jardines dieciochesca. Toda la vida de Monica era trabajo.

Por las noches volvía a ponerse manos a la obra con ahínco intentando determinar si el punto G era real o sólo una quimera ideológica forjada por el feminismo de los setenta. Con el dedo índice notaba, bien adentro, una especie de protuberancia del tamaño de un penique que apuntaba hacia la pared del estómago y el asunto era que si se ponía a horcajadas sobre Darryl rodeándolo enérgicamente con las piernas mientras él hacía lo mismo y se quedaban erguidos moviéndose rítmicamente mientras escuchaban a Foxy Brown, tal vez la cuestión se resolviera de una vez. Pero no se quitaba a Leon de la cabeza.

—En el interior de esos jardines, los jardines geométricos, solían tener a un ermitaño. En medio de una arboleda o en el centro de un laberinto. Era un hombre de carne y hueso, una especie de vagabundo que se limitaba a estar allí sentado a sus anchas mientras en el resto de la casa y los jardines todo era trabajo duro, esfuerzo y capital. Aquel hombre era un alivio, el desahogo. Y creo que Leon básicamente es como ese ermitaño.

—La verdad es que ahora mismo no quiero hablar de Leon.

—Y cuando esas pijas se lo tiran es como cuando la señora De Tal salía de la mansión para mostrarle su benevolencia al ermitaño.

—Creo que Leon es más bien el señor del Desgobierno. O el espectro de la facultad. ¡Está más pálido que un fantasma!

—¡Uf! De pronto tengo demasiado calor.

—Nena, ¿sabes que me gustan sudorosas? ¡Sudas como una mujerona!

—Una mujeronista. En serio, necesito salir, hace mucho calor.

—¿No estábamos buscando tu jardín secreto? Iba a escribirlo todo para Nancy Friday. Estás defraudando al equipo.

Una broma, pero todavía la recordaba.

Monica quería a toda costa que pillaran a Leon. Nunca llegó a decirlo en voz alta ni se lo reconoció a Darryl, pero era lo que sentía. A pesar de su juventud, en el fondo estaba del lado de la ley y el orden. Al principio puso sus esperanzas en las señoras de la limpieza, las gobernantas, pero descubrieron el subterfugio a las pocas semanas y nunca lo denunciaron. Monica entró en la cocina comunitaria una mañana y encontró a Leon sentado en la encimera tomando una taza de té con un par de ellas, chismorreando, compartiendo un cigarrillo durante el desayuno. Tan campantes. Monica no obtenía más que silencio y desdén de las gobernantas. Solían ser mujeres irlandesas de cierta edad que odiaban su trabajo y a los estudiantes vagos, arrogantes y por lo general guarros para quienes limpiaban. No entendían por qué aprobar unos puñeteros exámenes daba derecho a que alguien se pasara tres años sin dar ni golpe a costa del contribuyente. Monica, en cambio, suscribía fervorosamente la idea de la meritocracia, era el principio fundamental que cimentaba su vida. Una parte de sí misma siempre esperaba que los adultos cercanos a ella aplaudieran espontáneamente sus esfuerzos en todos los campos. Necesitaba imperiosamente el cariño de las gobernantas, que éstas expresaran una cierta lealtad de clase con ella porque su abuela había sido también una especie de sirvienta: vaciaba orinales en el St. Mary's Hospital. Monica procuraba por todos los medios no dar trabajo extra ni pedirles nada innecesario a aquellas mujeres agobiadas. A veces, sin embargo, era inevitable. Durante el trimestre de verano, cuando fue imposible seguir ignorando el olor dulce y putrefacto de su habitación, le preguntó algo tímida a su gobernanta si podía ayudarla a resolver el misterio del hedor. ¿Creía, como Darryl, que tal vez hubiera un ratón muerto tras los paneles de la pared?

—Perdona, ¿tengo pinta de ser el puto Colombo?

Con Leon era distinto. Las gobernantas sabían de sobra que era un perfecto inútil y por esa misma razón lo adoraban. A fin de cuentas no sacaba mejores notas que sus hijos, pero aun así ahí estaba, y sólo por seguir viviendo en la habitación del chico negro y salirse con la suya demostraba que aquellos pánfilos estirados que se creían los amos del mundo no tenían nada de especial. Le preparaban deliciosos pasteles caseros y lo aconsejaban en su vida amorosa.

—Verás, Marlene, el caso es que no para de presentarse en mi puerta. O sea, en la puerta de Darryl.

—Bueno, tengo entendido que es prima segunda de la princesa Diana, si te puedes creer algo así.

—Esas finolis son siempre las más calentorras.

—Desde luego son las que peor se portan. Te diré una cosa, Leon: todas pensamos que podrías aspirar a más y dejarte de líos.

—Marlene, ¿me estás tirando los tejos?

—¡Oh, anda ya!

—Podrías ser mi madre, Marlene, ¿lo sabes?

Estaban probando algo nuevo: él se corría en pequeñas espirales blancas sobre su pecho y luego lo limpiaba con la lengua. Más trabajo. Pero lo único que ella sacó fue que la idea le gustaba más que la sensación de la lefa fría sobre el pecho. Y seguía sin quitarse a Leon de la cabeza.

—¿Qué piensas hacer con él?

—¿Con él? ¿A qué te refieres?

—Tarde o temprano van a pillarlo y os echarán a los dos de aquí.

—Se permiten visitas de amigos.

—Lleva nueve meses «de visita».

—¿No te gusta Leon?

—No me gusta la idea de que un joven blanco arrastre al fango a un joven negro. Es completamente grotesco.

«Completamente grotesco» era una de las expresiones que había aprendido en la universidad.

—¿«Un joven negro»? «Hola, soy Darryl, encantado de conocerte. Hoy limpiaré con la lengua el semen de tus tetas.»

—Ya sabes a lo que me refiero.

—Monica, ni siquiera estaría aquí sin Leon.

—¡Santo Dios! Pero ¿de qué hablas?

Entonces él dijo algo que ella no entendió.

—Leon tiene fe en mí.

A menudo oía a padres que comparaban a sus hijos pequeños con nazis y dictadores fascistas, pero, según su experiencia, la analogía correcta era la Stasi o cualquier otra policía secreta. El mayor placer era delatarse unos a otros. A veces entraba en casa después del trabajo y un crío se lanzaba sobre ella con una pasión que rebasaba el cariño, ardiendo en deseos de contarle que el otro había hecho algo terrible. A continuación todo era un sinsentido; automáticamente ella decía «no me vengas con cuentos», si bien acto seguido pedía más información; luego, entre quejas histéricas, tenía que condenar a un tiempo el chivatazo y la mala conducta haciéndose pasar en todo momento por la juez todopoderosa que jamás había cometido un delito ni delatado a un delincuente. Aun así, ver la preciosa boca de su hija temblando con el placer casi erótico de la denuncia la retrotraía al recuerdo de sí misma deslizando, con una expresión muy similar en la cara, una nota anónima por debajo de la puerta del rector.

● ● ●

Leon desapareció dos días después. Nadie supo que había sido ella y nadie lo sospechó, mucho menos Darryl. Se aferró a ella como a un salvavidas sin barruntar nunca que había hundido el barco. Monica había imaginado que se quedaría triste por Leon, pero su imaginación se quedó muy corta. El efecto fue brutal. Darryl dejó de ir a clase, abandonó prácticamente cualquier actividad y se negaba a acompañarla a los encuentros sociales, incluso a ir al bar de abajo. Monica empezó a sentirse como aquel médico del Gobierno que separaba a Elliott de E. T. Darryl parecía marchitarse, su mundo se encogió: ahora se reducía sólo a ella. Follar, comer, fumar, repetir. El tufo a ratón, el tufo a hierba y el tufo a sexo. Llegaría un día en que desearía tener un frasco de ese aroma para aspirarlo profundamente y recobrar fuerzas: «¡Ah, 1995!» Pero mientras ocurría fue tremendo. Darryl sólo deseaba estar con ella, a todas horas. Era antinatural. Si le mencionaba una fiesta, él perdía los nervios.

—¿Por qué quieres juntarte con esa gente?

—Esa gente son nuestros amigos.

—Aquí no tenemos amigos. Esa gente viene de un mundo distinto.

—Es el mundo donde vivimos.

—Vivimos en el amor.

¡Pero era ridículo que estuvieran enamorados! ¡Tenían diecinueve años! ¿Qué iban a hacer, seguir viviendo en ese amor hasta acabar la universidad (y quizá incluso después) dos personas que se habían criado, por así decirlo, puerta con puerta? ¿Aguantar hasta el final como en una novela decimonónica prefreudiana? ¿Y perderse

32

así una miríada de experiencias sexuales y psicológicas por el camino? ¡Eso era literalmente una locura!

—No es literalmente una locura. Mis padres llevan juntos desde los quince. ¡Mi madre me tuvo con diecisiete!

—Darryl, tu madre es reponedora en el Iceland.

¡Ay, cómo pudo espetarle aquella barbaridad!

Durante los meses que siguieron a la ruptura, ella se dedicó laboriosamente a recopilar experiencias sexuales y psicológicas. Pasó una temporada tratando a una pija de Bombay llamada Bunny como si fuera una musa, pero aquello fue menos benigno: lo dominaba una gruesa veta de misoginia inconsciente, quizá un residuo cultural, que atravesaba específicamente a Monica. Se sorprendió una noche contemplando su propio cuerpo desnudo para ver mejor a Bunny, que en ese momento le estaba sacando el tampón tirando del cordel con los dientes mientras pensaba, sin que Bunny sospechara nada, «sí, sácamelo, sácamelo, perra». Asqueada consigo misma, Monica cortó la relación con la magnánima esperanza juvenil de que el sexo y la moral un día podrían armonizar a la perfección. No mucho después empezó a pasar mucho tiempo en el bar de la facultad. Allí concedía audiencia a sus víctimas (todas ellas voluntarias) y se embarcaba en enrevesadas discusiones beodas sobre teoría cultural que siempre «ganaba» discrepando inmediatamente de cualquiera que se alineara con ella, como el caballo de ajedrez que esquiva la columna de una torre.

. . .

Una noche, cinco meses después, vio a Leon. Fue la noche anterior al baile de gala, una fiesta de elegancia deplorable con carísimos pinchadiscos de *jungle* importados de Londres, la mayoría traídos por Leon y pagados gracias al mamón favorito de todas las gobernantas, el gran contribuyente británico. En cierto modo, Monica se alegró de ver a un viejo amigo: hasta ese instante había tenido un día largo y extraño. Esa misma mañana había amanecido en la cama de Bunny con una resaca bestial tras un patético episodio de sexo entre los últimos borrachos que cerraron el bar; luego, después de clase, llamó a la puerta de Darryl para ver si podían «encontrar una manera de ser amigos», aunque ella sabía, incluso mientras se lo estaba diciendo, que no había ido a verlo por eso. Estaba fumado: la resistencia era inútil. Se rió como siempre mientras ella jugueteaba con sus pezones, pero cuando acabaron se quedó frío como un témpano. Fue a su escritorio, se sentó totalmente desnudo y abrió un libro de texto. Al principio ella pensó que iba en broma, pero no. Le preguntó si podía quedarse un rato.

—Haz lo que quieras —contestó él.

Se vistió y se marchó sin que ninguno de los dos dijera adiós. Eso fue a las cinco. Desde entonces había estado en el bar bebiendo vodka con lima, copas subvencionadas por el contribuyente (de ahí que sólo costaran una libra con quince). Ya se había trincado seis. Tambaleándose un poco se acercó a mirar por la ventana geminada. Era Leon, seguro. De pie junto al andamio del escenario piramidal que en esos momentos levantaba un pequeño ejército de obreros justo en medio del patio. Monica vio que erguían un altavoz enorme como si fuera una estatua de Stalin. Ése debía de ser el carísimo equipo de sonido que el propio Leon había recomendado comprar al comité de fiestas en el mes de enero, cuando aún podía asistir a las reuniones del comité de fiestas. El hijo pródigo había regresado. A contemplar el monumento que había erigido. Y también a vender éxtasis.

Cuando entró y se sentó en el reservado junto a ella, estaba muy serio. Se sintió juzgada, la sensación que más la incomodaba en el mundo. ¿Lo sabía? ¿Se habría enterado de alguna manera? ¡Ay, Dios! ¿No sería por el comentario del Iceland?

—Colega, Darryl estaba enamorado de ti. Y lo dejaste tirado como si nada. ¿Sabes que le hiciste daño de verdad? ¡Lo hiciste polvo! ¡Y estamos hablando de mi hermano, joder!

Ella se quedó atónita. En todas las historias que se había contado sobre sí misma desde pequeña, nunca había aparecido, bajo ningún concepto, un relato donde tuviese el poder de hacerle daño a nadie. Fue una impresión tan alarmante e intolerable para su sensibilidad que en el acto le compró un poco de coca a Leon, se metió la coca, bebió mucho más de lo que podía manejar y flirteó como una lunática. Al poco rato estaban saliendo del bar agarrados de la mano. El aire era cálido.

—¿Qué vamos a hacer?

—Recuperar la noche. Siempre estás dando la paliza con lo mismo. El feminismo. Ahora lo haremos.

—El feminismo no significa eso.

—Sígueme.

—¿Qué pasa con Darryl?

La miró sorprendido arqueando las cejas. Tenía un *piercing* nuevo en una de ellas, una pequeña barra negra colocada en diagonal, como las líneas que Monica dibujaba en los márgenes de las novelas, junto a la palabra SUBTEXTO.

—Ninguna chica nos ha separado nunca, no te preocupes.

Le dio la mano y echó a andar por el césped. Normalmente no se permitía, ni a los estudiantes ni a los no estudiantes, pero esa noche pasaron desapercibidos entre los cascos y los chalecos naranjas de seguridad. Gatearon a través de un agujero en la enorme lona que había a un lado del escenario. Se hundieron en el barro. Ella se dio cuenta de que lo deseaba con auténtico frenesí.

—Calma, calma. Monica, no intentarás meterme algo por detrás, ¿verdad? Porque a mí no me va ese rollo.

—¡¿Qué?!

Y entonces se acordó. Aunque era injusto: una vez hubo una conversación «hipotética» sobre arneses con pollas en el contexto de una conversación «teórica» sobre Hélène Cixous. Pero ella no quería penetrar a ningún hombre, ella quería absorberlos. Se sintió herida y le dio rabia que la malinterpretaran así. Además, el comentario demostraba algo que había sospechado desde hacía tiempo: Darryl le contaba a Leon absolutamente todo.

—No, no voy a meterte nada, maldita sea. Ven aquí.

Desde arriba llegaba el ruido de los obreros trabajando, martilleando y clavando, creando plusvalía para unos plutócratas podridos de dinero mientras que allí, en el suelo, dos anarquistas desnudos de cintura para abajo intentaban follar en medio del patio protegidos de las miradas por su mausoleo de lona. Monica notó que un frío hilo de coca le resbalaba desde la cavidad nasal hasta la garganta e intuyó que todo aquello funcionaría mejor como una anécdota que como hecho real. Nada parecía encajar, cada caricia llegaba en el lugar o en el momento equivocado: deseó a Darryl. Deseó a toda la gente del mundo y también a la única persona que podría rescatarla de todo ese deseo. Intentó analizarlo. ¿Cuál era el problema? No era su cara o su cuerpo o su género o su clase social o su raza. Era el flujo de la energía. Increíble. Acababa de cumplir veinte años y aun así ya había dado con la respuesta que todo el mundo buscaba desde los inicios de la teoría cultural: sí, le había tocado a Monica desvelarla. A veces la energía simplemente... no fluye. Hay gente con quien quieres envilecerte y gente a la que quieres envilecer: hay gente con quien quieres encontrarte de tú a tú en un mismo terreno (que se llama *amor* debido al capitalismo y por conveniencia) y gente con quien en realidad no sabes qué hacer. Resultó que Leon estaba en esa última categoría. No podía trabajárselo. Era plusvalía. Representaba riqueza para alguien, pero no para ella.

Leon dejó lo que estaba intentando hacer, se apartó de ella, señaló el logo de Kappa en la manga de la sudadera y suspiró.

—Ying. Yang. Hombre. Mujer.

—¿Cómo?

—Mi nana dice que es como en el baile. Uno de los dos tiene que dejarse llevar.

Monica se fue a rastras hasta su cuarto. Soñó que estaba en una mansión campestre, en un magnífico jardín dieciochesco. Había setos esculpidos y arriates y laberintos y fuentes y estatuas. Quizá había un ermitaño, pero no lo vio. En el centro del jardín había una piscina inmensa. Estaba llena de hombres jóvenes, guapos, de muchas razas, colores de ojos y texturas de pelo, pero todos perfectamente formados. Retozaban en el agua subiendo y cayendo como delfines mientras en las cuatro esquinas, desde cuatro trampolines, varios de ellos saltaban al agua ejecutando volteretas espectaculares. Y admirando estas acrobacias notó que en sus formas perfectas había una aberración: todos tenían la entrepierna cubierta por una envoltura de piel traslúcida, reluciente, que contenía y tapaba lo que hubiera dentro de aquellas vainas tan certeramente como las mallas blancas de Baryshnikov. En el sueño se llevaba la mano a un bolsillo que al parecer tenía y palpaba un puñal, y en el acto sabía que ése era su instrumento: había que cortar aquellas vainas.

Habría estado a la altura de la propia Nancy Friday. ¿Por qué se despertó asustada? No porque fuese un sueño perverso, exactamente, sino porque supo que nunca lo olvidaría y, por extensión, tampoco olvidaría las experiencias que lo habían precedido. Y quería olvidar. En la meritocracia de Monica era importante no guardar recuerdos: sólo te ataban a un pasado que ya te disponías a abandonar. Nunca intentaba recordar nada de manera consciente. En los sueños era distinto. Un sueño era una casa que tu cerebro construía sin tu permiso precisamente para conservar recuerdos, experiencias e impulsos perversos o ingobernables para toda la eternidad, incluso los impulsos ya muertos que sólo te causaban dolor, los impulsos de los que más deseabas librarte. Cuando se convirtió en una mujer hecha y derecha, de cuando en cuando se preguntaba si su hija alguna vez tendría sueños similares o si las contorsiones psicológicas y las fantasías habrían dejado de existir sin más, habrían pasado de moda como los reproductores de Mini-Disc o habrían evolucionado hacia algo distinto, como el apéndice. La clase de sueños que, en aquella época, de haberlos compartido con cualquiera en la facultad (incluso con alguien a quien conocías bien y que decía quererte), sólo habrían provocado una sonrisa irónica y un comentario del estilo «¡llamando al doctor Freud!». Nunca se lo contó a nadie.

¿Era posible? ¿Se había acostado con tres personas en doce horas? ¡A qué excesos sometemos nuestro cuerpo de jóvenes! Y, dado que no se puede recordar hacia delante, Monica tendría que esperar muchísimo para percibir un débil eco de esa intensidad en el futuro: amamantar a una criatura y al cabo de unas horas tumbarse al lado de otra hasta que se durmiera; despertar luego en una tercera habitación durante el transcurso de la misma noche y apretarse contra el ser amado hasta que su carne se anulara en la de ella y viceversa.

El Río Vago

Estamos sumergidos, todos. Tú, yo, los niños, nuestros amigos, sus niños, todos los demás. A veces salimos del agua: para almorzar, para leer o broncearnos, nunca durante mucho rato. Después todos volvemos a adentrarnos en la metáfora. El Río Vago es circular, es líquido, tiene una corriente artificial. Incluso si no te mueves llegarás a algún sitio y luego volverás al punto de partida; y si hablamos de la profundidad de la metáfora, bueno, entonces tiene casi un metro de hondo, salvo un breve tramo donde alcanza los dos metros. Ahí los niños gritan agarrándose a las paredes o al adulto más cercano hasta que vuelven a hacer pie. Damos vueltas y vueltas. Toda la vida está aquí fluyendo. ¡Fluyendo!

Las reacciones varían. La mayoría avanzamos en la dirección de la corriente nadando un poco o caminando o moviendo los pies en el agua. Unos cuantos emplean algún tipo de flotador (aros de goma, tubos, planchas) y se colocan esos dispositivos de manera estratégica debajo de los brazos o del cuello o del trasero creando empuje hacia la superficie y haciendo así aún más fácil lo que apenas requiere esfuerzo. ¡La vida es lucha! Pero estamos de vacaciones, tanto de la vida como de la lucha. Nos «dejamos llevar». Y habiendo entrado en el Río Vago debemos tener un dispositivo para flotar, aunque, si nos paramos a pensarlo, sepamos que la corriente artificial ya nos mantiene boyantes. A pesar de eso, lo queremos. Flotadores de propaganda, flotadores enormes, flotadores de formas cómicas. Son una novedad, un lujo: entretienen. Llevaremos a cabo muchas revoluciones antes de que pierdan su encanto y para unos pocos afortunados nunca lo perderán. Para el resto de nosotros llega un momento en que acabamos viendo que el socorrista tenía razón: esos artilugios son demasiado grandes; son complicados de manejar, cansan. El hecho es que a todos nos arrastrará el Río Vago, a la misma velocidad, bajo el mismo sol implacable de España, sin tregua, hasta el final.

Hay quienes llevan ese principio del fluido universal a sus últimas consecuencias. Hacen el muerto (boca abajo, las extremidades inertes, sin el más mínimo esfuerzo) y de este modo descubren que incluso un cadáver da vueltas. Unos pocos (menos tatuados, a menudo con estudios universitarios) se empeñan en ir en la otra dirección, decididos a dar brazadas contra la corriente, sin avanzar nunca, manteniéndose en su lugar, aunque sea por un momento, mientras los demás pasan de largo flotando. Es una pose: no puede durar mucho rato. Oí a un hombre con un corte de pelo moderno decir que podía remontar el río punta a punta. Oí a su sofisticada mujer desafiarlo a que lo demostrara. Sin hijos, tenían tiempo para esos juegos. Pero en cuanto se dio la vuelta e intentó nadar, el agua lo arrastró en un abrir y cerrar de ojos.

El Río Vago es una metáfora y al mismo tiempo un curso de agua artificial dentro de un hotel con todo incluido. Está en Almería, en un rincón meridional de España. Sólo salimos de allí para comprar flotadores. El plan es derrotar al hotel en su propio juego. Se hace así: bebes tanto alcohol que el alojamiento, en efecto, sale gratis. (Sólo los más vulgares entre nosotros expresamos este plan en voz alta, pero todos estamos en el ajo.) Porque en este hotel somos todos británicos, vamos en masa, no nos da vergüenza. Disfrutamos de la compañía mutua. No hay ningún francés o alemán aquí para vernos en el bufé rechazando la paella y el pez espada en favor de las salchichas con patatas fritas, no hay nadie para juzgarnos cuando nos tendemos en las tumbonas apartándonos del concepto de literatura para acercarnos a la realidad del sudoku. Uno de nuestra tribu, un señor mayor, tiene un retrato de Amy Winehouse en cada espinilla y no lo juzgamos, ni mucho menos, ¿cómo osaríamos hacerlo? No nos quedan muchos santos del calibre de Amy; la veneramos. Fue una de las pocas personas que expresaron nuestro dolor sin ridiculizarlo o menospreciarlo. Por eso es lógico que de noche, durante el breve rato en que salimos del Río Vago, a la hora del karaoke, ya borrachos, coreemos a voz en grito sus famosas baladas contentos de que más tarde, mucho más tarde, cuando todo esto acabe, esos versos que amamos se cantarán en nuestros funerales.

Pero el karaoke fue anoche; esta noche hay magia. El mago saca conejos de sitios, sitios inesperados. Nos vamos a dormir y soñamos con conejos, nos despertamos, volvemos a entrar en el Río Vago. ¿Habéis oído hablar del ciclo de la vida? Esto es así. Damos vueltas y más vueltas. No, no hemos visitado las ruinas moriscas. Tampoco iremos a recorrer esas montañas desnudas, áridas. Ni un alma entre nosotros ha leído esa novela reciente ambientada aquí, en Almería, y nadie tiene intención de leerla. Nadie nos juzgará. El Río Vago es una zona libre de juicios. Eso no significa, sin embargo, que seamos ciegos. Porque nosotros también vimos los túneles de polietileno (desde el autocar, viniendo del aeropuerto) y vimos a los africanos que trabajan allí, solos o en parejas, yendo en bicicleta bajo un sol inclemente, pedaleando entre los invernaderos. Apoyé la cabeza en el vidrio tembloroso de la ventanilla para observarlos y, como en la fábula de la zarza ardiente, en lugar de africanos vi un espejismo. La visión fue una cestita de tomates cherry envueltos en plástico flotando justo al otro lado de mi ventanilla, en el semidesierto, entre las ruinas moriscas. Tan familiar que me pareció real como mi propia mano. Y en la cestita vi un código de barras y justo encima de aquel código se leía PRODUC-TO DE ESPAÑA – ALMERÍA. La visión se desvaneció. No servía de nada en ese momento, durante nuestras vacaciones, ni a mí ni a nadie. Porque quiénes somos nosotros para... y quién eres tú para... y quiénes son ellos para pedirnos explicaciones... y quien sea que tire la primera...

No deja de ser cierto que nosotros, siendo británicos, no podíamos señalar el Río Vago en un mapa de España, aunque también es verdad que no nos hace ninguna falta porque sólo salimos del agua para comprar flotadores como ya he mencionado más arriba. Verdad, también, que la mayoría votamos a favor del Brexit y no sabemos si vamos a necesitar un lío de visados para meternos en el Río Vago el verano que viene. De eso ya nos preocuparemos el verano que viene. Entre nosotros hay unas pocas almas de Londres con estudios universitarios y querencia a eso de las metáforas, seguir en Europa y nadar a contracorriente. Cuando no están en el Río Vago, los miembros de esa eminente minoría advierten a sus hijos que no coman las inagotables patatas fritas y usan la crema solar con el índice de protección más alto. Hasta en el agua les gusta mantener ciertas distinciones. No bailan la *Macarena*. No van a la clase de zumba. Algunos dicen que son unos cenizos, otros que temen humillarse, pero, para ser justos, es difícil bailar en el agua. En cualquier caso, después de comer (lo más sano) o de comprarse un flotador (nunca de propaganda) volverán a adentrarse en la metáfora con los demás, regresarán a este uróboro acuoso que, a diferencia del río de Heráclito, siempre es el mismo sin importar dónde metas el pie.

Ayer el Río Vago era verde. Nadie sabe por qué. Abundan las teorías y en todas interviene la orina. O el color procede de la orina o es el color del producto que ponen para disfrazar la orina o es la reacción de la orina al cloro u otro agente químico desconocido. A mí no me cabe duda de que la orina está involucrada, yo misma he hecho pis dentro. Pero no es la orina lo que nos inquieta, no: la lastimosa consecuencia de ese verdor es que de un modo bien desagradable te centra el pensamiento en la fundamental artificialidad del Río Vago. De repente, algo que parecía de lo más natural (flotar despacio en un círculo interminable, escuchando la canción del verano, cuyo título es ni más ni menos que *Despacito*) no sólo resulta antinatural, sino de lo más raro. No tanto unas vacaciones para descansar de la vida como una especie de terrible metáfora de la vida misma. Esa sensación no se limita a los pocos fanáticos de la metáfora que hay allí presentes. Todos la compartimos. Si tuviera que compararla con algo, sería la vergüenza que sintieron Adán y Eva al mirarse y darse cuenta por primera vez de que, a ojos de los demás, estaban desnudos.

¿Cuál es la solución para la vida? ¿Cómo puede ser «bien vivida»? Enfrente de nuestras tumbonas hay dos chicas de pechos exuberantes, hermanas. Llegan muy temprano cada mañana y, en lugar de las tumbonas de plástico corriente que usamos los demás, consiguen agenciarse una de las codiciadas camas blancas con dosel que miran hacia el mar. Esas hermanas tienen dieciocho y diecinueve años. Su cama al aire libre cuenta con cortinas de gasa blanca en los cuatro costados para tamizar el sol, pero las hermanas descorren las cortinas creando así un escenario y se tumban en busca del bronceado perfecto levantándose a menudo la tira del bikini para comprobar el progreso, la fina línea que separa el vientre moreno de la entrepierna pálida. Contemplan impasibles sus montes de Venus desnudos antes de tumbarse de nuevo en el diván. Si las menciono es porque en el contexto del Río Vago son inusitadamente activas. Pasan más tiempo que nadie en tierra firme, sobre todo haciéndose fotos una a otra con sus teléfonos. Para las hermanas, ese asunto de las fotografías es una especie de trabajo que llena cada día hasta el límite, igual que el Río Vago llena el nuestro. Es una crónica de la vida que ocupa tanto como la propia vida. «Nos bañamos y no nos bañamos en los mismos ríos y tanto somos como no somos.» Eso dijo Heráclito y eso dicen las hermanas, moviéndose dentro y fuera de plano, captando la fluidez de las cosas, encuadrándose por un instante: así son y no son. A mí personalmente me conmueve su afán. Nadie les paga por su labor, pero eso no las disuade. Cual asistentes profesionales en una auténtica sesión de fotografía, primero preparan la zona limpiándola, adecentándola, comentando el ángulo de la luz y, si hace falta, incluso desplazan la cama para eliminar de la foto cualquier fealdad: basura tirada, hojas marchitas, gente marchita. Preparar la escena requiere su tiempo. Como sus teléfonos tienen tanta profundidad de campo, hay que quitar incluso el envoltorio de un caramelo situado a varios metros de distancia. Entonces colocan el atrezo: pétalos de flores rosados, cócteles extravagantes con sombrillas fotogénicas asomando de las copas, helados (que se fotografían, pero no se comen) y en una ocasión un libro, que sólo sirvió como adorno para la foto y, aunque quizá fui la única que se fijó en ese detalle, puesto del revés. Durante los preparativos, ambas llevan unas desgarradoras gafas de sol negras. Cuando una de las chicas está lista para posar, le entrega las gafas a su hermana. Sería fácil decir que logran convertir la juventud en un trabajo duro, pero ¿no lo ha sido siempre aunque las dificultades vinieran por medios distintos? Al menos ellas están construyendo un proyecto a partir de sus vidas, un proyecto medible que puede gustar y comentarse. ¿Qué hacemos nosotros? ¿Flotar?

A tres minutos a pie desde la puerta trasera del hotel hay un paseo frente al mar donde se ofrecen diversiones apacibles al caer la tarde en caso de que necesitemos alguna actividad durante las pocas horas de penumbra en que se ocupan del mantenimiento, la limpieza y la esterilización del Río Vago. Una de esas diversiones, por supuesto, es el mar. Sin embargo, una vez que te has bañado en el Río Vago, siempre tan cómodo y práctico, con su cloro desinfectante, con sus corrientes rápidas y aun así manejables, cuesta horrores aceptar el mar, con la sal, la vida marina y esas islitas de plástico retorcido. Por no mencionar las profundidades arrasadas por la sobrepesca, la temperatura cada vez más alta y los horizontes infinitos, recordatorios de la muerte. Pasamos de largo. Caminamos por el paseo marítimo, dejamos atrás a las dos mujeres que hacen trenzas y seguimos unos minutos hasta que llegamos a las camas elásticas. Ésa es la distancia más larga que hemos recorrido desde que empezaron nuestras vacaciones. Lo hacemos «por los niños». Y ahora les ponemos el arnés a nuestros hijos y vemos cómo botan y rebotan sobre la metáfora, arriba y abajo, arriba y abajo, mientras nos sentamos en un murete frente a ellos y de cara al mar balanceando las piernas, tomando unos combinados de vodka que trajimos del hotel y preguntándonos si, a fin de cuentas, las camas elásticas no son una metáfora mejor que los ríos vagos. La vida es, desde luego, una sucesión de altibajos, aunque los niños siempre parecen bajar por sorpresa (y casi gozosamente porque son caídas estrepitosas, casi imposibles de creer), mientras que para nosotros, sentados en la tapia con el vaso en la mano, estar arriba es lo que ha acabado por parecer algo absurdo, inverosímil; nos resulta una distracción maliciosa y un poco desconcertante, más rara que una luna de sangre. Por cierto, esa noche precisamente hubo una luna de sangre. A mí no me miréis: el sur de España tiene la ratio más alta de metáfora por realidad que cualquier sitio que yo haya conocido. Allí todo está en todo lo demás. Y nos quedamos contemplando la luna de sangre (esa luna aciaga del año 2017) y cada uno de nosotros, hombres y mujeres, comprendió en aquel instante que en un año así no hay vacaciones que valgan. Era espectacular de todos modos. Bañó a nuestros niños saltarines con su resplandor rojizo y prendió fuego al mar.

Entonces se agotó el tiempo. Los niños estaban rabiosos porque aún no entienden que el tiempo se agota; pataleaban y nos arañaban mientras les desabrochábamos los arneses. Pero no nos plegamos, no cedimos; no, los abrazamos y aceptamos su rabia admitiéndola en nuestros organismos, toda, igual que aceptamos sus estúpidos berrinches como sucedáneos de la verdadera indignación, que por supuesto aún no conocen porque no les hemos dicho nada, porque estamos de vacaciones: a tal fin hemos venido a un hotel con un río vago. En realidad, nunca es un buen momento. Un día abrirán un periódico o una página web y leerán por sí mismos cuál es el año (2050 aproximadamente según los profetas) en que el tiempo se agotará. Un año en que no serán mayores de lo que nosotros somos ahora. No todo da vueltas y vueltas. Hay cosas que suben y...

De regreso al hotel nos paramos a saludar a las mujeres que trenzan el pelo, una de Senegal y la otra de Gambia. Con una luna roja de película atisbamos la costa de su continente al otro lado del mar, aunque ellas no cruzaron por aquí porque las aguas de esta zona son incluso más traicioneras que las que separan Libia de

Lampedusa, la ruta por donde ellas vinieron. Basta con mirarlas para advertir que ambas mujeres son de las que podrían nadar por el Río Vago a contracorriente y dar la vuelta entera. ¿Acaso no es eso lo que han hecho? Una se llama Mariatou, la otra Cynthia. Por diez euros te hacen trenzas de raíz o senegalesas u holandesas en corona. En nuestro grupo hay tres que quieren hacerse un peinado; las dos mujeres se ponen manos a la obra. Los hombres están en los invernaderos. Los tomates están en el supermercado. La luna está en el cielo. Los británicos se van de Europa. Nosotros estamos de «escapada». Aún creemos en las escapadas.

—Es duro en España —dice Mariatou en respuesta a nuestras preguntas—. Muy duro.

—¿Vivir bien? —añade Cynthia tirando del pelo a nuestra hija y haciendo que chille—. Nada fácil.

Cuando llegamos a la verja del hotel todo está oscuro. Un par de gemelos, Rico y Rocco (veinteañeros, con rizos negros lustrosos, vaqueros blancos ceñidos e iPhones idénticos encajados en los bolsillos), acaban de terminar su actuación y están recogiendo el altavoz.

—Quedamos finalistas en *Factor X* España —dicen en respuesta a nuestras preguntas—. Somos tunecinos de nacimiento, pero ahora somos españoles.

Les deseamos suerte y buenas noches y alejamos las miradas de nuestros hijos del bulto obsceno de esos iPhones, cuya existencia hemos decidido no revelarles hasta dentro de muchos años o al menos hasta que tengan doce. En los ascensores nos separamos de nuestros amigos y sus hijos y subimos a nuestra habitación, que es igual a sus habitaciones y a las habitaciones de todos los demás, metemos a los niños en la cama y nos sentamos en el balcón con los portátiles y los móviles, donde echamos una ojeada a su Twitter, como hemos hecho cada noche desde enero. Aquí y allá, en otros balcones, distinguimos a otros hombres y mujeres en sus tumbonas con otros aparatos, pero enfrascados en una conducta similar. Abajo corre el Río Vago, que es azul neón, un azul demencial, un azul Facebook. Dentro hay un hombre vestido de pies a cabeza y armado con una larga fregona; otro hombre lo sostiene en equilibrio agarrándolo por la cintura de manera que pueda inclinar la fregona y situarse contra la corriente, fuerte aunque soporífera, para limpiar de las orillas el rastro de mugre que hayamos dejado.

Letra y música

Anoche fui al Vanguard para ver cómo me iba en mi otra vida. Ella tarareaba sentada en un taburete, pero improvisaba de una manera que no había oído nunca: daba la vuelta a los sonidos y los cantaba al revés. En lugar de «*la-la-do-la-be-la*», era casi «*al-al-od-al-eb-al*», como una ululación. De hecho, a veces sonaba como si tarareara justamente esa palabra, *ululación*, una y otra vez. Quizá fuera así. Cantó en español, cantó en inglés, nos hizo reír, nos hizo llorar, ¡fue un disparate! Todo el mundo menos yo tenía más de cincuenta y apariencia anglosajona, pero no dejó que eso la disuadiera. Me recordó por qué no soy cantante. La misma razón por la que los ateos susurran en la iglesia. Fred Hersch estaba al piano: subió al escenario con muletas y salió de la misma forma. Aparté mi silla para dejarlo pasar. Ojalá la música significara tanto para mí. Bienaventurados quienes creen tanto en la música.

El Uptown, calle 123, cerca del Marcus Garvey Park: la señorita Wendy English se dejó caer en la misma silla donde se sentaba Stokely. No es una imitación, no es «como» aquella silla, es exactamente la misma puta silla, tanto si varios museos se dan cuenta como si no. Ésta es la casa de su hermana. Esa hermana fue en su tiempo una pantera negra, lo cual significaba durante buena parte del tiempo que le tocaba organizar las cosas para hombres que eran grandes en retórica y débiles en los detalles prácticos. Desde luego ninguno vino por aquí cuarenta años más tarde cuando Candice estaba sola, arruinada y moribunda. Pero la moraleja de esta historia no está clara aunque Wendy era presuntamente la buena chica que nunca llevó armas y sólo protestaba cívicamente, aunque se casó y se mudó a Boston y tuvo tres hijos y los tres estudiaron una carrera en la universidad, esta noche en particular está tan sola como siempre estuvo Candice English. Ningún hombre aguantó el tirón. No están muertos, ni mucho menos; simplemente andan ocupados en otras cosas. Nuevos hijos, nuevos países, etcétera. Divorcio, divorcio, desaparición repentina, litigio por las propiedades, en este orden. Este litigio será sin duda el último. Él tenía demasiadas ganas de casarse y siempre que Wendy miraba a los ojos a aquel donjuán de setenta y dos años cuando se le arrodillaba con sus pantalones de gabardina (no se cansaba de intentarlo), veía la casa adosada de su difunta hermana justo en el interior de sus brillantes pupilas negras. La señorita Wendy tiene setenta y siete y ni un pelo de tonta. Poco antes había roto ese último idilio, se había jubilado de la biblioteca con una buena pensión y había vuelto a la ciudad de Nueva York para tomar posesión de una casa que no visitaba desde 1990. Se sienta en la mina de oro accidental de Candice y rompe las postales que van llegando, varias a la semana, postales que explican cuánto vale la casa y qué fácil sería venderla. No lo duda.

Muchas cosas han sorprendido a Wendy en la casa de Candice. No es la casa de una loca, para empezar. Todo está muy bien organizado. Las fotos que Wendy le había mandado de sus hijos en el curso de los años, incluso después de que se hiciera imposible mantener una conversación sensata con su hermana, las encontró pulcramente atadas (junto con las cartas que las acompañaban, y que nunca contestó) con gruesas gomas elásticas y ordenadas en varios archivadores. «No me mandes más mierdas tuyas, van derechas a la basura y luego tengo que vaciar el cubo.» Era mentira: lo había guardado todo (y con cariño). Muchas cosas resultaron no ser como las pintaba. Pasar por loca quizá fue una buena excusa para que la gente dejara de ir a verla. Tal vez demostrara que aquí en Nueva York era menos vergonzoso estar loca que quedarte sola o trabajar en empleos precarios. Porque hubo un tiempo en que Candice estaba en el ojo del huracán. Sí, al menos durante una década estuvo en el centro de una tormenta formidable y debió de ser espantoso cuando esa tormenta de pronto pasó de largo, renunció a la causa y se quedó sin fondos o recibió condenas de entre treinta años y cadena perpetua. Entonces Candice se encontró sola mirando por este precioso ventanal con vistas a un parque donde ni la brisa mueve los ginkgos. En cambio Wendy, que en comparación ha tenido bastantes menos dramas en la vida, está mucho más acostumbrada a la calma y el silencio; a las texturas del silencio. A menudo se sienta en la silla Stokely de su hermana durante exactamente cuatro minutos y treinta y tres segundos y pone su disco de John Cage. Oye los pájaros, oye los camiones de la

basura, oye «¡eh, perra, más vale que tengas mi dinero!».
La sinfonía de toda la ciudad. Le saca mucho partido.

Otra sorpresa: la colección de vinilos de Candice.
Como hermanas no coincidieron en demasiados temas
teniendo, como tenían, temperamentos tan distintos;
coincidían en la libertad, aunque no en cómo alcanzarla
o en qué consistiría una vez que se alcanzara; pero en
la música habían encontrado un hogar. El recuerdo más
entrañable: bailar agarradas de la mano meciéndose con
Bootsy y su *I'd Rather Be With You* durante una barba-
coa familiar antes de que el segundo hombre se esfu-
mara y los chicos ya tuvieran edad de temer a la tía
Candice y su costumbre de llamar por teléfono para
leerles historias truculentas del periódico. Entonces eran
dos mujeres menudas y ágiles, todavía en la cuarente-
na, ambas con rastas, porque su pelo a veces concordaba
aunque sus cabezas no lo hiciesen. Con el tiempo se enco-
gieron como pajaritos y aquel pelo espléndido se convirtió en una pelusa blanca que sólo Wendy tuvo el sentido
común de llevar corta. Pensaban en su madre, que había
tenido la previsión de volverse más corpulenta e impe-
riosa con la edad. Lamentaban los genes de su padre caribeño, que propiciaban las carnes enjutas y habían condenado a Wendy a por lo menos una década de «por
favor, por favor, tome mi asiento».

¡Anda y vete al cuerno! No necesito tu asiento, ya
tengo el mío. Y por favor, apártate de esta silla porque
es una reliquia familiar, una pieza de historia viviente
a menos que sea una réplica que la loca de mi hermana
compró por treinta pavos en un mercadillo. ¡Qué más
da! La muerte convierte cualquier cosa en un tesoro,
todo queda fijo en su lugar para que puedas rociarlo de
oro. ¡Beethoven! Candice jamás le había susurrado a

Wendy una palabra sobre Beethoven y, sin embargo, ahí estaba todo; de haberlo sabido, bueno, tal vez hubieran podido compartirlo. Ahora puso la Séptima, el *allegretto*, e imaginó una alternativa espléndida: dos ancianas de aspecto noble, liberadas ya de hombres inútiles, caminando hacia el Lincoln Center para escuchar esta procesión, esta marcha a través de la historia, y oyendo, en el contrapunto, sus dos viajes, sus cumbres y sus abismos. Eso, ¡ay!, habría sido estupendo, realmente estupendo, pero no ocurrió así, ni podría haber ocurrido porque América es una de esas perras que vuelven loca a cualquiera que se preocupe de verdad por ellas.

El reino de Myron se extiende entre los dos extremos de Bleecker Street. Va y viene durante todo el día hasta altas horas de la noche y nadie sabe dónde duerme, aunque, por supuesto, nada sería más fácil que preguntárselo a él. Su pesadilla son los bordillos. Algunos bordillos son altísimos en esta ciudad y, por fuerte que sea de brazos, a veces no consigue subirlos con la silla (sobre todo si las bolsas de plástico que cuelgan de los mangos van cargadas), así que espera a que alguien lo empuje por detrás. Y como una pieza de coreografía urbana, a estas alturas todos hemos logrado que esa ayuda sea un arte. Uno toma el relevo donde otro lo dejó y Myron ni siquiera se vuelve para ver quién es: nos conoce por la voz. Entonces, cuando lo dejas en la acera, puede que quiera compañía durante una o dos manzanas. Normalmente la quiere. Para ser un hombre sin piernas, habla mucho de baile. En sus tiempos le encantaba la música disco. A poca gente le interesa esa música hoy en día, pero Myron consigue que parezca obra de los dioses.

—¿No será que te pones sentimental con la música disco porque en esa época tenías piernas? —le preguntamos.

Se toma a risa esa chorrada.

—Lo que no entendéis —replica— es que la música disco es la única que en Estados Unidos de verdad reunió a los negros y los blancos en un mismo espacio y los hacía bailar toda la noche ¡porque esas malditas canciones no acaban! ¡Empalman unas con otras! ¡Son como la fuerza de la propia vida!

No nos convence, pero nos reímos con él. Entonces se pone serio y dice:

—¡Joder! Eran tiempos mejores en Estados Unidos, eso seguro.

Nosotros no estamos tan seguros. ¿Nixon? ¿La crisis de los rehenes en Irán? ¿Jim Jones? ¿La caída de Saigón? Aun así, quizá tenga razón.

Un animado grupo de raperos se reúne bajo del arco de Washington Square la mayoría de las noches cuando hace buen tiempo, empieza a eso de las diez. Me gusta porque es tan poco auténtico como yo misma. Tal vez no haya nada menos verdadero en este mundo que dos tíos negros, dos puertorriqueños y una chica blanca rapeando bajo las estrellas del Greenwich Village, y aun así ahí están, son de carne y hueso, no hologramas. Según mi experiencia, cuanto menos derecho tiene alguien a hacer algo, con más ahínco lo persigue, y estos cinco le echan ganas. Nunca he visto a nadie poner tanto empeño en sacar una rima.

• • •

Tres bancos más allá está sentado Abraham Lincoln. La misma barba, la misma cara y lleva un atuendo que da el pego. No es exactamente un disfraz, pero a primera vista dirías que es la ropa que llevaría Lincoln si hoy viviera y se pasara el día entero entre MacDougal, Thompson y el parque. Supongo que está loco, pero parece tremendamente solemne y digno; además no habla, ni consigo mismo ni con nadie. Se limita a caminar a grandes zancadas metido en el papel de Lincoln. En invierno aguanta el tipo todo lo que puede, pero cuando llega diciembre empiezas a verlo con gorro de lana, tabardo y unas botas de nieve de L. L. Bean, y debo decir que el efecto Lincoln se diluye un poco. Entonces me da mucha pena. No sólo porque hace frío, sino porque el clima lo despoja de su verdadera identidad y presenciarlo resulta patético. Durante casi todo el invierno parece abatido y abochornado, como si lo obligaran a vivir en un cuerpo que no reconoce. Aun así, no da la impresión de poseer ningún aparato tecnológico o ni siquiera de saber que existen, así que al menos se ahorra la vergüenza de saber que cuando buscas su nombre en Google lo primero que sale es «¿qué cosas importantes hizo Abraham Lincoln?», algo así como oír a siete millones de alumnos de cuarto de primaria golpeándose la frente contra el pupitre a la vez. Después se deshiela el invierno. Asoman los narcisos y las ratas más vivarachas, aunque el verdadero anuncio de la primavera es la aparición de nuestro presidente, que vuelve a hacer sus rondas por el barrio con el sombrero de copa, el gabán y ese destello de seda negra en el cuello que remata el conjunto. En primavera no habla, como en invierno, pero una vez lo oí cantar. Estaba sentada bajo los cerezos en flor cuando él pasó de largo, con una voz grave y apenas audible, pero si llegabas a captar la melodía, ¡uf!, era realmente preciosa:

> *Michael, row the boat ashore, hallelujah.*
> *Michael, row the boat ashore, hallelujah.*
> *Michael's boat is a music boat, hallelujah.*[1]

Al cabo de un par de horas lo vi sentado junto a la puerta del Wendy's comiéndose una Wendy's. No se rompió el hechizo. Ahora aprecio especialmente a quien canta para sí mismo sin auriculares, como si oyera el canto de un pájaro que se creía extinguido hace mucho.

A finales del verano, Dev tocó en Central Park. Históricamente, los hombres con guitarras han sostenido sus instrumentos de una manera muy particular: plantados en el centro del recinto, agarran el mástil y te apuntan como si fuera un falo mientras atraen toda la energía hacia ellos como un pararrayos en el campanario de una iglesia. Dev no hacía nada de eso. De hecho, la mayor parte del concierto no teníamos ni idea de dónde estaba: no paraba de esconderse detrás de otra gente, de otros instrumentos. Llevaba las rastas atadas en un moño y unos pantalones color salmón muy altos de cintura. La multitud, mientras tanto, estaba formada por los perso-

---

1. Espiritual negro afroamericano (de tradición bíblica) que al parecer cantaban los esclavos abandonados en la isla de Santa Elena durante la guerra de Secesión: *Miguel, rema hacia la orilla, aleluya. / Miguel, rema hacia la orilla, aleluya. / La barca de Miguel es una barca de música, aleluya. (Todas las notas son de la traductora.)*

najes más variopintos que quepa imaginar en el área de los tres estados. Todos sabíamos que se avecinaba una gran tormenta. Gracias a la tecnología, la tormenta se podía pronosticar con una precisión extraordinaria, así que, aunque hiciera mucho calor en ese momento, sabíamos que a las diez en punto iba a llover a cántaros. Sentíamos el poder alucinante de saber, la euforia, y al mismo tiempo creo que lamentábamos la desaparición de los videntes, las brujas y los iluminados que antaño intentaban adivinar esos fenómenos por los colores del cielo. En homenaje a esos sentimientos ambivalentes dejamos de esperar un espectáculo y empezamos a comprender que asistíamos a un trance. La música nos envolvía. Era cálida y densa como la tarde. Era un reverso mágico de la tecnología: en lugar de las copias de Dev que irrumpían en nuestros dormitorios a través de los auriculares, ahora nos transportaba al interior de su pequeño espacio, un curioso dormitorio creado a partir del propio parque. Estábamos allí dentro todos juntos. Se nos cruzaban pensamientos inútiles, trascendentes, como «¡América también es esto!». Nos embargó la euforia. Pero mientras escuchaba recordé un pasaje de *Individuos: Ensayo de metafísica descriptiva*, donde P. F. Strawson valora la existencia de un mundo puramente auditivo donde no hay cuerpos, tan sólo sonidos, y pude seguirlo hasta preguntarme que si yo misma fuese un sonido en un entorno sonoro, ¿me creería un elemento especial en ese mundo de sonidos, independiente, y me experimentaría como un sonido distinto de todos los demás? Sin embargo, ¿cómo podría considerarme un elemento independiente, un individuo que experimenta sonidos, cuando el sonido que yo hacía era sólo otro elemento, un factor agregado, en ese entorno sonoro? Strawson

61

regresa luego, en el libro, al mundo normal y corriente, confiando en que su lector verá ese mundo con una mirada nueva, y confieso que no pude, no puedo, sólo veo cuerpos por todas partes, cuerpos que se atribuyen conciencia porque... ¡porque de verdad te da la impresión de que tienes la mente dentro de tu cabeza! ¡Y sientes que los oídos están conectados a tu alma! Así es, digan lo que digan los filósofos. ¡Música del alma! Tal como está el mundo, ninguno de nosotros merecíamos lo que recibimos aquella noche en Central Park, pero os aseguro que nos sentimos tremendamente agradecidos. Luego cayó el aguacero y arrastró todas estas majaderías de Manhattan a las alcantarillas.

A la perfección

—¿Y tu padre participa?

—Sí, señora. Ayuda a mi madre y se encarga del de... el...

—¿El decorado? Trata de respirar, Donovan, no hay ninguna prisa. Estoy segura de que alcanzarás a los demás en la plaza.

La señorita Steinhardt estaba sentada en el borde de la mesa quitándose con una horquilla la mugre del metro que se le había metido en las uñas.

—Verás: Annette Burnham me contó que fue a ver el espectáculo el fin de semana pasado con su madre y su hermano pequeño. Le gustó mucho. Y dijo que además tu padre hace las marionetas. Tú también, ¿no?

—Sí, señora.

—No me llames señora, Donovan, no estamos en el Sur. ¡Qué cosas sacáis los chicos de la televisión!

—Sí, señorita St... —balbució Donovan, aunque (nacido y criado en el Greenwich Village) no tenía ninguna idea clara del Sur ni mucho conocimiento de la televisión porque no le permitían verla. Había heredado de su madre, hija de un inglés, la extraña idea de que *señora* era una fórmula romántica de cortesía usada en Gran Bretaña para dirigirse a las damas por quienes sentías una especial admiración.

—Da igual, no te molestes. —La señorita Steinhardt miró hacia la puerta hasta que el niño dejó de debatirse con su apellido y cerró su bocaza húmeda—. Bueno, yo diría que es un pasatiempo atípico para un chico de ocho años. Si estuviera en tu lugar le sacaría partido. Siempre es mejor sacar partido de lo que tienes.

—¿Señora?

—Estoy segura de que a toda la clase le interesaría saber un poco más. Podrías traer una de las marionetas.

—Pero...

—¿Sí, Donovan?

La señorita Steinhardt cruzó una mercedita por encima de la otra y se ajustó la larga falda de tartán. Lo miró de frente observando su cara pálida pero agraciada: una nariz larga, ojos de un verde vivo, labios carnosos, casi como los de una mujer, y pelo oscuro abundante cortado en un par de cortinas algo ridículas que caían a ambos lados de las mejillas angulosas. La verdad, el chico podría aspirar a convertirse en un galán al estilo de Robert Taylor (unos pómulos magníficos para ser un crío) de no ser por esa absoluta falta de iniciativa que exhalaba por todos los poros.

—Ya t-t-tengo las fotografías del periódico. Había pensado hacer... —Donovan dirigió una mirada suplicante a su maestra.

—Respira, Donovan. Esto no es un interrogatorio. Siempre estás aterrado.

—El museo, en el Uptown. Ese que estaban construyendo. Acaban de abr-abrir.

—¿El Guggennosequé?

Donovan asintió.

—¡Ah, vaya, sí, sería maravilloso! —dijo la señorita Steinhardt perpleja con el chico porque sabía que tanto la ge como la ese eran las letras que más le costaban.

Volvió a arreglarse las uñas. Donovan, que enseguida captaba si alguien se cansaba de él, recogió la cartera con los libros, salió de la escuela y fue desde Sullivan Street hasta Washington Square.

Iluminado por un sol radiante de otoño, el arco se parecía más que nunca a su progenitor romano y el niño notó el grato crujido de la hojarasca bajo los pies; también vio a un hombre enloquecido que hablaba de Jesús en la fuente y otro de pie en un banco que cantaba algo sobre la marihuana. Su madre no debía enterarse de los deberes que le habían dado en clase. Ya en la Quinta Avenida juró solemnemente que no se lo diría y luego caminó tan despacio como pudo hasta el callejón. Al llegar a esa pintoresca hilera de casitas se detuvo y se agarró a la réplica de una farola victoriana.

—¿Donovan? ¿Qué te pasa, estás chiflado? ¡Entra ahora mismo!

Irving Kendal salió de la casa azul y se plantó en medio de la calle. Cargó unas hebras de tabaco en la pipa y miró con detenimiento a su único hijo.

—Entra, vamos. Descuélgate de ahí.

El niño no se movió. Poco tiempo antes se había fijado en que su padre pronunciaba las uves como efes, en que sus haches tenían demasiada agua y en que todas sus expresiones eran de otra época.

—¿Quién te crees que eres? ¿Gene Kelly?

Y la ropa era aún peor: un traje de tres piezas a cuadros grandes en tonos amarillos y marrones cortado para crear ilusión de altura, con los botones muy separados y

65

las perneras que bailaban como locas en la rodilla. En la casa de al lado, Donovan vio a la señorita Clayton con su elegante kimono rojinegro de pie junto a la ventana con su maltés, *Pablo*, en brazos: observó al padre y luego miró al hijo con gesto compasivo. A Donovan le habría encantado pasar de largo ignorando a Irving para ir a beber en la máquina de soda de la señorita Clayton y escuchar sus discos de bebop o echar un vistazo al desnudo de su cuarto de baño o arrojarle una pelota de arroz a *Pablo* para que la mordisqueara con sus dientes inofensivos, pero había que racionar esas visitas por lealtad. «Conque cuatro dormitorios, ¿eh?», decía Polly si Donovan visitaba el piso de un amigo ricachón. «Vaya. Me imagino cómo habrás disfrutado. Natural. Sé que yo disfrutaría. Probablemente no querría volver a casa.» O: «¡Una máquina de soda! Vaya, supongo que eso es lo que significa tener "un colchoncito" de dinero sin mayor obligación que gastarlo a tu antojo. Y dime, ¿las burbujitas hacen cosquillas?» Eran conversaciones que Donovan temía y que siempre lo dejaban con una vaga sensación de culpa muy difícil de manejar, sobre todo porque ignoraba su origen.

En ese momento salió Polly, descalza a pesar del fresco otoñal. Donovan la saludó con la mano; su madre gesticuló dando a entender que no podía devolver el saludo. En la mano izquierda sostenía una tira larga de terciopelo verde prendida a una estaca, que aguantaba en alto para que no arrastrara por el suelo, y en la derecha tres plumas de colores, de más de un palmo cada una. Volando hacia él, con el terciopelo ondeando como el estandarte de una princesa medieval, avanzó de puntillas, de manera que el movimiento que en otra mujer sería simplemente «correr» parecía una serie de cabriolas de ballet.

—Justo a tiempo, tesoro... Todo el bosque acaba de desprenderse de los bloques. Esta vez hará falta algo más que cola, quizá unas tachuelas y un nuevo juego de frondas de alguna planta muy perenne... Es de suma importancia que para el martes quede precioso. ¡Ah! Eleanor Glugel ha venido nada más salir de la escuela y me lo ha contado todo; me parece que es una oportunidad excelente para la obra, excelente de verdad. Me moría de ganas de hablarlo contigo, ¿por qué has tardado tanto? Glugel ha estado media hora dándome la lata con el tatuaje de su abuela durante... Eso piensa llevar a clase para la exposición, lo creas o no, ¡a su abuela! (Polly se estremeció e indicó un punto en la cara interna de su delicada muñeca). ¡Qué tema tan edificante! ¿Es que no sabemos ya que el mundo está lleno de espanto? ¿De verdad hace falta que lo oigamos todo el santo día? No hay un ápice de fantasía en esa cría. Ni rastro de la magia de los cuentos. Te apuesto un dólar a que ya lleva faja.

Toda esa perorata fue derecha a su oído ya que los labios de Polly quedaban justo a la misma altura. Le estrechó la mano con complicidad; Donovan se la estrechó también. Era perfecta: una princesa élfica que le había jurado lealtad sólo a él. Y aun así a veces deseaba que pudiera ver, igual que él lo veía, cómo entre ambos existía un vínculo férreo que no se rompía tan fácilmente como ella parecía imaginar: un vínculo al que él nunca renunciaría, jamás, por muchos pisos de cuatro dormitorios y máquinas de soda que se cruzaran en su vida. ¿Quién más podría convencerlo para salir delante de sus compañeros de clase con unos calzoncillos largos, un camisón y un gorro de dormir con un cascabel colgante? ¿Qué mayor muestra de vasallaje podía ofrecer un caballero a una princesa que la ofrenda de su orgullo?

· · ·

A la mañana siguiente, sin embargo, la señorita Steinhardt hizo un nuevo anuncio: los niños trabajarían por
parejas para fomentar así el compromiso, la responsabilidad compartida y el compañerismo, valores escasos
en estos tiempos tan difíciles. Con una expresión triste
miró por la ventana del fondo. Así, una pequeña escuela pública del Village daría ejemplo al mundo aportando
su granito de arena. Donovan tardó unos minutos en ver
ese nuevo proyecto como un indulto que llegaba en el
último momento y no se había atrevido a esperar.

«¡Tú conmigo!», gritó una chiquilla llamada Donna
Ford agarrando la mano de otra chiquilla llamada Car-
la Woodbeck, que se ruborizó alegremente y contestó:
«¡Sí, las dos juntas!», y en un momento el aula se llenó de
gritos similares, de preguntas y respuestas alrededor
de Donovan, como una serie de puertas cerrándose en
sus narices. Cuando intentó captar la mirada de Walter
Ulbricht, descubrió que incluso Walter Ulbricht lo evi-
taba, quizá aguardando una opción mejor.

—La idea es en parte —dijo la señorita Steinhardt
con una voz rara y trémula que silenció la clase— que no
siempre podemos elegir con quién trabajamos. —Había
pasado el día anterior en la casa de sus abuelos, en
Brooklyn Heights, viendo cómo los tanques cruzaban el
canal de Suez—. Poneos en fila cuando diga vuestros
nombres, por favor.

Las parejas se formarían por orden alfabético como
si un tercio de la clase no fuera de color y Walter Ulbricht no tuviera una mancha de vino que se le comía la
mitad de la cara. Una vez más se armó un revuelo de
voces inquietas; la señorita Steinhardt las ignoró; acaba-

ron de formar la doble fila; sonó la campana. En el pasillo, Cassandra Kent iba a la altura de Donovan Kendal. Salieron de la escuela y siguieron por Sullivan sin darse la mano ni hablar, aunque claramente caminando juntos. Donovan volvió a pasar por Washington Square Park, como cada día, pero la presencia de Cassie Kent lo transformó: la hojarasca no sólo crujía, sino que era dorada, y la fuente lanzaba espléndidas columnas de agua una y otra vez, era una máquina de felicidad. Aquello que relucía en las franjas de cuero cabelludo entre sus trenzas prietas olía a vacaciones en un lugar maravilloso.

—Hagamos el tuyo —dijo Cassie—. El museo. Como ya lo tienes todo pensado...

—Bueno, vale.

—G-g-guggenheim —lo imitó ella, aunque de algún modo no resultaba desagradable, no había maldad—. Va a parecer un helado, eso lo sabemos.

—Un templo para el es-es-píritu. Más de treinta y tres metros de alto —dijo el niño mientras pasaban por debajo del arco—. ¿Y qué altura calculas tú que tiene este...?

—Veintitrés y medio. O sea que aproximadamente un treinta por ciento más bajo —contestó Cassie sin necesidad de hacer una pausa—. Se me dan bien las matemáticas. ¿Quieres jugar?

Giraron a la izquierda y se sentaron en dos bancos de piedra a la sombra de un sicomoro, delante de un juego al que Donovan no había jugado nunca. Cassie sacó una bolsa de malla raída de la mochila y vació un montoncito de piezas de ajedrez sobre el tablero de cemento. Donovan intentó concentrarse en las instrucciones que le daba. A su alrededor, los hombres a quienes los Kendal solían evitar dando un rodeo al parque empezaron a acercarse.

Uno de ellos iba con el torso completamente desnudo bajo la chaqueta de borrego y llevaba los zapatos envueltos con periódicos viejos. Otro tenía sólo unos cuantos dientes y una visera de jugador de póquer para protegerse los ojos del sol. Parecía conocer a Cassie.

—¡Eh, chico! ¿Estás preparado? —le preguntó el hombre de la visera a Donovan; se agachó junto a los niños y plantó sus codos cobrizos en la mesa—. Esta niña va a darte una lección.

Donovan se propuso observar detenidamente cada movimiento de Cassie con la esperanza de captar la lógica del juego y, a partir de ahí, recrear esa misma lógica en la maraña de su cabeza, pero mientras ella desplazaba las piezas sin compasión por la mesa de cemento con la mirada puesta sólo en fines estratégicos, Donovan veía reyes y reinas, y los castillos donde vivían; aquí estaban los consejeros en los que confiaban y allí los siervos, que aguardaban en columnas tras los muros del castillo... Y por más explicaciones que Cassie diera sobre las rígidas reglas que dictaban todos sus movimientos, el chico seguía colocando instintivamente sus piezas según el rango o la relación que las unía.

—No se puede ganar jugando así. —Cassie secuestró a la reina de Donovan, que había salido a la carrera de su alcoba para acariciar a su corcel blanco favorito—. Ni siquiera se puede empezar a jugar así.

Cuando tuvo a su rey acorralado, al poco de empezar la partida, estaba sentada sobre los talones riendo y dando palmadas.

—Donovan Kendal —se pavoneó clavándole un dedo en el esternón—, no tienes escapatoria.

. . .

—Y esa Cassie, de la que nunca he oído hablar, ¿no podría aprenderse el papel y ya está? —quiso saber Polly. De manera poco juiciosa sostenía un tubo de cola entre los dientes. Su hijo le pasó la blonda de papel de la cofia de la abuelita y la careta de cartón del lobo para pegarlas, una tarea que había que repetir casi cada semana—. Quiero decir que nos vendría muy bien contar con un par de manos más.

—Ya, pero resulta que tienen que ser sólo dos niños juntos. Sólo ella y yo. Lo ha dicho la maestra.

—Bueno, de acuerdo, pero aun así no entiendo por qué eso debería...

—Es una niña de color —dijo Donovan sin saber bien por qué, aunque en cierto modo la intervención funcionó; por mera coherencia, ahora era imposible que Polly hablase mal del proyecto.

Cualquiera que conociese mínimamente a Polly Kendal sabía que llevaba la idea de la integración racial tan dentro de su corazón como llevaba «el poder de la narración» o «la inocencia de los niños». En otro tiempo, durante una excursión entonces excepcional al Downtown, ella misma se había visto atrapada en el drama de la ¡integración bajo la forma de una enorme turba airada que avanzaba por Washington Square hacia la iglesia de Judson. Al ser, por temperamento, «un espíritu inquieto», se unió a la multitud y, al cabo de unos minutos, se encontró a tres bancos del estrado escuchando el discurso del joven reverendo Martin Luther King Jr. Una historia con chispa para los encuentros parroquiales y las reuniones con los maestros de la escuela. «¡Sus ojos! La única palabra que encuentro para describirlos es límpidos. Límpidos. Vi cómo me miraban directamente a mí, una blanca de dieciséis años estrafalaria y menuda, criada en Brighton Beach. Quiero decir que daba la nota, claro está. Y te diré algo más, y no me avergüenzo en absoluto: ¡habría hecho cualquier cosa si me la hubiera pedido! ¡Cualquier cosa!» Pero el reverendo King no le pidió nada de nada a la joven Polly y su implicación práctica en el movimiento de los derechos civiles acabó con ese sermón dejando tras de sí sólo un entusiasmo residual.

—¿Por qué no iban a tener los niños de Harlem la misma oportunidad de oír nuestras historias? —le preguntó Polly a Cassie dos días después mientras la niña acercaba una silla de mimbre a una mesa redonda cubierta con un mantón de gitana (sólo faltaba la bola de cristal)—. Contar una historia es una muestra de cariño. ¿Acaso ellos no merecen cariño?

—¡Yo quiero a todo el mundo! —dijo Cassie alegremente y aceptó el colín que le pasaron—. Pero si me atacan, me defiendo. ¿Juega al ajedrez, señor Kendal?

—¿Yo? —Irving bajó el periódico—. No, es un juego que no me va.

—A mí sí.

—¿Ah, sí? —Polly dejó de remover la salsa de los espaguetis y observó de nuevo a Cassie Kent con una mirada antropológica; estaban las niñas con coletas que saltaban y cantaban junto a la fuente y también estaban los viejos harapientos encorvados junto a las mesas de piedra cercanas a la verja de la entrada sudoeste, pero ambos grupos aparecían siempre separados con nitidez en su mente—. ¿En la escuela, quieres decir?

—En el parque, a veces. Cuando sea y donde sea. Y además soy bastante buena.

—¡Seguro que sí!

—A Donovan le di una buena paliza.

—Cassie, ¿sabes que Donny nunca trae a ninguno de sus amigos para que su pobre mamaíta y su pobre papaíto los conozcan? —dijo Polly, poniendo las manos sobre sus delgadas caderas y hurgando en su pequeño repertorio de acentos—. Así que me alegra de verdad que se le ocurriera traerte a casa.

—Iba a hacer la exposición sobre mi ajedrez... pero si lo piensas, tampoco es tan espectacular.

—Nuestro espectáculo, en cambio, está a punto y listo para arrancar en cualquier momento —dijo Polly despacio.

El tren se aproximaba a lo lejos y Donovan, atado a las vías, hizo lo que pudo por desviarlo.

—Pero no es... No se puede enseñar a alguien y que aprenda en sólo unos días. Los títeres son un arte. —Citaba las palabras de la propia Polly, con lo que pareció calmarla; dejó de morder la cuchara y la volvió a poner en la olla.

—Vaya, eso es muy cierto. Es un arte. No todo el mundo le pilla el tranquillo así como así.

—Hay una guerra en marcha —anunció Irving a viva voz señalando con un dedo la primera página—. Alguien debería hacer una exposición sobre eso.

Cassie examinó la fotografía.

—¿Tenéis allí a vuestra familia?

—¿Mmm? —musitó Polly dándoles la espalda a todos—. Ah, no, yo no. Irving. Técnicamente. Quiero decir que no tiene parientes allí ni nada.

—¿Técnicamente?

La puerta se encalló en la baldosa de costumbre y no se cerró de golpe; Polly no se inmutó. Polly, Cassie y Donovan oyeron cómo Irving salía de la casa y (tal era el silencio del callejón en aquellos tiempos) prendía una cerilla en una pared. Polly regresó plácidamente a su salsa.

—Claro que, al final —dijo con cara de dicha—, todos somos una gran familia.

—Esto es una maqueta a escala.

Cassie levantó delante del resto de la clase un zigurat invertido hecho de cartón y Donovan leyó la escala anotada en un trozo de papel; después Cassie dijo el nombre del arquitecto y Donovan se las ingenió para no atrancarse con la frase «de hormigón proyectado». Todo transcurrió sin ningún percance reseñable. Pero ya en el pasillo, cuando deberían haberse felicitado mutuamente sin más historias, Cassie anunció que pronto pensaba visitar el Teatro de Títeres de Polly Kendal.

—Pero... cuesta dos dólares.

—No estoy en el hospicio, ¡tenemos dos dólares!

—Es sólo para niños pequeños —probó Donovan atenazado por la terrible confirmación de un temor íntimo: que todos los caminos llevaban a su madre—. Eres demasiado mayor. Y es un d-d-domingo. Vas a la iglesia, ¿no?

—Voy a ir.

—No cuesta dos dólares, era mentira —le contestó Donovan, sonrojándose; después de haber introducido la mano dentro de Pinocho cada sábado durante todo el año anterior, ya no podía evitar sentirse profundamente identificado—. Si de verdad quieres saberlo, sólo cuesta cincuenta ce, ce...

Cuando se trababa, la mayoría de los adultos lo miraban a la cara sonriendo bondadosamente hasta que la palabra concluía. Cassie, como todos los niños, sólo decía «¿qué, qué, qué?» y gruñía con impaciencia. Se alejó a grandes zancadas. Cuando la alcanzó, se encaró con él.

—¡Venga, hombre, venga! ¿No puedes parar de hacer eso?

—Sí —dijo Donovan con un hilo de voz, aunque tal vez no era más que otra mentira.

Un hombre, un tal Cory Wallace, había asegurado a los Kendal que su hijo podía «curar» fácilmente aquel problema, pero no parecía un médico de verdad: no tenía certificados en la pared y su consulta estaba junto a un restaurante chino de Canal Street. Aun así, Polly tenía «fe en su honestidad».

—Donovan Kendal, agotas mi paciencia. —Cassie suspiró y puso los brazos en jarras, como una madre—. ¿Quieres verme las tetitas?

Estaban a un tiro de piedra de la clase; no parecía una expectativa viable. Pero en el hueco de la escalera Cassie se apretó contra una pared y se apartó el pichi hacia un lado. Donovan observó embobado un pecho apenas diferente del suyo excepto porque el pezón era levemente más grande y la piel de un tono oscuro adorable. Apoyó la palma de la mano en la carne tersa. Permanecieron así hasta que se oyó un paso en la escalera.

—Si fuese una furcia, eso serían diez pavos, fácil —susurró Cassie cubriéndose de nuevo y con mirada solemne.

Después fueron hasta la salida y se separaron sin mediar palabra.

La historia avanzó. Una mañana antes de clase, Donovan se lanzó hacia ella y fue recompensado con un beso largo, casto, precioso: dos bocas cerradas apretándose una contra la otra mientras Cassie sacudía la cabeza con fuerza de atrás hacia delante, como quizá había visto hacer en las películas. En un momento dado (y perfectamente arbitrario) se despegó y se alisó con delicadeza el pichi.

—No creas que se me ha olvidado —dijo—. Pienso ir a ver ese espectáculo.

Aquella misma tarde, en un cubículo de los aseos, él le pidió ver su «cosita» y ella accedió: una confusión de pliegues negros que al abrirse revelaron un interior asombrosamente rosado. Le permitió meter un dedo y luego sacarlo. Después de eso iba a ser difícil decirle que no.

Pliegues negros, terciopelo verde. Donovan se asomó con disimulo. Vio a Cassie sentada entre los adultos en las butacas con las piernas dobladas y abrazándose las rodillas.

—Por favor, recordadlo —susurró Polly entre bastidores atrayendo la cabeza de su marido y de su hijo, ambos agachados, hacia la suya—. No quiero ver a Ricitos de Oro ni los cuencos hasta que haya desmontado la leñera. Fuisteis demasiado rápido con eso la semana pasada; los dos, pero sobre todo tú, Irving.

Irving metió la mano con rabia en Papá Oso.

—No me digas lo que tengo que hacer. Sé lo que me hago.

Donovan tocó la campanilla, el sacristán atenuó las «luces de la sala» y el pelo de Ricitos de Oro se enganchó en un clavo (todo eso había pasado antes muchas veces). En una especie de duermevela, Donovan se puso de pie, rodeó el escenario e invitó a todos los pequeños creyentes a acompañarlo a la Tierra del Ensueño. Estaba bastante seguro de que había dicho sus frases (escritas con cuidado por Polly, libres de las letras peligrosas) y que había cantado su canción; oyó a los niños chillar y supo que la silueta oscura del lobo debía de estar detrás de él, apareciendo y desapareciendo al ritmo de sus gritos. Pero sólo podía ver a Cassie mordiéndose el labio y con un profundo surco en la frente. Se las arregló para sobrevivir a la media hora de la función. Las luces de la sala se encendieron. Polly estaba a su lado una vez más, toda de negro, como un diminuto signo de puntuación, y decía «mi marido Irving y mi hijo Donovan» y los tres se daban la mano y saludaban con una reverencia.

—¡Cassie, has venido!

Polly tendió los brazos hacia la niña. Cassie no sacó las manos de los bolsillos traseros de sus vaqueros.

—Vamos a ver: ¿te gustaría estar entre bastidores? Ahí hay una caja de sorpresas.

Llevó a la chica detrás del telón, donde Irving, sentado en el suelo y fumando un cigarrillo, colocaba los accesorios y los títeres en cajas de zapatos abiertas. Sacó el lobo y se lo puso a Cassie en la mano.

—Prueba, muévelo.

Cassie lo movió ligeramente hacia la derecha. La cofia de la abuelita se despegó y se cayó. La niña se la devolvió a Irving.

—Este condenado...

Polly rescató al lobo de las garras de su marido antes de que lo tirara y volvió a depositarlo suavemente con la cofia en una caja donde se leía VILLANOS#2.

—¿Por qué están los títeres tan andrajosos? —preguntó Cassie.

—Bueno... Si parecen hechos a mano será porque los hacemos nosotros mismos.

—Pensé que os referíais a títeres de verdad —dijo Cassie volviéndose hacia Donovan—. Como Howdy Doody o alguno de esos muñecos de los ventrílocuos.

Polly intervino.

—Bueno, en realidad eso no es un títere de guante. Eso es una marioneta. Que está muy bien, si es lo que te gusta. Pero eso en realidad no es lo que hacen los titiriteros.

—Los títeres tienen brazos, piernas y cuerpo —insistió Cassie mientras señalaba a Ricitos de Oro y el resto—. Eso no es más que una cara de cartón recortada. Ni siquiera tienen más de un lado.

Polly rodeó con un brazo los hombros de Cassie y la condujo de vuelta a la sala.

—Espero verlos de nuevo —dijo hablando por encima de la cabeza de Cassie a las familias que salían—. Una vez al mes realizamos funciones benéficas en el Bronx y en Harlem pagada por sus generosas contribuciones. Por favor, dejen lo que puedan en el bote junto a la puerta. ¡Llevamos casi seis años haciendo esta función aquí, en este mismo lugar! Pero no todo el mundo es tan afortunado como nuestros niños del Greenwich Village.

—Le puso a Cassie una mano encima de la cabeza—. Es una oportunidad maravillosa para los niños de esos otros barrios.

—¡Vivo en la Décima con la Catorce! —exclamó Cassie, pero Pollie se alejaba ya abordando al escaso público que intentaba escabullirse hacia la salida.

¿Y cómo han conocido el Teatro de Títeres de Polly Kendal? ¿Por un amigo? ¿Por un anuncio? Algunos desventurados la miraban con cierta angustia; las más afortunadas, madres que ya habían conseguido embutir a sus hijos en los abrigos, a esas alturas estaban ya casi llegando a Hudson Street. Así que cómo fue, ¿boca a boca, o publicidad? Se necesitaba un momento para entender que esta última categoría hacía referencia a unas tarjetas de diez por quince, pobremente ilustradas e impresas, que se veían en casi todos los cafés, tabernas, salas de jazz y restaurantes por debajo de Union Square.

—A partir del día 1 empezamos el ciclo de noviembre: *Los músicos de Bremen, Ricitos de Oro y los tres osos* y *La Cenicienta*. ¡Avisen a sus amigos!

Al otro lado de la sala, Donovan aguardaba medio oculto por el telón del escenario intentando decidir qué diría. Todavía estaba preparando la frase, comprobando si había alguna de las que él llamaba «serpientes» y «gárgolas», cuando Cassie Kent pasó de largo corriendo, siguió por el pasillo de la iglesia y desapareció sin más.

Los Kendal se quedaron solos. Las cajas de zapatos numeradas se cerraron y se guardaron dentro de una maleta en el orden correcto. El «escenario» de tres lados se plegó y el telón verde de terciopelo se dobló con cuidado formando un cuadrado impecable. Irving apagó todas las luces y recogió un puñado de dólares del tarro. Polly se sentó sobre la maleta sin apoyar todo su peso para bajar los cierres de latón.

—¿Qué le ha pasado a tu amiguita?

Donovan se quitó el gorro de dormir y lo sujetó entre las manos.

—Pero, Donny... ¿por qué quieres perder el tiempo con una niña como ésa? Estoy segura de que es encantadora, no pretendo que le cojas manía si de verdad te cae bien, pero he visto tan claro que es... bueno, que tiene tan poca, ¡ay, no sé!: fantasía, imaginación, ilusiones. Créeme: eso no te conviene. Irving carece por completo de imaginación y mira qué espinoso se hace prácticamente todo. La imaginación es para mí mucho más importante que el color de tu piel o el dinero que tienes o cualquier otra cosa... si es eso lo que piensas y te tiene ahí enfurruñado. A mí lo único que me preocupa es lo que pasa aquí dentro —dijo golpeando su pecho escuálido.

Pero Donovan sólo se miraba los zapatos.

—Escúchame. ¿Por qué crees que no le gustas? ¿Porque a veces te atascas un poco al hablar? ¿Porque eres delgaducho? ¿No te das cuenta de que si tuviera dos dedos de frente advertiría que eres un chico fuera de serie? Lo que pasa es que no ve más allá de sus narices. Apuesto a que ahora mismo se ha ido a casa a encender la caja tonta, ¡y hala, a vegetar!

Ahora su madre hizo una mueca graciosa bizqueando y metiendo la lengua delante de los dientes inferiores; Donovan fue incapaz de no sonreír.

—No hace otra cosa que ver la televisión. —El chico se sinceró dejando que el gorro cayera al suelo de piedra, donde lo restregó un poco con el pie—. Todo el fin de semana. Me lo dijo una vez. A su madre no le importa lo que haga, no le hace ni caso —añadió echándole una pizca de fantasía—. Y nunca leen ni nada. Toda la familia cree que leer es una gran pérdida de tiempo. ¡Ella nunca ha oído hablar de Thor ni de las sirenas ni de nadie!

—Bueno, ya ves...

Polly se agachó, recogió el gorro del pequeño Willie Winkie y, con gran ternura, le sacudió el polvo y se lo volvió a poner a su hijo.

—La gente encuentra el lugar que le corresponde por naturaleza, Donny. Te darás cuenta cuando seas mayor. Todo encaja.

Epifanía matutina para padres

1. ¡Bienvenidos al Cuaderno de Técnicas Narrativas!
2. Llevaos esta hoja de ejercicios a casa y repasadla con vuestro/a hijo/a.
3. ¡Venga! ¡Manos a la obra!

LOS ESCRITORES DE NARRATIVA
EMPLEAN TÉCNICAS COMO:

Diálogo

La ilustración inferior, en la hoja de ejercicios de los niños, es un bocadillo de diálogo en blanco. Nada dentro, sólo el espacio vacío. En esta materia, sin embargo, la hoja de ejercicios seguramente acierta: en estos días es mejor no decir nada.

Acciones reveladoras

Aquí tenemos tres viñetas con figuras muy esquemáticas, todas con grandes barrigas. Son racialmente ambiguas (aunque una de ellas en cada viñeta tiene el pelo rizado). Nadie tiene genitales, pero una figura en cada pareja lleva el pelo largo, así que sacad vuestras propias conclusiones. En la primera viñeta, digamos que el varón (el del pelo corto rizado) está empujando a la chica de pelo largo. Dada su naturaleza, estos monigotes no son expresivos, pero la chica parece traumatizada. En la segunda ilustración le ha dado a su atacante un globo. No está claro por qué. ¿Quizá para disculparse por ser la víctima? Ambos sonríen. En la tercera imagen se están abrazando. Muchas cosas se revelan, pero muchas siguen sin decirse.

Múltiples puntos de vista

Una niña mira a través de una lupa. A su lado, un niño mira a través de una lupa. A su lado, un gato mira a través de una lupa. Aparentemente la cuestión de la perspectiva queda agotada.

Narrador en primera persona

Un niño que parece muy ufano y vanidoso sostiene un lápiz más grande que su cabeza. De la cabeza misma salen tres bocadillos de diálogo: YO, MÍ y ME. Bien, exacto.

Pensamiento interior

Muy curioso. Otra vez el bocadillo de diálogo en blanco, pero esta vez su vacío no se describe con una línea clara y limpia, sino con una línea sinuosa y suave, como una nube. ¿Acaso lo que pensamos es en cierto modo más sinuoso y suave que lo que nos atrevemos a decir en voz alta? ¿O más parecido a un sueño? ¿O más hueco? El cuaderno de ejercicios, pensado para alumnos de cuarto de primaria, evita estas preguntas superfluas.

Descripción

Un lienzo descansa sobre un caballete. Un pincel está suspendido en el aire, cerca del caballete, pero nadie lo sostiene. El cuadro en sí es una escena bucólica realista: una casita con el humo saliendo de la chimenea, un campo, un árbol, la luna. ¿El cuaderno de ejercicios da a entender que la descripción puede y debería ocuparse sólo de lo visible? ¿Que el cometido de la descripción es reinscribir lo real? ¿Que lo real, tal como lo concibe el artista, debería ser por definición pintoresco o bucólico? ¿Qué clase de cuaderno de ejercicios es éste?

Usa transiciones

Un reloj muestra la hora. Es un reloj básico, sin números, tan sólo con manecillas, pero parece que son más o menos las cuatro y diez. (No creo que esto encierre un sentido oculto.) Alrededor del reloj hay varias sugerencias útiles: «Un poco más tarde, más tarde, después de eso, al día siguiente, a continuación.»

Pasa la página

De acuerdo.

LOS ESCRITORES DE NARRATIVA
SE PROPONEN OBJETIVOS COMO:

Plantear el problema

Un coche circula a toda velocidad hacia un precipicio. El extremo del precipicio está helado, es pleno invierno. Además hay una rama que casualmente asoma en medio de la pared del precipicio helado. Un signo de exclamación aparece escrito en el mismísimo cielo. Hay que reconocerlo abiertamente: es un planteamiento alucinante.

Presentar a los personajes

Un chico esquemático con lo que parecen moños estilo bantú y gafas. Mujer alta (también esquemática) con corte de pelo a lo Lana del Rey. Monigote de un bebé llorando, con un único ricito que le brota de la cabeza. Anciana esquemática con pelo de abuela recogido en un moño caminando con bastón. Hay flechas que los señalan a todos como para decir OBSERVA A TODOS ESTOS PERSONAJES. Tal vez haya otras maneras de hacerlo no incluidas en la hoja de ejercicios.

Mostrar la motivación del personaje

El chico de los moños bantúes, ahora sin gafas, sostiene un regalo envuelto. En su fuero interno (representado por un bocadillo en forma de nube) está soñando con darle ese regalo a la chica con el corte de pelo a lo Lana del Rey. Y aunque ésta, la clásica historia de amor, en efecto es la motivación para muchos escritores de relatos, ¿cómo puedo confesarle al cuaderno de ejercicios que nunca me ha interesado lo más mínimo?

Mover a la empatía

¡Mover a la empatía! He aquí un cuenco donde se lee EMPATÍA. El cuenco parece estar lleno de un líquido espeso, oscuro, consistente, como chocolate deshecho. Lo mueve una cuchara con un corazón estampado. ¡Instigar la empatía! ¿Un principio estético, un principio ético o ambas cosas a la vez? No es fácil decirlo. En el aspecto principal, sin embargo, no cabe discusión posible: mover a la empatía es el objetivo y el propósito de todas las historias, en todas partes, siempre. ¿Cómo puedes dudarlo? ¡Está escrito ahí mismo, negro sobre blanco, en la hoja de ejercicios!

Crear el escenario

El caballete reaparece con el mismo cuadro y el pincel suspendido. El Departamento de Educación Pública de Nueva York resulta ser un defensor muy insistente del realismo literario.

Mostrar el desenlace

El coche ha desaparecido; el hombre está fuera del coche, de pie en el borde del precipicio cubierto de hielo y visiblemente aliviado. Se lleva su esquemática mano a la esquemática cabeza y se limita a exclamar ¡UF! No me preguntes qué ha pasado. La trama no es mi fuerte.

Atraer al lector

Un niño a todas luces humano, con zapatillas deportivas, pelo y piernas de verdad yace boca abajo en el suelo disfrutando con la lectura, completamente embelesado por el libro. ¡Oh, recuerdo esa sensación!

Aclarar las ideas

Una lupa. Nada más que eso. Nadie la sostiene y nada se ve con aumento. Es una especie de koan zen. Tal vez se me escapa el concepto.

Revisar con los objetivos en mente

Aunque se ve un cuaderno repasado a lápiz, la ausencia de una figura humana me sugiere que la hoja de ejercicios sabe de sobra (pero no os atreváis a decírselo a los niños) que el objetivo en el fondo nunca viene antes de la revisión, sino que se crea precisamente por medio de ésta.

Tejer el tema mediante la historia

Es el mismo cuaderno, pero ahora el lápiz es aguja e hilo y la palabra que cose en el papel es *tema*. Puedo imaginar que, dentro de cien años, hallan esta hoja de ejercicios en los restos inundados de lo que una vez fue Nueva York y se forma una pequeña secta para rendir culto a sus preceptos: esta penúltima instrucción sería el dogma más sagrado de su fe.

Avanzar con claridad a través del tiempo

Un niño corre. Detrás de él se lee VE MÁS DEPRISA. Una tortuga pasa a su lado en sentido contrario. Detrás de ella se lee VE MÁS DESPACIO. Ésa es la clave de todo, ni más ni menos.

Downtown

Un gran pintor austríaco (vive en un bosque húngaro) pasó a visitarnos un día con sus hijas, ambas pelirrojas con coletas, pálidas, calladas. Llevaban esa clase de ropa que no se puede comprar en ninguna tienda, hay que pedir que te la manden directamente de principios de siglo. Unos putos angelitos las dos. Mientras tanto mis hijos corrían furibundos alrededor vestidos como camioneros de larga distancia, exaltados a base de gominolas ácidas. Se aferraban a sus tabletas electrónicas como si su vida dependiera de ello, como si fuesen bolsas de colostomía, supongamos. Aun así, me negué a avergonzarme: igual que todo el mundo en el Estados Unidos de estos tiempos, sostengo mi verdad.

Por otra parte es un pintor formidable. De todos los pintores vivos, es el más vivo de todos, y también el más pictórico. Hace unos cuatro años encontró un lenguaje tan nuevo que ahora nadie cree que pintar tenga ya mucho sentido; por eso en cierto modo ha reavivado la pintura y la ha aniquilado al mismo tiempo. Naturalmente, a todos nos da una envidia tremenda. Sus visitas esporádicas a la ciudad son un acontecimiento, y esa vez tuve el gran honor de ser la anfitriona que lo recibió junto a sus dos ángeles silenciosos. Había invitado a algunos de mi pandilla del Downtown para que vinieran al besamanos, pero cuando entró con sus hijas todos vimos en el acto que ni habría besamanos ni accedería bajo ningún concepto a ir al Café Loup con nosotros a comer unos escalopes vieneses correosos y ponernos como cubas hasta la madrugada. Es un tipo auténtico y, por lo tanto, suele estar no menos callado que sus hijas. Sinceramente, fue como imagino que sería invitar a Schopenhauer a tomar el té. Un honor y un privilegio, sin duda, pero a nivel social, una faena. Se quedó cerca de una hora y media. Dijo quizá dos párrafos de palabras humanas, ninguna de las cuales resultó ser metafísica o existencial, ni siquiera estética. Cómo ir hasta x o y en la línea L, en qué hotel se alojaba, cuándo y dónde podían ir a comer las crías. Todo ello intercalado por largos silencios. Al fin llegó la hora de partir. En la puerta, como si se le acabara de ocurrir, me dijo:

—No sé cómo puede vivir aquí y ser artista con todo este ruido social y toda esta gente. Yo vivo en un húngaro bosque.

Era el típico comentario calculado para arrojarme a un frenesí de odio hacia mí misma. Le di las gracias por su interés (y por su húngaro bosque) y le indiqué dónde quedaba la estación de la línea L. Después mandé a todo el mundo a casa y pasé varios días afligida.

El calendario de la Escuela Pública de Nueva York no reconoce aflicciones, ya sean personales, existenciales, artísticas u otras. La escuela empieza el 4 de septiembre y punto. La única escapatoria posible es hacerte con un cinturón corriente, atártelo alrededor del cuello, enrollarlo en el pomo de la puerta y luego sentarte de golpe en el suelo. Aunque es posible que ese método no evite que tus hijos deban presentarse ese primer día, al menos tú no tendrás que llevarlos. Era el 4 de septiembre: tuve que llevarlos. En la cola constituida frente a la verja de la escuela (una cola portentosa que serpentea desde el Café Loup hasta la Sexta Avenida como la solitaria del Diablo), un padre empezó a hablarme de las transformadoras vacaciones de verano que habían hecho en familia por las junglas de Papúa Nueva Guinea. Habían necesitado tres aviones para llegar allí, se habían acostado con monos y despertado con perezosos y todo el viaje había sido completamente transformador: transformador por escapar de la «situación» de Estados Unidos, transformador para él personalmente, para su mujer y para los niños, pero en especial para él. Transformador. Observé a aquel tipo con mucha atención. No lo había visto desde el 4 de septiembre anterior, mas para mi ojo pictórico no parecía especialmente transformado. Más bien parecía el mismo capullo.

En el triste camino de vuelta a casa, frente a Citarella, ya sin niños, oí a una mujer blanca muy vieja exclamar a voces por el teléfono:

—¡Pero no es mi amigo, es mi chófer!

A lo que un chico alto con un *culotte* de lentejuelas y un afro a lo Basquiat, que justo pasaba por delante, añadió:

—Señora, es usted una ÍDOLA.

Lo que me preocupa de los bosques y las selvas es que en realidad no puedes imaginar nada parecido allí.

Estaba tan afligida que me marché de la ciudad unos días y bajé en tren por la Costa Este. Leía a E. M. Cioran y estuve de acuerdo con él cuando dice que está de acuerdo con Josep Pla, que previamente había estado de acuerdo consigo mismo en que no somos nada, pero no es sencillo admitirlo. Cruzando el Potomac a las siete de la mañana vi a cuatro hombres en una pequeña canoa, todos de frente, con un aire heroico en los rostros. Los miré mientras su embarcación se movía en silencio surcando el agua y la niebla rebasando el Monumento a Washington. En la proa, una única luz de piloto. Era una escena bellísima. Un símbolo de algo. Me planteé la idea de buscar una finca en el bosque. Pero echaba de menos la ciudad.

Cuando volví (resulta que había estado fuera más tiempo del que imaginaba) el Café Loup había cerrado, la doctora Ford estaba testificando y la combinación de esos sucesos estaba desatando la histeria colectiva por debajo de la calle 14. El café en realidad había cerrado durante el verano, el mismo día en que alguien (¿el ayuntamiento?) instaló un gran megáfono amarillo en el cruce de Greenwich y la Sexta. Ocurre que cuando en dicho megáfono pulsas el botón correspondiente al nombre de un escritor vinculado al Village, bueno, lo que pasa es que los oyes leyendo unas líneas de su obra reafirmando así la antigua relevancia cultural de ese barrio histórico a pesar de los muchos indicios que hoy sugieren lo contrario. Puedes pulsar Willa Cather, puedes pulsar Amiri Baraka, puedes pulsar Frank O'Hara, puedes pulsar Jimmy Baldwin y un largo etcétera, pero como el azar es culturalmente insensible, en realidad lo que estaba ocurriendo mientras pasábamos por allí era que un joven loco con un corte de pelo moderno cada tanto se acercaba corriendo al megáfono y le gritaba a la bocina: ¡EL CAFÉ LOUP HA CERRADO! ¡EL CAFÉ LOUP HA CERRADO! Me acomodé con mis hijos en los asientos de brillante hierro forjado rojo que el ayuntamiento ha instalado en la plazoleta y vimos que se marchaba. ¡EL CAFÉ LOUP HA CERRADO! Luego se iba corriendo calle abajo y pensabas que ya se había acabado todo, pero al cabo de un momento venía de nuevo, con los vaqueros blancos ceñidos y todo sudoroso, el pelo con su corte moderno azotando al viento, y gritaba de nuevo: ¡EL CAFÉ LOUP HA CERRADO! ¡ESTO NO ES UN SIMULACRO! ¡EL CAFÉ LOUP HA CERRADO!

Mi hijo me preguntó si aquel hombre estaba «mal de la cabeza», que es el eufemismo del Downtown para loco de remate, pero mi hija, que es muy pero que muy perspicaz, dijo:

—¡Qué va, mira la ropa que lleva!

Me pareció una respuesta interesante. Significaba que mi hija empezaba a ser estadounidense. Significaba que ya se negaba a creer que los ricos pueden estar locos de remate.

El domingo fui a la Iglesia Negra para rendir culto a Monie Love y Dead Prez (con la colaboración de Jay). El pastor nos condujo a través del catecismo:

Monie in the middle
Where she at?
In the middle.[2]

¡Amén a eso! Luego pasamos al cuerpo del sermón, que era sobre nuestra lucha cotidiana:

You don't like that do ya?
You fucked up the hood?
Nigga, right back to you!
Hell yeah!
You know we tired of starving my nigga![3]

Y, ¡mira por dónde!, quedé embelesada. Al oír el modo como Dead Prez diseccionaba el asunto, en términos económicos. Al revelárseme el juego de arriba abajo. A lo mejor no hay juegos así en un bosque húngaro, pero yo no vivo en un bosque húngaro, yo vivo aquí, y estaba escuchando la fría verdad. Me conmovió profundamente. Rezamos juntos. Rezamos por:

Sandra Bland
Trayvon Martin
Eric Garner
Alton Sterling
Philando Castile
Michael Brown

---

2. *Monie in the Middle*, canción de Monie Love, cuyo nombre artístico suena igual que «amor al dinero». «*Monie en el medio. / ¿Dónde está? / En el medio.*»
3. *Hell Yeah (Pimp the System)*, de Dead Prez. «*No te gusta eso, ¿a que no? / ¿Has jodido el barrio? / ¡Negro, ahora te jodes tú! / ¡Ya te digo! / ¡Sabes que estamos hartos de pasar hambre, mi negro!*»

No nos detuvimos ahí, pero estoy practicando una economía de la forma. Y el pastor nos acogió a todos en su abrazo formando una cadena humana y dijo: Ahora rezaremos juntos una oración por esta joven criatura a la que dispararon porque era negra. Y que Dios me perdone, pero rompí la cadena. Dije: Mira, acabas de transformar el acto de un criminal en una característica de la víctima. Acabas de convertir la acción de una persona en el ser de otra. Dije: No le dices a una bruja: «Te están mortificando porque eres una bruja.» Le dices: «¡Te están mortificando porque estos cabrones creen en la brujería! ¡Toda su sociedad se basa en eso! ¡Nadie les ha echado un maleficio! ¡Son ellos los que practican la brujería a diario, colectivamente, juntos! ¡Toda su realidad se construye sobre la creencia en la brujería!»

Bueno, la congregación de la Iglesia Negra entendió lo que estaba diciendo, pero no era nada que no hubieran oído antes y además no creían que sirviese especialmente de ayuda en ese preciso momento teniendo en cuenta que a las brujas las mortificaban a diestro y siniestro, en cada puto sitio donde miraras. El pastor me llevó aparte y dijo: A ver, no eres de Estados Unidos, ¿verdad? O sea que hablas con el culo, si me permites el tecnicismo religioso. Y dije: Pastor, tienes toda la razón, veo las cosas desde el lado caribeño y, como los molestos africanos, aún no hemos aprendido del todo el catecismo. Se necesitan años y años de entrenamiento para reconocer sin reservas que eres una bruja, ¡pero estoy dispuesta! ¡Se me puede enseñar!

Dos de mis tías vinieron a la ciudad justo a tiempo para que Brett Kavanaugh montara su defensa. Como son señoras jamaicanas de cierta envergadura, ocupamos gran parte de la acera y nos lo pasamos en grande. Empezamos a caminar en Harlem y nos dirigimos hacia el Downtown, pero mis tías aún tienen por costumbre tomar alguna nota en un cuaderno con tapas de cuero cada vez que ven a un miembro ilustre de la diáspora y, cuando llegamos a Greene Street habían visto setecientos pintores, trescientos setenta y nueve artistas conceptuales y audiovisuales, unos ochocientos escritores, infinidad de músicos, cuarenta y siete escultores en materiales diversos, un cargamento completo de médicos y abogados de la farándula, bastantes profesores de yoga y otras hierbas, más un antiguo presidente, sin contar a Lyle Ashton Harris, John Legend, Hilton Als y Spike Lee en persona. Señoras, les dije, vais a gastar esos cuadernos, ¿no podríais ir tomando notas sobre la marcha? ¡Ni siquiera hemos llegado a Brooklyn! (Desde luego podría haberlas llevado a otro sitio, pero ya vienen de otro sitio y quería enseñarles la ciudad deslumbrante, como cualquier buena sobrina que sigue el itinerario turístico.) Mis tías me miraron de reojo. Cruzaron los brazos bajo sus pechos imponentes. Querida sobrina de piel marfileña, no nos metas prisa que estamos de vacaciones... Hagamos lo que nos apetezca. Quizá seamos brujas, pero este precioso aquelarre global al que perteneces demuestra que quien siembra vientos recoge tempestades, es nuestra maravillosa creación, ¡y además es glorioso! Así que a callar. Deja que disfrutemos mientras podamos. A ver, ¿sabes dónde está la placa de Lorraine Hansberry o no?

De todos modos, cuando llegamos a la punta de la isla tenían altos los ánimos raciales y nos les importó demasiado acomodarse a una mesa y ver el interrogatorio de Washington en un televisor inmenso que colgaba encima de la barra. A ver, la violación es tan común en la historia de nuestra familia como es común aquello que es común en la historia de la tuya, así que, a mi entender, lo que mis tías dijeron a continuación tiene cierta autoridad. Esto podría parecer una guerra entre hombres y mujeres, dijeron, pero en realidad es el último asalto de una clase dominante. ¿Ves la cara de mocoso llorón de Brett en el estrado? ¿La ves? Ésa es la cara que pone un mocoso cuando intentas quitarle el sonajero. Nosotras hemos tenido muchos, muchos bebés, así que sabemos de qué va el asunto. Estados Unidos sería el sonajero en este caso. Él cree que tiene derecho a hacer lo que le venga en gana con ese sonajero y las mujeres son un apartado más en esa idea. ¿Recuerdas cuando apretamos el botón de ese disparatado megáfono amarillo? ¿Cuando oímos a LeRoi Jones, bendito sea, gritar LA NACIÓN ES UN REFLEJO DE NOSOTROS MISMOS? Pero, querida sobrina de piel marfileña, como te hemos dicho, estamos de vacaciones y hemos venido a pasarlo bien. ¿Podemos ir ya a bailar?

Bailamos durante cuatro días, que resultó ser justo lo que duró la investigación en el Senado, y cuando el taxi dejó a mis tías en el aeropuerto JFK, Brett había demostrado una vez más que cuando un joven Brett nace en Estados Unidos, y nace con un sueño, ese sueño sólo se puede hacer realidad. ¡Sí, señor! Si tu pequeño Brett se lo propone de verdad (si cree, si tiene fe, si es un hombre como Dios manda y si se llama Brett) puede lograr todo lo que se proponga, y eso vale igual para todos vosotros, troys, kips, tripps, bucks y chads.

En fin, todo nos daba vueltas. Y no soy amiga de las teorías conspiratorias, pero sí parecía un poco sospechoso que justo cuando Brett prestaba juramento todo el mundo por debajo de la calle 14 recibiera un correo electrónico donde se informaba de que el Café Loup abría de nuevo sus puertas. Creo que incluso un artista de verdad residente en un bosque húngaro es capaz de imaginar que, dadas las circunstancias, nos pareció la mejor noticia que habíamos oído en muchísimo tiempo. Me probé cuatro combinaciones de ropa distintas y al final me decidí y me las puse todas. Entré corriendo, abriéndome paso. Estaba de bote en bote, pero una vez que te acostumbrabas a la masa de cuerpos apretujados era imposible no darse cuenta de que nada había cambiado. El papel de las paredes era el mismo, los camareros eran los mismos, la comida seguía sin ser especialmente buena, las mesas estaban diseminadas al azar por el local como de costumbre y todo el mundo seguía pensando que el pintor austríaco había abierto la puerta a un nuevo lenguaje pictórico o había aniquilado por completo la posibilidad de la expresión pictórica. La única diferencia era que en lugar de beber nuestros martinis habituales mientras debatíamos ese tema infinito, todo el mundo estaba bebiendo cerveza, brindando con cerveza y pidiendo a los camareros que les sirvieran otra cerveza. «A veces me pasaba bebiendo. A veces eran otros los que bebían más de la cuenta. Me gustaba la cerveza. Me sigue gustando la cerveza»; palabra de Brett. Supongo que por ese tipo de cosas los artistas de verdad viven en bosques húngaros, pero yo vivo aquí abajo, en el Downtown, así que recorrí varias mesas (la clave del Café Loup es que es un festín itinerante) y les conté a todos los individuos a quienes me encontraba que la próxima vez que me viera en ese garito o en la Iglesia Negra o en cualquier otra parte habría mandado a la mierda mi visado y tendría la ciudadanía, ¡qué cojones! Y fue genial que en el Café Loup nadie apartara la mirada ni mencionara el delicado asunto de que alguien que acaba de conseguir la nacionalidad pueda optar a ciertos premios artísticos nacionales hasta que ya iba bajando por la Sexta Avenida y no podía enterarme de nada.

La señorita Adele entre corsés

—Bueno, despídete —dijo la señorita Dee Pendency y a la señorita Adele le bastó una ojeada por encima del hombro para comprobar que no había nada que hacer.

La tira de corchetes se había desgajado del corsé. Dee sostuvo las dos mitades en alto estirando su boca grande y roja como una cuchillada en direcciones opuestas.

—Al menos puedes decir que murió en combate, cumpliendo con su deber.

—Perra, me toca salir en diez minutos.

—*Cuando una fuerza irresistible como tu culo...*

—No cantes.

—*Topa contra un viejo objeto inamovible, como este viejo corsé de mierda... ¡Puedes estar completamente segura!*

—Es culpa tuya. Has tirado demasiado fuerte.

—*De que algo va a ceder, algo va a ceder, ALGO VA A CEDER.*

—Has tirado demasiado fuerte.

—Los tirones no son tu problema.

Dee plantó una pierna huesuda y blanca del Medio Oeste sobre el tocador para ponerse una media hasta el muslo. Con un tacón señaló la descomunal caja de pollo con arroz de la señorita Adele.

—Hablo en serio, encanto.

La señorita Adele se sentó en un taburete roñoso de terciopelo y contempló su imagen en el espejo. Se estaba poniendo fondona y fofa de la misma manera y en las mismas zonas que su padre. Además, al estar en pleno invierno, tenía la piel cenicienta. Se sentía como un mueble de caoba antaño valioso espolvoreado con restos de cocaína. Esa batalla final con su corsé le había torcido la peluca. Tenía cuarenta y seis años.

—Préstame el tuyo.

—Buena idea. Puedes ponértelo de brazalete.

Y estaba muerta de cansancio como dicen los italianos: muerta de cansancio. Harta especialmente de esos chicos, esos mileniales o comoquiera que se llamaran. Siempre «en escena». Nada quedaba entre bastidores para ellos, sólo estaban de cara a la galería. No reconocerían una amistad sincera y fraternal aunque derribara la puerta del camerino y se les sentara en la cara.

La señorita Adele se levantó, se quitó los esparadrapos, se puso un gorro de felpa con orejeras y se calzó los zapatos cómodos. Se quitó la capa. ¿Quizá era hora de renunciar a la capa? Bastaba con que se viera de reojo desde un mal ángulo y ahí estaba papá en bata.

—El asunto con la ropa interior —dijo Dee— es que no puedes hacer una jugada maestra si no te tocan buenas cartas, ¿verdad? Como Obama.

—¡Calla de una vez!

La señorita Adele se introdujo en un voluminoso abrigo acolchado que le llegaba hasta los pies, una prenda verificada, según decía la etiqueta, por climatólogos en el Ártico.

—¡Está despampanante, señorita Adele!

—¿Acaso intento impresionar a alguien? Lo único que me espera en la puerta del escenario es una mononucleosis. Dile a Jake que me he ido a casa.

—Está ahí fuera, díselo tú misma.

—Me voy por aquí.

—¿Sabes eso que dicen, eso de elegir entre el culo o la cara?

La señorita Adele empujó con el hombro la puerta de la salida de emergencia. Oyó la apostilla en el hueco gélido de la escalera.

—Al final tendrás que escoger entre una cosa y la otra.

Aparte de para ir a trabajar, la señorita Adele intentaba no frecuentar mucho el East Side. Desde 1993 vivía en un soleado estudio de renta antigua en la Décima Avenida con la 23 y le encantaba cómo el West Side se comunicaba con el agua y la luz, le encantaban las elegantes galerías y los grandes edificios anónimos, el High Line fundado por banqueros y famosos, la sensación de claridad y riqueza.

¿Aquí abajo en cambio? Deprimente. Y aún peor a la luz del día. Bloques sórdidos amontonados al tuntún, estudiantes feos, antros de pizza, charcuterías cutres, salones de tatuaje. Nada aburría más a la señorita Adele que las reinonas decrépitas alabando con nostalgia los viejos tiempos... Por lo menos los banqueros no intentaban violarte a punta de navaja ni te vendían ácido malo. Y luego, a la que pasabas el Village nada tenía sentido. ¡Al cuerno con todas aquellas callejuelas de nombres bobos! Y buscar la ubicación en Google era tan engorroso (quitárse los guantes, ponerse las gafas, encontrar el maldito teléfono) que ni se planteó pararse en medio de aquel viento polar. Se puso a acechar como una fiera de arriba abajo por Rivington, lanzando miradas a quien se atrevía a levantar la vista. En la acera saltó un charco helado de fluidos amarillentos donde nadaban tres platos de cartón. ¡Qué vertedero! El ayuntamiento debería derribarlo todo por debajo de la calle 6 Este, reedificar, numerar el barrio, dotarlo de lógica y llenarlo de hoteles finos, ¡no uno ni dos, sino un montón! Y no gentrificar a medias: de cabo a rabo, sin concesiones. Sin conservar toda esa inmundicia decadente. La señorita Adele tenía derecho a opinar. Treinta años en una ciudad te dan ese derecho. Y ahora que finalmente ya no era guapa, sus opiniones eran lo único que poseía. Lo único que podía dar a los demás.

Siempre que Devin, su decepcionante hermano mellizo, se dignaba a llamarla desde su vida idílica con tres hijos, perro labrador y comida orgánica (el sueño húmedo de un negro progresista en el condado de Marin), la señorita Adele se encargaba de soltarle todas esas opiniones ganadas a pulso para que se enterara. «Ojalá ese hombre hubiera podido ser alcalde para siempre. PARA SIEMPRE. Ojalá fuera mi novio. Ojalá fuera mi papi.» O: «Deberían sacar petróleo de todo este estado de una maldita vez. Nos haremos ricos y nos independizaremos de capullos drogatas lastrados de deudas como vosotros. Vosotros nos estáis hundiendo a todos.» Su hermano acusaba a la señorita Adele de haberse vuelto más conservadora con la edad. Sería más preciso decir que estaba harta de dramas en cualquiera de sus formas, incluida la política. Por eso le gustaba que los barrios se gentrificaran: así el drama se borra por completo.

¿Y quién quedaba, de todos modos, para ponerse dramática? Todos los chicos guapos que le habían importado alguna vez se habían mudado a Brooklyn, a Jersey, a Fire Island, a Provincetown, a San Francisco o a la tumba. Eso simplificaba las cosas. Trabajo, cheque con la paga, apartamento, las secciones de estilo en el *Times*, el canal de cine clásico, Nancy Grace, a la cama. ¡Pum! Quizá una reposición de *Las chicas de oro*. Un poco de *Downton Abbey*. Ésa era su rutina y rara vez se alteraba como ahora, cuando tenía que arrastrar el culo por la ciudad en plena ola de frío polar para comprarse un corsé nuevo. ¡Virgen santa, qué frío! Sin sentirse ya los dedos de los pies, paró a una pareja de jóvenes temblorosos en la calle. Resultaron ser turistas británicos; alelados, se daban codazos y sonreían con emoción mirándole la nuez, como si saliera en su guía justo al lado de la pastelería Magnolia y el vaquero desnudo de Times Square. Llevaban un mapa, pero sin las gafas no le sirvió de nada. No tenían ni idea de dónde estaban. «¡Lo sentimos! ¡Abríguese bien!», le gritaron mientras se alejaban corriendo y se reían por lo bajo embozados en sus chaquetas North Face. La señorita Adele intentó recordar que ahora le gustaban todos los turistas sin excepciones y que añoraba a Bloomberg. También le encantaban los pelmazos de Central Park, el Midtown, las tiendas de Prada, *El rey león* y hacer cola para comprar pastelitos dondequiera que pusieran un local. Claro, por qué no, la volvía loca todo ese rollo. O sea que dedícales tu mejor sonrisa a esos jóvenes británicos. Contonéate hasta la esquina pisando fuerte con tus botines de tacón discreto forrados de lana. En cuanto desaparecieron de vista, sin embargo, todo se vino abajo; la sonrisa, la espalda erguida, todo. Aunque no te metas en líos, aunque no estés a veinte bajo cero, es una ciudad hostil. Hace falta mucha voluntad para seguir adelante sin torcerte. ¿Cuándo empezó a pesar más el esfuerzo que el placer? Parte del placer era precisamente eso: ir de compras. ¡A ella la fascinaba! ¡Vivía para ir de compras! Si ahora no volvía a comprarse ni un maldito trapo más, ni siquiera...

Clinton Corset Emporium. No había toldo, sólo un rótulo de cartón pegado en el escaparate. Cuando entró, una campanita tintineó sobre su cabeza (una campana de verdad, colgada de un cable antirrobo) y la señorita Adele se encontró en una habitación alargada y estrecha, más bien un pasillo, con un largo mostrador a la izquierda y al fondo un cubículo con una cortina para dar intimidad. Claramente carecía de muchos de los elementos que una chica espera de un emporio: música de fondo, perchas, estanterías, espejos, luces, etiquetas con los precios, etcétera. Por todas partes había sujetadores y corsés amontonados en cajas blancas de cartón que llegaban hasta el techo como si fueran las paredes del local.

—Buenas tardes —dijo la señorita Adele quitándose los guantes delicadamente, dedo a dedo—. Estoy buscando un corsé. ¿Alguien me podría ayudar?

Había una radio encendida; una tertulia radiofónica a todo volumen. Alguna emisora AM que traía las últimas noticias desde una tierra lejana donde la gente habla con sonidos guturales. ¿Uno de aquellos lugares del Este, rusos? La señorita Adele no era ni lingüista ni geógrafa. Se bajó la cremallera del abrigo, carraspeó y miró fijamente al presunto dueño del local. Estaba repantigado detrás del mostrador, escuchando la radio con una cara trágica, como uno de esos taxistas patosos a los que ves encorvados al volante sintonizados día y noche a las malas noticias de su tierra natal. ¿Y para qué? La señorita Adele nunca lo entendería. ¡Quita esa mierda! ¡Mira la calle! ¡Deja que el lugar del que te marchaste se quede donde está! Desde el día en que la señorita Adele se largó de Florida, Dios lo sabe bien, no ha vuelto a pensar en aquel maldito estercolero.

¿La veía por lo menos? Estaba de perfil con la cabeza apoyada en una mano. Parecía rondar la edad de la señorita Adele, pero se veía más desmejorado: la cara abotargada, unos veinticinco kilos de sobrepeso, barbudo, pinta de religioso, completamente absorto en la radio. Mientras tanto, al fondo, detrás de la cortina, la señorita Adele distinguió a dos mujeres hablando.

—Acaba de cumplir catorce. ¿Por qué no le contestas a esta señora tan amable? Intenta ayudarte. Acaba de cumplir catorce.

—O sea, que todavía está creciendo. Hay que tenerlo en cuenta. Wendy, ¿me puedes acercar un Brava 80 B?

Una asiática minúscula apareció por detrás de la cortina, fue derecha hasta el mostrador y se esfumó por debajo. La señorita Adele se volvió hacia el dueño. Tenía los puños apretados como patatas calientes y apoyaba la barbilla encima, con la cabeza ladeada y disfrutando al parecer de lo que la señorita Adele más tarde describiría como «la diatriba»: ¿acaso no retumbaba hasta en el último rincón de aquel sitio? ¿Acaso no era imposible ignorarlo? Sentía que, más que en una tienda, había entrado en la boca llena de espumarajos de un desconocido. IRA Y JUSTICIA, tronaba la radio sin importar las palabras con que lo expresara, JUSTICIA E IRA. La señorita Adele cruzó los brazos delante del pecho a modo de escudo. Esa voz no, hoy no. Ni ningún otro día, no la quería oír nunca más, no era para la señorita Adele. Cuando llegó a Nueva York treinta años atrás ya sabía cómo evitar que la convirtieran en una estatua de sal y no fue una sorpresa verse durante cuarenta días (o cuatro años) en el desierto (de la Avenida A). Y aunque durante dos décadas había aprendido que sobre la faz de la Tierra no hay un lugar que esté completamente a salvo de las voces que claman ira y justicia (ni siquiera en la nueva Nueva York), había organizado su vida con suma diligencia para que esas voces se cruzaran lo mínimo en su camino. (Los domingos iba a hacer la compra con una camiseta recortada donde se leía PECADORA.) Quizá la bautizaran sumergiéndola por completo con la mano de su padre en la nuca y su bendición en el oído, pero ella había salido de un salto de aquel somero canal tan pronto como fue capaz. ¿Iban a tenderle una emboscada ahora, en el emporio de los corsés?

—Un corsé —repitió enarcando sus espectaculares cejas—. ¿Me pueden ayudar o no?

—¡WENDY! —chilló la voz desde detrás de la cortina—, ¿podrías atender?

La chica emergió de pronto desde abajo como una marioneta sosteniendo una escalera de mano contra el pecho.

—¡Estoy buscando el Brava! —chilló antes de dar la espalda a la señorita Adele, abrir la escalera y empezar a subir.

Mientras tanto, el dueño le gritó algo a la mujer que había detrás de la cortina y ésta, adoptando el mismo idioma, le contestó a gritos también. La voz de la radio se exaltaba más y más, como si fuera a darle un síncope.

—Por norma, en un pequeño comercio... —comenzó a decir la señorita Adele.

—Perdón, un momento —dijo la chica, que bajó con una caja, pasó como un rayo por delante de la señorita Adele y desapareció de nuevo detrás de la cortina.

La señorita Adele respiró hondo. Se apartó del mostrador, se quitó el gorro y se colocó detrás de la oreja un mechón lila del flequillo. Era la primera vez desde hacía semanas que le sudaba la cara. Justo cuando se planteaba dar media vuelta y largarse con un portazo tan grande que la maldita campanilla saldría volando, se abrió la cortina y apareció una niña de aire apocado a la que su madre rodeaba con el brazo. Ni una ni la otra eran grandes bellezas. La niña parecía de malhumor y andaba encorvada de mala gana, como una prisionera, mientras que la madre al menos se esforzaba por no perder la compostura. La madre parecía compungida y demasiado joven para tener una hija adolescente. O a lo mejor tenía la edad justa. Los chicos de Devin ya eran adolescentes. Y la señorita Adele era casi de la misma edad que el presidente. Nada tenía mucho sentido, pero se suponía que había que aceptarlo de todos modos y seguir adelante como si fuese lo más natural del mundo.

—Porque no son como las manos y los pies —explicó una voz cálida y vivaz desde detrás de la cortina—. Crecen de manera independiente.

—Muchas gracias por su consejo, señora Alexander —dijo la madre como si hablara con el cura a través de la celosía—. El problema es esta protuberancia de aquí. Por desgracia, todas las mujeres de nuestra familia la tenemos. La caja torácica curvada.

—Pero verá, es curioso, porque la curva es completamente distinta en su caso y en el de la chica, ¿se ha fijado?

La cortina se abrió. Quien hablaba resultó ser una mujer larguirucha de poco más de cincuenta años, con cintura de avispa, una cara alargada y humana (hoyuelos, expresión alegre) y una impresionante cabellera castaña.

—Dos pájaros, dos tiros. Así es como lo hacemos aquí. Cada una necesita algo diferente. Eso es lo que unos grandes almacenes no ofrecen. La atención individual. Señora Berman, ¿le cuento un truco?

La joven madre levantó la vista hacia el largo cuello de la señora Alexander, un pato admirando a un cisne.

—Llévelo en todo momento. Hágame caso, sé de lo que hablo. Yo llevo el mío ahora mismo y cada día. ¡En mis tiempos te lo daban en cuanto salías del hospital!

—Bueno, se la ve estupenda.

—No crea todo lo que ve. Usted asegúrese de que los tirantes están bien ajustados, como ya le he enseñado. —Se volvió hacia la hija malhumorada y le puso un dedo en cada hombro desalineado—. Eres ya una mujer, una hermosa mujercita, y tienes...

Antes de que acabara la frase la interrumpieron otra vez desde detrás del mostrador y hubo un rápido intercambio de frases bruscas y misteriosas durante el cual, para satisfacción de la señorita Adele, al parecer la esposa dijo la última palabra. La señora Alexander respiró hondo antes de continuar:

—Así que tienes que comportarte como una mujer. ¿De acuerdo? —Le alzó la barbilla a la criatura y le acarició la mejilla un instante—. ¿De acuerdo?

La chica se irguió aun sin pretenderlo. Ya ves, unos intentan allanarte el camino en este mundo mientras que otros sólo te ponen trabas, opinaba la señorita Adele. Acuérdate de la pobre mamá, que tapaba los cantos de la mesa con la mano para que los críos no nos abriéramos la cabeza. Ese tipo de cuidado instintivo, espontáneo. Ahora que usaba ropa propia de las mujeres maduras, la señorita Adele había empezado a sentir una nueva afinidad hacia ellas, más profunda de la que jamás había sentido hacia las mujeres jóvenes, cuando aún le entraban los pantaloncitos provocativos de una corista. Paseando por la ciudad no dejaban de sorprenderla esas extrañas parejas que combinaban la suavidad y la dureza. En las tiendas, en los restaurantes, en la cola de la farmacia siempre se hacía la misma pregunta: ¿por qué sigues aún casada con este patán, por el amor de Dios? Querida, tus hijos ya son mayores. Cuentas con tus propias tarjetas de crédito. Eres la que tiene empuje. ¿No ves que este tipejo es un mueble? No vivimos en 1850. Esto es Nueva York. ¡Corre, nena, corre!

—¿Quién va ahora? ¿En qué puedo ayudarla?

Madre pata e hija siguieron a la dependienta hasta el mostrador para pagar la cuenta. Tras una breve pausa, la radio reemprendió su escalada iracunda. ¿Y la señorita Adele? La señorita Adele se volvió como una flor hacia el sol.

—Verá, necesito un corsé nuevo. Que sea resistente.

La señora Alexander asintió con una gran sonrisa.

—Acompáñeme.

Juntas pasaron a la zona del probador. Pero justo cuando la señorita Adele iba a correr la cortina para separar a las damas de los patanes, marido y mujer intercambiaron una mirada y la señora Alexander sujetó el paño raído de terciopelo rojo un poco más arriba que la señorita Adele y lo dejó descorrido.

—Espere, le mandaré a Wendy. Tengo que comentar una cosa con mi marido. ¿Le importa? Ponemos la cortina por pudor. ¿A usted le da pudor?

Era una mujer muy singular. Su rostro expresaba las emociones por capas: cejas marcadas e irónicas, ojos tristes de color violeta y una boca pícara, elástica. Le recordaba a una estrella de cine de antaño, pero ¿a cuál?

—¡Qué graciosa es usted! —dijo la señorita Adele.

—Con una vida como la mía te tienes que reír... Marcus, por favor, un minuto... —Porque él no paraba de acosarla a ladridos, prácticamente insistiendo en que «dejara de hablar con aquel *schwarze*», lo cual hizo que la señora Alexander sacara la cabeza del probador para decir algo como «¿a ti qué te pasa, no ves que estoy ocupada?» antes de volverse con una sonrisa tensa hacia su nueva amiga y confidente, la señorita Adele—. ¿Le importa que no le tome yo misma las medidas? Wendy podrá hacerlo en un momento. Tengo que ocuparme de... Pero, oiga, si tiene prisa, no tema, tenemos muy buen ojo.

—¿Le puedo enseñar el que tenía?

—Por favor.

La señorita Adele abrió la cremallera del bolso y sacó la ruina.

—¡Oh! ¡Se me parte el corazón! ¿Es de aquí?

—No me acuerdo. Es posible, pero de hace diez años quizá.

—Tiene sentido, éstos ya no los vendemos. Diez años son diez años. Hora de un cambio. ¿Qué va a llevar debajo? ¿Palabra de honor? ¿Corto? ¿Largo?

—Todo. Estoy intentando esconder un poco de esto.

—Usted y el resto del mundo. Bien, ése es mi trabajo. —Se inclinó y acercó los labios a la oreja de la señorita Adele—. Ahora bajaré la voz. ¿Qué tiene ahí arriba? ¿Chicha o relleno?

—Lo primero no.

—Entendido. ¡WENDY! Necesito un Futura y un Queen Bee, corsés, cierre delantero, una ciento veinte. Trae una ciento treinta también. Marcus, por favor, un minuto, ¿de acuerdo? ¡Y trae también el Paramount! ¡El cruzado! Hay gente que se ofende cuando preguntas. Todo los ofende. Personalmente no creo en la «corrección política» —dijo articulando la frase despacio, con gran sinceridad, como si acabara de acuñarla ella misma—. Tengo la lengua muy larga. ¡No puedo evitar decir lo que pienso! Ahora, cuando venga Wendy, quítese todo hasta aquí y pruébese cada corsé ceñido al máximo. Si quiere marcar cintura, la verdad es que dolerá. Pero supongo que eso ya lo sabe.

—¡Loretta Young! —exclamó la señorita Adele mientras la señora Alexander se alejaba hacia el mostrador—. Se parece usted a Loretta Young. ¿Sabe quién es?

—¿Que si sé quién es Loretta Young? Discúlpeme un momento si es tan amable.

La señora Alexander levantó los brazos y le dijo algo a su marido, aunque lo único que la señorita Adele pudo entender fue la triple repetición del nombre *Loretta Young*. A modo de respuesta, el marido emitió un ruido situado a medio camino entre un suspiro y un gruñido.

—Hágame un favor —pidió la señora Alexander volviéndose hacia la señorita Adele—. Póngalo por escrito, échelo al correo y que lo lea todas las veces que quiera. Es muy lector.

La cortina se cerró, pero no del todo. Quedó abierta apenas un par de dedos, los suficientes para que la señorita Adele viera una película muda, aunque sólo en el sentido de que los gestos lo eran todo. Era un drama conyugal en otro idioma, pero por lo demás idéntico a los que Devin y ella habían visto de niños por una rendija de la puerta en el dormitorio de sus padres. Consternada, fascinada, observó al marido recalcando con saña su argumento, cualquiera que fuese (¿«traes la vergüenza a esta familia»?), y a la señora Alexander, que claramente lo contrariaba (¿«he dado mi vida por esta familia»?); observó que él se ponía beligerante (¿«debería darte vergüenza»?) y ella más sarcástica (¿«claro, porque tú eres *tan* buen hombre»?) rivalizando a voces con la radio (¿«PECADORES»?) hasta alcanzar un nivel de dramatismo perfectamente irracional. La señorita Adele trató de captar palabras sueltas para buscarlas más tarde en Google. ¡Ojalá existiera una aplicación para traducir las discusiones entre desconocidos! Mucha gente la compraría. La señorita Adele había leído en el *Times* que se podían ganar ochocientos de los grandes por una aplicación así, sólo por la «idea». (Y la señorita Adele siempre se había considerado una persona con un montón de ideas, una persona muy creativa, la verdad, que por algún motivo nunca había acabado de encontrar su sitio; una persona que, en los últimos años, a menudo se había preguntado si el mundo y la tecnología por fin requerían esa clase de talento creativo que ella poseía desde siempre, aunque por desgracia una y otra vez lo hubieran despreciado, primero sus padres —que querían gemelos predicadores— y más adelante sus profesores, que la veían sólo como una criatura negra aislada en un colegio evangélico, una egipcia entre israelitas; y por último en Nueva York, donde sus pómulos y su culo habían dejado otras dotes en segundo plano.) ¿Quieres saber qué haría la señorita Adele con ochocientos de los grandes? Compraría un estudio en Battery Park y se pasaría el día entero viendo los helicópteros que sobrevuelan la bahía.

(Y si crees que la señorita Adele no podría encontrar un estudio en Battery Park por ochocientos de los grandes estás mal de la cabeza. Si algún don tenía era el olfato inmobiliario.)

Sudando por el esfuerzo y la ansiedad, la señorita Adele se quedó atascada en la cintura, que a saber cómo se había convertido en la cintura de Devin. Forcejeó con las hebillas y los corchetes, se dio cuenta de que respiraba con dificultad. ABOMINACIÓN, aulló la radio. «¡Saca a ese engendro de mi tienda!», gritaba el hombre con toda seguridad. «¡Ten compasión!», suplicaba la mujer (básicamente). Aquel treinta por ciento de dejadez extra de Devin se había replicado exactamente igual en su antes grácil cintura. No cabía por mucho que tirara. ¡Qué martirio! Se oyó haciendo unos ruidos raros, casi gruñidos.

—¿Todo bien ahí dentro?

—El primero no me va. Estoy probando el segundo.

—No, no haga eso. Espere. Wendy, entra ahí.

Al cabo de un segundo tenía a la chica delante, más cerca de lo que nadie había estado de su cuerpo desnudo en mucho tiempo. Sin mediar palabra, la chica sujetó con una manita el corsé por un extremo y, con sorprendente fuerza, tiró hacia el otro lado hasta que juntó las dos partes. Asintió y le indicó a la señorita Adele que lo abrochara mientras ella permanecía agachada como una levantadora de pesas soltando el aire en bocanadas breves, feroces. Detrás de la cortina se había reanudado la discusión.

—Respire —dijo la chica.

—¿Siempre se hablan así? —preguntó la señorita Adele.

La chica la miró sin comprender.

—¿Ahora bien?

—¡Ah, sí! Gracias.

La chica se escabulló. La señorita Adele examinó su nueva silueta. Mejor imposible a esas alturas de la vida. Se puso de lado y contempló con una mueca el pecho, que no se rasuraba desde hacía tres días. Costaba más acicalarse en invierno. Se puso la blusa para contemplar el efecto vestida desde el ángulo contrario y, al volverse, vio de nuevo al marido reprendiendo todavía a la señora Alexander, aunque ahora con susurros violentos. En ese mismo momento, como si se diera cuenta de que lo observaban, el hombre levantó la vista hacia la señorita Adele; no llegó a mirarla a los ojos, sólo del cuello para abajo dándole un buen repaso. ¡JUSTICIA!, gritó la radio, ¡JUSTICIA E IRA! La señorita Adele se quedó como si la clavaran de un martillazo en el suelo. Ajustó la cortina de un tirón. Oyó que el marido zanjaba la conversación como solía hacer su padre: no con razones o palabras persuasivas, sino a voz en grito. La campanita colgada en la puerta del emporio tintineó.

—¡Molly! ¡Qué alegría verte! ¿Cómo están los chicos? Justo ahora estoy atendiendo. —Los dedos largos y pálidos de la señora Alexander se enroscaron en el ribete de terciopelo—. ¿Permiso?

La señorita Adele abrió la cortina.

—¡Oh, estupendo! Ve, ahora le marca la silueta.

La señorita Adele se encogió de hombros peligrosamente al borde de las lágrimas.

—Me vale.

—Bien. Marcus dijo que le valdría. Sabe calcular la talla de un corsé a cuarenta pasos, créame. Al menos es bueno en eso. Pues si éste le vale, el otro también. ¿Por qué no se lleva los dos? ¡Así no tiene que volver hasta dentro de veinte años! Es una ganga. Molly, enseguida estoy contigo.

Apareció entonces en la tienda una tropa de niños, pequeños y grandes, con dos mujeres de aspecto maternal que saludaban al marido mientras él las recibía cálidamente con sonrisas, besos en las mejillas, etcétera. La señorita Adele recogió su enorme abrigo y empezó a prepararse para salir a la intemperie. Observó que el marido de la señora Alexander bromeaba con dos críos, estiraba el brazo por encima del mostrador para alborotarles el pelo mientras su esposa (a quien ahora miró aún más detenidamente) supervisaba ese despliegue de falsedad sonriendo como si todo lo que había pasado entre los dos no fuera nada más que un incidente doméstico sin importancia, un absurdo rifirrafe por la contabilidad o cualquier otra minucia. ¡Ay, Loretta Young, allá tú! ¡La familia es lo primero! Una frase que a la señorita Adele le sonaba vaga, hueca; uno de esos pozos ciegos donde la gente echa por comodidad cualquier cosa que no puede afrontar a solas. Un agujero donde se esconden los cobardes. Y así podías agarrar a tu esposa del cuello, podías tener a tus hijos amilanados y encogidos en un rincón, pero cuando suena la campanita es la hora de la merienda y «¡la familia es lo primero!»: a hacer el papel delante de la congregación con los pasteles de mamá y sonrisas a tutiplén. «Éstos son mis hijos, Devin y Darren.» Dos funciones al día durante diecisiete años. Cuando has espiado detrás de la cortina, nunca vuelves a ver nada con los mismos ojos.

La señorita Adele se fijó en una chica adolescente apoyada en el mostrador que de pronto recuperó la buena educación y dejó de mirarla con la boca abierta.

—¿Puedo hacerle una pregunta? —le preguntó a la señora Alexander cuando se le acercó con los dos corsés, cada uno en su caja—. ¿Tienen hijos?

—¡Cinco!

La señorita Adele se sintió exhausta. Había leído en el *Times* que para 2050 casi todo el mundo viviría en apartamentos unipersonales. Por lo visto era una mala noticia.

—¡Dios! —exclamó.

—No —contestó la señora Alexander frotándose la barbilla pensativamente—. Él no tuvo nada que ver, se lo aseguro. ¡Estoy contigo en un minuto, Sarah! Hace tanto... —se interrumpió para hablarle secamente a su marido, que le contestó con la misma aspereza antes de retomar la frase como si nada— tiempo. ¡Tanto tiempo! ¡Y mira estas niñas! ¡Están altísimas!

La señorita Adele cogió los corsés y sacó la billetera.

—Perdón, pero ¿le estoy causando alguna molestia? Quiero decir entre usted y su...

Las dos miraron al marido, que no se percató porque estaba ocupado toqueteando la antena de la radio para suprimir las interferencias que interrumpían los alaridos.

—¿Cómo dice? —repuso la señora Alexander con una expresión tan inocente que la señorita Adele estuvo tentada de concederle el Óscar ahí mismo a pesar de que aún era febrero—. ¿Molestia en qué sentido?

La señorita Adele sonrió.

—Usted debería estar en un escenario. Podría hacer un número antes del mío y calentar el ambiente.

—Dudo de que usted necesite calentarlo mucho, ni siquiera con estas temperaturas. No, no me pague a mí, páguele a él. —Un crío pequeño pasó corriendo a su lado con un sujetador rosa en la cabeza. Sin una palabra, la señora Alexander se lo quitó, lo dobló por la mitad y remetió los tirantes pulcramente dentro de las copas—. ¿Usted tiene hijos?

A la señorita Adele la sorprendió tanto la pregunta, la pilló tan a contrapié, que sin darse cuenta dijo la verdad.

—Mi hermano. Él sí tiene hijos. Somos gemelos, supongo que aprecio a sus hijos como si también fueran míos.

La señora Alexander apoyó las manos en su cinturita de avispa y asintió.

—Vaya, eso sí que es fascinante. Nunca me había parado a pensarlo. La genética es un mundo asombroso, ¡asombroso! Si no estuviera en el negocio de la corsetería, le digo que ésa sería mi especialidad. Quizá haya más suerte la próxima vez, ¿no? —Se rió con tristeza y miró hacia el mostrador—. Él se pasa el día oyendo sus conferencias, es muy culto. Yo me perdí todo eso. En fin, ¿conforme?

Y tú, ¿estás tú conforme? ¿Conforme de verdad, Loretta Young? ¿Y me lo contarías si no lo estuvieras, Loretta Young, la mujer del obispo? ¡Ah, Loretta Young, Loretta Young! ¿Se lo contarías a alguien?

—Molly, no digas una palabra más, tengo clarísimo lo que necesitas. Encantada —le dijo la señora Alexander a la señorita Adele por encima del hombro mientras acompañaba a la nueva clienta al otro lado de la cortina—. Vaya con mi marido y arregle las cuentas con él. Que tenga un buen día.

La señorita Adele se acercó al mostrador y dejó los corsés encima. Miró fijamente el lado visible de la cabeza del marido de la señora Alexander. Éste cogió la primera caja. La observó como si nunca hubiera visto una caja de corsés. Sin prisas anotó algo en el cuaderno que tenía delante. Cogió la segunda caja y repitió el procedimiento, pero aún con más parsimonia. Luego, sin levantar la mirada, empujó las cajas hacia su izquierda hasta que llegaron a las manos de Wendy, la dependienta.

—Cuarenta y seis con cincuenta —dijo Wendy, aunque no sonaba muy segura—. Mmm... Señor Alexander, ¿hay descuento en el Paramount?

Él estaba en su mundo, con la mirada perdida. Wendy rozó con un dedo la camisa de su jefe; pareció despertarlo de su estupor. De pronto se irguió en su taburete y soltó un puñetazo en el mostrador, igual que cuando papá expulsaba al demonio durante el desayuno, y empezó de nuevo a gritarle a su esposa; repetía sin parar una pregunta mordaz con la vehemencia que distingue a esos hombres. La señorita Adele se esforzó por entenderla. Algo así como «¿ya estás contenta?» o «¿esto es lo que quieres?» o «¿ves lo que has hecho, ves lo que has hecho, ves lo que has hecho?».

—¡Eh, oiga! —exclamó la señorita Adele—. Sí, usted, señor. Si le parezco tan repugnante, si me desprecia tanto, ¿por qué acepta mi dinero? ¿Eh? ¿Va a aceptar mi dinero? ¿Mi dinero? Entonces, por favor: míreme a los ojos. Hágame ese favor, ¿de acuerdo? Míreme a los ojos.

Unos ojos azulísimos se alzaron muy despacio para encontrarse con las lentillas verdes de la señorita Adele. El azul fue inesperado, como los dibujos en el reverso de las alas de una mariposa por lo demás corriente; las pestañas negras y largas estaban humedecidas, temblorosas. La voz tampoco tenía nada que ver con la de su mujer, era lenta y pausada, como si antes de elegir cada palabra la cotejara con la eternidad.

—¿Habla conmigo?

—Sí, hablo con usted. Hablo de la atención al cliente. Atención al cliente. ¿Le suena de algo? Yo soy su clienta. ¡Y no me gusta que me traten como algo que se le ha pegado en el maldito zapato!

El marido suspiró y se restregó el ojo izquierdo.

—No entiendo... ¿le he dicho algo? ¿Mi mujer le ha dicho algo?

La señorita Adele cambió el peso a la otra cadera y se planteó fugazmente una retirada. Después de todo a veces ocurría (y lo sabía por experiencia) que si pasas mucho tiempo en soledad, cuando intentas descifrar las señales de los demás a veces las malinterpretas...

—Oiga, su mujer es amable, es civilizada, no estoy hablando de su mujer. Estoy hablando de usted. Escuchando su... no sé cómo llamarlo, su discurso cargado de odio retumbando en estas cuatro paredes. Tal vez no me cree digna de Dios, hermano, y quizá no lo soy, pero he entrado en su establecimiento con dinero contante y sonante, dólares estadounidenses de los de toda la vida, y le pido que respete eso y que me respete a mí.

El hombre empezó a restregarse el otro ojo, la misma maniobra.

—Ya veo —dijo al final.

—¿Disculpe?

—¿Entiende lo que están diciendo por la radio?

—¿Cómo?

—¿Habla el idioma que oye por la radio?

—No necesito hablarlo para entenderlo. ¿Y por qué lo ha puesto a todo volumen? Soy una clienta: digan lo que digan, no quiero oír esa mierda. No necesito una traducción, capto el tono. Y no crea que no he visto cómo me miraba. ¿Quiere que se entere su mujer? ¿Le cuento que me ha espiado a través de esa cortina?

—Primero dice que no la miro. ¿Ahora resulta que sí la miro?

—¿Hay algún problema? —preguntó la señora Alexander asomando la cabeza por detrás de la cortina.

—No soy idiota —dijo la señorita Adele señalando la carcasa de la radio con el dedo—. Tengo un radar para esa mierda. Y tanto usted como yo sabemos que hay una manera de no mirar a alguien, incluso mirándolo.

El marido juntó las palmas de las manos en un gesto que oscilaba entre la plegaria y la exasperación; luego empezó a sacudirlas hacia su esposa mientras hablaba con ella, por encima de la cabeza de la señorita Adele, en aquella lengua endiablada.

—¡Eh, hable en cristiano! ¡En cristiano! ¡Tenga consideración conmigo! ¡Hable para todos!

—Se lo traduzco: le estoy preguntando a mi esposa qué ha hecho para disgustarla.

La señorita Adele se volvió y vio a la señora Alexander abrazándose los costados y meciéndose, menos como Loretta Young ahora y más como Vivien Leigh jurando sobre la tierra roja de Tara.

—¡No estoy hablando de ella!

—Señor, ¿no he sido educada y amable con usted? ¿Señor?

—En primer lugar no soy ningún señor. Usted vive en esta ciudad, llame al pan, pan y al vino, vino, ¡coño!

Ahí estaba el carácter de la señorita Adele, tan salvaje como de costumbre. Tenía esos arranques desde siempre. Ya le daban problemas incluso antes de ser la señorita Adele, cuando todavía era el pequeño Darren

Bailey. Estallaba cuando no pisaba sobre seguro, como un cohete de pirotecnia que sale disparado en cualquier dirección, impredecible, y lastima a transeúntes inocentes; a menudo, por alguna razón, mujeres. ¿Cuántas mujeres habían estado delante de la señorita Adele con la misma expresión con que la miraba ahora la señora Alexander? Empezando por su madre y hasta donde le alcanzaba la memoria. El único Juicio Final que habría tenido sentido alguna vez para la señorita Adele era aquel en que todas las damas dolidas y desengañadas formaban una fila, como un coro de sentimientos heridos, y una tras otra le leían la cartilla, sin cesar, durante toda la eternidad.

—¿He sido grosera con usted? —le preguntó la señora Alexander poniéndose colorada—. No, no lo he sido. Yo vivo y dejo vivir.

La señorita Adele miró al público que la rodeaba. Todo el mundo en la tienda había interrumpido lo que estaba haciendo y guardaba silencio.

—No estoy hablando con usted. Intento hablar con este caballero de aquí. ¿Podría apagar esa radio para que pueda hablar con usted, por favor?

—Bien, pues quizá sea mejor que se marche ya —dijo él.

—En segundo lugar —continuó la señorita Adele contando con los dedos de la mano pese a que no había nada más en la lista—, en contra de lo que pueda parecer y sólo a título informativo, no soy árabe. Ya sé que parezco árabe. Nariz larga. Piel pálida. La gente siempre coge el rábano por las hojas. Así que puede odiarme, muy bien, pero debería saber a quién odia y odiarme por las razones adecuadas. Porque ahora mismo ese odio va muy desencaminado, usted y su radio están desperdiciando su odio. Si quiere odiarme, archívelo en la letra ene, de «negra». De «afroamericana». Sí.

El marido frunció el ceño y se mesó la barba.

—Usted es una persona muy confundida. La verdad es que no me importa qué sea usted. Todas esas conversaciones me resultan de hecho muy aburridas.

¡Como si supiera que para la señorita Adele el aburrimiento era la forma de agresión más pura! ¡Ella, que siempre había sido tan bella y fascinante, que nunca había conocido la ambivalencia!

—¿Lo estoy aburriendo?

—Sinceramente, sí. Y además, está hablando con mucha grosería. Así que se lo pido con educación: márchese, por favor.

—Ahora mismo salgo por esa puerta, créame. No sabe las ganas que tengo de dejar de oír esas putas monsergas. Pero no pienso marcharme sin mi puñetero corsé.

El marido se deslizó finalmente del taburete y se puso de pie.

—Márchese ya, por favor.

—¿Quién va a obligarme? No puede tocarme, ¿no? Ésa es una de sus leyes, ¿no? Soy impura, ¿no? Entonces, ¿quién va a tocarme? ¿Esta pobre chica, la emigrante explotada?

—¡Eh, racista de mierda, vete a tomar por culo! ¡Soy estudiante internacional! ¡En la Universidad de Nueva York!

Et tu, Wendy? La señorita Adele miró con tristeza a su potencial aliada. Gracias a la escalera, Wendy era ahora un par de palmos más alta y aprovechaba esa elevación para señalar cara a cara con el dedo a la señorita Adele. Que estaba muerta de cansancio.

—Deme mi maldito corsé y ya está.

122

—Señor, disculpe pero de verdad le digo que tiene que marcharse ahora —dijo la señora Alexander caminando hacia la señorita Adele, rodeándose la cintura minúscula con sus elegantes brazos—. Aquí hay menores y su lenguaje no es apropiado.

—Llámeme «señor» una vez más... —dijo la señorita Adele, que hablaba con la señora Alexander, pero seguía mirando al marido—. Y estrellaré esa radio contra el puto escaparate. Y no vaya a pensar que soy antisemita ni historias raras... —Se le quebró la voz.

Sintió que abandonaba su cuerpo y se vio en cinemascope, en una de aquellas reposiciones a las que solía ir en Chelsea, con un chico muy querido, muerto hacía mucho tiempo, a quien le encantaba gritar a la pantalla cuando algo así podía incluso parecer especial. Cuando la gente joven todavía iba a ver películas antiguas a una sala de cine. ¡Oh, si ese chico estuviera vivo! ¡Si pudiera ver a la señorita Adele en esa pantalla en ese mismo momento! ¿No estaría abucheando su actuación, no rezongaría y se taparía los ojos como hacía con Hedy o con Ava cuando tomaban sus catastróficas decisiones en la vida, todas irreversibles, por muy fuerte que chillaras? El chico no estaba vivo. No podía gritar o apoyar la cabeza en el hombro de la señorita Adele, y nadie había ocupado su lugar ni podría ocuparlo jamás y esos chicos nuevos que conocías pensaban que las películas antiguas eran «cursis», «ridículas» o «embarazosas», y Devin tenía su propia vida, sus chicos, su esposa, y ya no había ningún hogar más allá de la calle 10.

—Se trata simplemente de educación —zanjó la señorita Adele—. E-du-ca-ción.

El marido sacudió la cabeza greñuda y se rió por lo bajo.

123

—¿Usted está comportándose con educación? ¿Esto es educación?

—Pero yo no he empezado esta...

—Se equivoca. La ha empezado usted.

—Ahora pretende que me tomen por una loca, pero desde el momento en que he puesto un pie aquí dentro ha intentado que perciba que no quiere a alguien como yo en su tienda; ¿por qué se empeña en negarlo? ¡No puede ni mirarme a la cara! Sé que odia a los negros. Sé que odia a los homosexuales. ¿Cree que no lo sé? Me basta con verlo para saberlo.

—¡Se equivoca! —exclamó la mujer.

—No, Eleanor, quizá ella tenga razón —dijo el marido levantando una mano para que la mujer no siguiera—. Quizá vea lo que hay en el corazón de los hombres.

—¿Sabe qué? Es obvio que esta señora no puede decir lo que piensa delante de usted. Ni siquiera me apetece hablar del tema ni un segundo más. Mi dinero está en el mostrador. Esto es Nueva York y estamos en el siglo XXI. Esto es América. Y soy una cliente que ha pagado una compra. Démela.

—Coja su dinero y váyase. Se lo pido con educación antes de llamar a la policía.

—Estoy segura de que el caballero se irá pacíficamente —anunció la señora Alexander mordiéndose la uña del dedo índice.

Pero a la señorita Adele se le cruzaron los cables una vez más: arrancó el corsé de las manos del marido de la señora Alexander, abrió de una patada la puerta del Emporio del Corsé, salió pitando por la calle helada, resbaló y se cayó de bruces al suelo. Después, en fin, sintió algunos remordimientos, desde luego, pero a esas alturas no quedaba mucha más opción que levantarse y echar a correr con un dramático tajo sangrando en la mejilla izquierda, la peluca torcida; y sin duda alguna quienes se cruzaron con ella la tomaron por una pobre desquiciada de Bellevue, una calamidad, una vieja gloria de la fauna pervertida de la ciudad... Salvo que en esas calles todos eran extraños para la señorita Adele. No conocían el contexto, ignoraban el lugar de donde venía, no sabían que había pagado hasta el último centavo en sucios dólares americanos y sólo se llevaba lo que por derecho le pertenecía.

Estado de ánimo

El tiempo

No hay nada boscoso o selvático, pero tienes la sensación de estar en medio de algo y al final te roza la sabiduría, aunque sólo sea para tomar conciencia de que en las jaulas de la carne adulta anidan esos mismísimos niños. Cuando empiezas a cogerle el truco a enero ya estás en abril y en realidad un año es eso, una serie de meses que saltan de cuatro en cuatro, así que en tres brincos se acaba el año y llega esa triste pretensión anual de que cualquiera puede ir a cualquier sitio el día de Nochevieja. Entonces es abril otra vez. Los perros están cagando en los narcisos de Mercer Street y Mary Baker Eddy (de MacDougal Street) todavía no ha conseguido registrar en su diario ni una sola cita para cenar con Siddartha (esquina de la 15 con la Sexta). ¿Adónde ha ido a parar la iluminación? Ves a la aturdida gente de la ciudad abriendo los grandes buzones azules del correo que hay en las esquinas y que nadie usa y que nadie necesita. Meten la cabeza en la abertura con los pies colgando por encima del suelo en busca de algo que han perdido, tal vez el verano de cuando tenían nueve años, que se extendía desde principios del siglo XVII hasta aproximadamente la Guerra de Corea. ¡Una broma cósmica! Ni siquiera hay nada original en este malestar: todos los ciudadanos del capitalismo tardío sienten exactamente lo mismo respecto al tiempo. Fin de la escena.

Roberta

¿Qué ha sido de los viejos punks?, se preguntan las mentes inquietas. Bien, pues resulta que puedo contestarles con excepcional precisión porque da la casualidad de que conozco a Roberta, la cancerbera que cobraba en la puerta del CBGB. Roberta conocía a Debbie Harry y a los Ramones (a menudo se intercambiaban la ropa), tomaba las mejores fotografías de la escena alternativa del East Village en esa época y debió de meterse un poco de caña en aquellos tiempos, pero os reto a que se lo preguntéis vosotros. Ahora es la reina del parque canino, ¡y nosotros la saludamos! Saludamos también a *Edie*, su carlino, que se sienta en un banco con los humanos envuelto en una estola de visón y mirando con malos ojos a sus congéneres. Los viejos punks visten de negro, están cubiertos de pelo de perro, su propio pelo es morado, realmente no soportan a los imbéciles, no se impresionan con lo impresionante, respetan a los carlinos más que a las personas y se compadecen de los fans que sólo pueden visitar tumbas o los murales de Houston Street. Los viejos punks han logrado seguir vivos y ser inquilinos de renta antigua. No se quejan de cómo cambia la ciudad porque eso es de pelmazos aburguesados. Asisten a encuentros de perros. Admiran sin ironía al carlino tullido que va en una silla de ruedas de fabricación casera arrastrando su propio peso por la habitación. La ironía en general no significa nada para los viejos punks; les parece demasiado alejada de la sangre, la hiel, la flema y la bilis negra. SIN EMBARGO. No le harían ascos a una exposición sobre Richard Hell en el Museo de Brooklyn si esa exposición llegara a materializarse. La autobiografía de Joan Crawford sirve de biblia personal inesperadamente. Cada noche celebran misas a lo largo y ancho del East Village holgazaneando en la cama con el canal de cine clásico encendido. Los punks supervivientes cruzan wasaps durante la película mientras fuman marihuana de cosecha propia. «¿Qué demonios le pasa a Esther Williams?» «Colapso uterino.» Después de sobrevivir a todas las fiestas, los viejos punks prefieren ahora las fiestas en solitario. No te creas que si te han encargado una segunda serie o estás exponiendo en una galería de la hostia en Chelsea eso significa lo más mínimo para Roberta: sigue siendo la cancerbera de la puerta. El orden de prioridades es:

1. Encanto del perro.
2. Psicología del perro.
3. Comportamiento del perro.
4. Talante / estados de ánimo del perro.

Esta lista continúa un buen trecho hasta incluir algún aspecto relacionado con las personas. Ni la mismísima Crawford podría cruzar esa puerta sin un perro. Cuando los viejos punks no ganan el concurso de

129

disfraces (a pesar de presentar a cuatro carlinos vestidos como rollos de sushi sobre un lecho de alga nori), los viejos punks se pueden enfurecer, llenos de bilis negra, y dejarán perfectamente claro su desprecio por la Asociación de Amigos de Washington Square. La esencia gloriosa del punk sigue siendo el rechazo a dejarse intimidar, muy en especial por el tiempo. Pero incluso Roberta se quedó un poco trastocada cuando *Preston*, el loro que la había acompañado en tantas batallas, dejó este valle de lágrimas y partió al otro mundo, donde al final acabaremos todos, oculto tras la cortina de abalorios, donde no alcanza la vista, donde se guardan los cómics, los narguiles, los aros de los labios y los malos tatuajes. ¿Sigue siendo punk sobrevivir a un loro?

El mercado negro

Le dije a Raphael, le dije: «Voy a citarte a Du Bois. Voy a decir: ¿Qué se siente al ser un problema?»

Y Raphael dijo: «Exacto, salvo que también y al mismo tiempo sea: ¿Qué se siente al ser una sensación?»

La respuesta es: aun así no te sientes del todo como una persona.

Raphael es muy guapo y tiene mucho estilo, pero no se acicala como un estudiante de moda; viste con el buen gusto de alguien a quien hasta hace poco no despidieron de *Frieze* por llamar a una editora «puta coleccionista de zombis». (Circunstancia atenuante: el salario anual de Raphael era de trece mil dólares.) Se ha mudado de Bushwick a Forest Hills. Otra vez en el lío con su bolsa de lona. Pero está sintiendo el malestar general. Siente como «un desgarro interno». Raphael toma fotos maravillosas de la piel negra, aunque ahora todo el mundo hace lo mismo, literalmente no te puedes ni mover con tantas fotos del «cuerpo negro», y a él le interesaba más un cuerpo negro en particular (el suyo), aunque es el «cuerpo negro» general lo que todos buscan ahora y te lo pagan en una escala ascendente según la cantidad de culpa blanca que puedas exprimirle a una libra de carne, y eso es muy tentador, de lo más tentador; pero Raphael es de la generación anterior (veinticinco) y está a un paso de desconectar de la red (o al menos de borrarse de todas las plataformas) porque es agotador, ¡Dios! (No obstante, por nostalgia de su juventud se quedará en Tumblr.) ¡La lucha, el ajetreo, la lucha, el ajetreo, la lucha, el ajetreo! El público al que se dirige por norma no sabe qué diferencia hay entre una cosa y la otra, pero los que están metidos saben lo que saben. Todo lo cual significa que no hay nadie dispuesto a pagar por esas exquisitas imágenes de la cara de Raphael en el momento del orgasmo, ¡y es una pena, joder! «Hay puertas que se abren por todas partes, pero la trampa es que sólo se abren si te tiras al suelo y empiezas a desangrarte en vivo.» Mientras tanto su amor tiene diecinueve, es blanco, y en este instante, en este preciso instante, está desfilando en Milán para Versace, algo que también entraña más de una libra de carne (¡lucha, ajetreo!), pero «es un chicarrón y sabe dónde se mete».

Da la impresión de que la gente mayor de esta ciudad se esté comiendo a la gente joven.

—Sí, sí —dijo Raphael poniendo los pies encima de mi mesa—, pero a eso voy: ¡a lo mejor ya es hora de ser el devorador en lugar de la comida! ¡Soy guapo! ¡Tengo talento! ¡Tengo cosas que decir!

En realidad eran mis horas de despacho y Raphael no es alumno mío, así que nos reímos de nosotros mismos y miramos por la ventana hacia la punta donde acaba la isla. Allí es donde en martes alternos atracan barcos de todos los rincones del país y ejércitos de jóvenes vestidos de marinero (como Gene Kelly en *Un día en Nueva York*) suben corriendo por la pasarela, abren los brazos hacia la ciudad y cantan: «¡Soy guapo! ¡Tengo talento! ¡Tengo cosas que decir!» Y todos y cada uno de ellos están en lo cierto.

Ubica al sujeto I

¿Estás en tu bolsa de lona? ¿Estás en las plantas? ¿En la fuente con soda de mala fe (lágrimas palestinas)? ¿En tu felpudo? ¿En la mezquina apuesta del ayuntamiento por el reciclaje? ¿En tus hijos? ¿En tu decisión de no tener hijos? ¿En tu tribu? ¿En tu vicio? ¿En tu puesto de trabajo? ¿En tu nómina? ¿En los «me gusta»? ¿En los rechazos? ¿En tu documentación? ¿En esta frase? Hace relativamente poco un hombre llamado Leopold y una mujer llamada Kwa podían caminar por el centro de sus respectivas aldeas y ubicarse con gran seguridad entre su choza de barro/*musgum* y su iglesia/círculo de ancianos, entre el río/desierto y las colinas/montañas. Los estados de ánimo eran colectivos y aun así estaban acotados; uno ponía su temperamento al servicio del grupo: había momentos para los estados de ánimo y lugares para experimentarlos y el empeño de lidiar con los estados de ánimo nunca se dejaba a un solo individuo porque a nadie se le ocurría imaginar que una única conciencia pudiera procesar o contener jamás todos los estados de

132

ánimo que hay en esta tierra sin sentir «un desgarro interior». (Posesión, zombis, glosolalia, exorcismo, autómatas, valles inquietantes, ladrones de cuerpos, control demoníaco, vudú.)

Humor en Tumblr

no será una opinión popular, pero odio d verdad esas publicaciones tipo «los estadounidenses que dicen ser del origen étnico x nunca serán aceptados por la gente del país x! en realidad no son x!»

hola estoy publicando este post porque parece que algunos de vosotros tenéis tan buenos modales como un bloque de hormigón, o sea cero

NO AGREGUES TUS COMENTARIOS ESTRAMBÓTICOS AL ARTE DE LA GENTE. dios.

salseo

mucha gente aquí tiene una aversión irracional a esta serie porque mezcla su crítica con la manera como el capitalismo usa la tecnología con «uy tecnología es fuego malo da miedo y thomas edison era un brujo».

de verdad odio que los gentiles usen la palabra sionista porque

ok hablemos: estoy escribiendo esto porque 1) no me importa ser brusca y 2) estoy más que harta y cansada de ver a otros que se aprovechan o se ponen nerviosos.

así que hoy grito

VERDADES INCÓMODAS SOBRE LA ESCRITURA

Las 10 Peores Cosas que se le Pueden Decir a una Persona Autista

Hostia, no...

TENEMOS QUE HABLAR: sólo porque un personaje esté mostrando emociones y se los retrate con compasión o hagan algo con lo que nos *identifiquemos* o «humano» NO se traduce automáticamente en = «Redención».

Sois todos horribles, ¿lo sabéis?

Vale pues... ahora viene cuando explico a la gente que no entiende cómo funcionan las PALABRAS...

Antes de nada... podéis intentar poner en mi boca TODO lo que os dé la gana... También os podéis ir a tomar por saco. Soy AMERICANO estoy desafiando a la gente llena de odio que veo a todas horas.

La carta que Ricardo escribió a su novia para el Día de San Valentín de 2018, el día en que lo asesinaron.

Parte de mi lucha contra la mierda de odio hacia mí mismo era recular, darme cuenta de que me estaba comparando con otra gente y de que eso era enfermizo, y entonces me sentaba y hacía una lista de las cosas que pensaba que me molaban de la otra persona sin juzgar.

Os daré un consejo sobre cómo hacerse adulto: no tienes que hacerte adulto de la forma en que otros se hacen adultos.

Los culos altos son los miembros más oprimidos de la comunidad gay.

> No te aburrirás nunca más.
> No te aburrirás nunca más.
> No te aburrirás nunca más.

Humor absurdo moderno

—Y aunque parezca un disparate —dijo el catedrático de Filosofía de la Historia al catedrático de Historia de la Filosofía—, ¡qué difícil es una vida fácil! Quiero decir, ¡imagina cómo será una vida difícil!

Zenobia, una licenciada que estaba cerca y en ese instante hacía acopio de canapés en el Departamento de Filosofía para la cena (mientras intentaba disimular el hambre canina que traslucía su mirada), se detuvo un momento a pensar. De pronto la embargó la sensación de que nada de aquello era real. Ni los canapés ni los catedráticos ni el departamento ni todo el campus. (Zenobia debe noventa y seis mil dólares en créditos. Está estudiando Filosofía, punto.)

Humores medievales: sangre, bilis negra, hiel, flema

Para abandonar Monrovia embarazada de seis meses y con pérdidas leves y desde allí dirigirse a Libia hasta alcanzar la costa del país cuando estás embarazada de ocho meses y con sangrados más fuertes, costa donde te lanzas al mar en una pequeña lancha hacinada junto a otras ochenta personas con rumbo a Lampedusa: en esa situación desde luego ayudará tener brío y, por lo tanto, un humor sanguíneo aunque aderezado con un toque de bilis negra que te orientará hacia tu objetivo con determinación.

Para separar de su madre en la frontera a un crío de cuatro años que aún no sabe ir solo al váter e internarlo, con otros niños más de la misma edad y una cesta de pañales (como si esperases que los niños fueran a arreglárselas para cambiarse solos); para luego pasar por delante de la enfermera de guardia y la trabajadora social bajando la vista mientras os cruzáis al salir de la tienda de campaña porque ninguna de las tres podéis soportar miraros a la cara: para poder llevar a cabo estas acciones es esencial que tengas flema y en general que seas flemático de manera que se te dé bien generalizar las ideas o los problemas del mundo y hacer concesiones.

Si tus bisabuelos eran aparceros y tú fuiste el primero de tu clan en ir a la universidad y te interesa la filosofía del yo y tu sueño es ser fotógrafo y estudias con la esperanza de alcanzar tu meta, pero te graduarás con una deuda de ciento treinta mil dólares en préstamos de estudios: en ese caso desarrollarás una vena de cólera melancólica (manifestada en un afán de perfección) que otros, personas menos sensibles, por ejemplo tus compañeros de piso, considerarán irritante y diagnosticarán como un TOC, citando a modo de prueba tu tendencia a no ser capaz de salir del piso hasta que todas las perillas de la cocina estén mirando hacia el norte y las persianas de plástico baratas estén levantadas justo a la misma altura para que entre la luz.

¿Cuando muere un loro al que quieres mucho? Melancolía, melancolía pura y dura.

Roberta y *Preston* (diálogo)

Roberta *(leyendo el periódico)*: Están diciendo que casi no ha cambiado nada.

Preston: ¡Es de risa!

Roberta: No importa lo que haga porque no es racional, es emocional.

Preston: ¡Es de risa!

Roberta: Salvo porque no es muy gracioso.

Preston: *Twenty-ee-ee-five hours to go! I wanna be sedated!*[4]

Roberta: Hablo en serio. Todavía lo apoyan. Logra que se sientan bien. Quieren que siga adelante y dispare a alguien en la Quinta Avenida como prometió.

Preston: *I wanna be sedated! I wanna be sedated!*

Roberta: Vale, vale, vale... ¿Le he dado de comer a *Edie*? ¿Me has visto darle de comer? ¿*Edie* ya ha comido?

Preston: ¡Es de risa!

Roberta *(cerrando el periódico)*: Bueno, con un poco de suerte uno de los dos se irá al otro barrio antes del año 2020.

Preston *(hablando para sí)*: Dios mío, por favor, haz que sea yo.

---

4. En la canción de los Ramones *I Wanna Be Sedated* se dice: «¡*Faltan veinticuatro horas! / ¡Quiero que me seden!*»

Todos los ánimos contra el individuo

Zenobia estaba cuidando al perro de la fotógrafa del piso de abajo, que había viajado a Pensilvania para enterrar a su loro en un famoso cementerio de mascotas. Fue una oportunidad para ver el piso. Lo sorprendente de los pisos donde un adulto ha vivido mucho tiempo es la fortuita acumulación de texturas. No se trata de «me compré esta lámpara y este póster para tener una lámpara y un póster que decorasen mi vida», sino sólo cosas, cosas por todas partes, cosas que de algún modo son la consecuencia de cierta cantidad de tiempo en este mundo. Para su Tumblr (con cero seguidores) Zenobia fotografió:

36 carátulas de películas antiguas en DVD, dos tercios de las cuales estaban vacías.

Un mantón de manila colgado sobre una lámpara a la espera de quemar todo el edificio.

Un gran consolador negro erecto con orgullo en una mesita y firmado con rotulador plata indeleble por alguien que parece ingoogueable.

Cuatro pares de chinelas rojas de seda (preciosas).

Una pequeña pirámide de pelo canino en el alféizar de la ventana.

Por todo el apartamento había fotos hechas por la inquilina, fotos extraordinarias de punks viejos cuando eran jóvenes (fotos refinadas, agudas, atrevidas, con una composición asombrosa y sacadas con una cámara de verdad), pero Zenobia se sintió incapaz de fotografiarlas. Mirarlas ya era bastante duro. Dio de comer a *Edie* acordándose de esconder la pastilla en la comida húmeda y separarla de la seca. Se tendió en el suelo. Sus nuevos rizos al estilo liberiano se esparcían alrededor de la cabeza. Intentó reunir fuerzas para levantar el teléfono y se lo puso delante de los ojos para localizarse en el *Manual diagnóstico y estadístico de trastornos mentales*. *Edie* pasó por allí sin prestar atención a Zenobia. Durante medio siglo, «sentirse irreal» se conocía como trastorno de despersonalización, pero hace poco se ha reclasificado el fenómeno con otro nombre, *trastorno de despersonalización y desrealización*, término que no sólo se refiere a la sensación de irrealidad personal, sino también a la impresión de que el mundo que te rodea tampoco existe. *Edie*, que era miope (como muchos carlinos de su edad padecía problemas de retina), volvió tan campante por donde había llegado, se detuvo al lado de Zenobia y le dio un lametón en toda la nariz.

Ubica al sujeto II

Encontrar una tumba... buscar nombre

Lado oeste, sección 36, parcela B71
Nombre: *Preston*
Especie: loro gris africano
Epitafio: *Preston* 1970-2019: «*Everybody Has a Poison Heart*.»[5]

---

5. Otro título de los Ramones: *Todo el mundo tiene veneno en el corazón*.

Memoria anímica

La guía telefónica era un acontecimiento anual que llegaba el mes de abril en lotes de cuatro tomos de un amarillo chillón. Buscabas a los chicos que te gustaban o a las zorras y los matones más populares y tratabas de localizar apellidos soeces (Cock, Bumstead) para ver si existían de verdad personas con esos nombres y saber dónde vivían. Un profesor muy dado a las bromas nos aseguró que en realidad su nombre de pila era Rover (porque sus padres en el fondo querían un perro callejero); todos nos reímos y nadie lo creyó, pero entonces dijo, bah, pues id a comprobarlo en la guía telefónica, y eso hicimos mi hermano y yo y allí estaba, ¡Rover! Magia. Eso es lo que todo el mundo está pidiendo que caiga por los estúpidos buzones del correo, pero ya no viene o no de esa manera.

Mi padre siempre amenazaba con darnos de baja de la guía porque se llamaba igual que un jockey famoso y a veces telefoneaban desconocidos a casa para preguntarle a qué caballo debían apostar en el Grand National. Le rogábamos que no nos diera de baja. Nos gustaba vernos en la guía. Pasábamos frenéticamente las páginas, finas como piel de cebolla, amarillentas, quebradizas, hasta que aterrizábamos emocionados en el apellido más común de Inglaterra y decíamos ¡ahí estamos, ahí estamos ahí estamos ahí estamos ahí estamos!

Huida de Nueva York

Hacía muchísimo tiempo que no era responsable de otra persona y tampoco había organizado nunca un viaje, ni propio ni ajeno, pero era culpa suya que los tres estuvieran en la ciudad y por eso le tocó a él hacerse cargo. Quizá incluso sintió un poco de emoción al descubrir, por primera vez en su vida, que no era un inútil, que su padre se equivocaba y que de hecho era un ser perfectamente capaz. Llamó primero a Elizabeth.

—Estoy aterrorizada —dijo Elizabeth.

—Espera. —Michael había oído un pitido en la línea—. Déjame que agregue a Marlon.

—¡El mundo se ha vuelto loco! —siguió ella—. ¡Ni siquiera puedo creer lo que estoy viendo!

—Hola, Marlon —dijo Michael.

—Bueno, ¿cómo estamos? —preguntó Marlon.

—¡¿Cómo estamos?! —gritó Elizabeth—. Estamos aterrorizados, así estamos.

—Estamos bien —refunfuñó Marlon; sonaba muy lejos—. Nos las arreglaremos.

Michael podía oír el televisor de Marlon al fondo. Tenía puesto el mismo canal que él con la diferencia de que Michael veía las imágenes de la pantalla reproducidas simultáneamente al otro lado de la ventana en una extraña sensación de desdoblamiento, como cuando estás sobre el escenario y te ves en el jumbotrón. Elizabeth y Marlon se alojaban en el Uptown; normalmente, Michael también se habría quedado en el Uptown, hasta cinco días antes prácticamente no había puesto un pie por debajo de la calle 42. Todo el mundo (sus hermanos y hermanas, sus amigos de la Costa Oeste) le había advertido que no fuera al Downtown, que es peligroso, siempre lo ha sido, limítate a lo que conoces, alójate en el Carlyle. Pero como resultó que el helipuerto cercano al Madison Square Garden estaba fuera de servicio a causa de alguna razón ignota, decidieron que se alojara en el Downtown para estar más cerca y evitar el tráfico. Ahora Michael miraba hacia el sur y veía un cielo oscurecido por la ceniza. La ceniza parecía estar moviéndose hacia él. El Downtown era mucho peor de lo que nadie en Los Ángeles podía siquiera imaginar, sin duda.

—Hay situaciones en las que uno no puede arreglárselas —dijo Elizabeth—. Estoy aterrada.

—Han prohibido todos los vuelos —anunció Michael intentando sentirse útil, poniéndolos al corriente—. Nadie puede fletar un avión. Ni siquiera los famosos.

—¡Y una mierda! —explotó Marlon—. ¿Crees que Weinstein no está ahora mismo en un avión? ¿Crees que Eisner no está en un avión?

—Marlon, por si lo has olvidado —intervino Elizabeth—, yo también soy judía. ¿Estoy en un avión, Marlon? ¿Estoy en un avión?

Marlon gruñó.

—¡Por el amor de Dios! No lo decía en ese sentido.

—¿Ah, no? ¿Y qué demonios querías decir?

Michael se mordió el labio. La verdad es que ambos eran grandes amigos suyos, pero no tan grandes amigos entre ellos y a menudo había momentos incómodos en los que debía recordar el amor que los unía, un lazo que para Michael era obvio; se tejía a partir de un sufrimiento común, una forma única de sufrimiento que pocas personas en este mundo han conocido o tendrán nunca la ocasión de experimentar, pero que casualmente los tres (Michael, Liz y Marlon) habían padecido hasta el grado más extremo posible. Como Marlon a veces decía: «¡Sólo hubo otro que supo lo que se siente y acabó clavado en una cruz de madera!» A veces, si Elizabeth no estaba cerca, añadía «por los judíos», pero Michael procuraba no detenerse en esos detalles de Marlon, prefería recordar el amor que los unía porque eso era lo único que importaba al fin y al cabo.

—Creo que lo que Marlon quería decir... —trató de aclarar Michael, pero Marlon lo interrumpió.

—¡Vamos a centrarnos de una vez! ¡Tenemos que centrarnos!

—No podemos volar —dijo Michael en voz baja—. No sé por qué, la verdad, pero es lo que están diciendo.

—Yo estoy haciendo la maleta —indicó Elizabeth, y por la línea llegó el estrépito de algo valioso estrellándose contra el suelo—. No sé ni qué estoy metiendo, pero estoy haciendo la maleta.

—Vamos a usar la cabeza —dijo Marlon—. Hay muchas compañías que alquilan coches. Ahora mismo no se me ocurre ninguna. Salen por la televisión. Tienen nombres de lo más variopintos. ¿Hertz? Ésa es una. Seguro que hay otras.

—Estoy aterrorizada, de verdad —dijo Elizabeth.

—¡Ya lo has dicho! —gritó Marlon—. ¡Haz el favor de dominarte!

—Intentaré llamar y alquilar un coche. Los teléfonos por aquí andan un poco majaretas. —Michael anotó *Hurts* en un cuaderno.

—Mete sólo lo imprescindible. —Marlon se refería a la maleta de Liz—. No vamos de crucero en el puto *Queen Elizabeth 2*. No es la puta hora del cóctel con el bueno de Dick en Saint Moritz. ¡Lo imprescindible!

—Será un coche grande —murmuró Michael, que odiaba las discusiones.

—Por fuerza tendrá que serlo —dijo Elizabeth, y Michael advirtió que era una alusión sarcástica al peso de Marlon.

Marlon también se dio cuenta. Se hizo un silencio. Michael se mordió otra vez el labio. En el espejo del tocador vio que el labio se le había puesto muy rojo, pero entonces recordó que se lo había tatuado con un pigmento permanente.

—Elizabeth, escúchame —masculló Marlon con aquella voz rota de rabia contenida; Michael notó un escalofrío inoportuno; no podía evitarlo, ¡era tan típico de Marlon!—. Ponte ese condenado Krupp en el meñique y salgamos zumbando de aquí.

Marlon colgó.

Elizabeth empezó a llorar. Se oyó un pitido en la línea.

—Creo que debería contestar esa llamada —afirmó Michael.

A mediodía, Michael se puso su disfraz de costumbre y recogió el coche en un garaje subterráneo próximo a Herald Square. A las 12 y 27 minutos aparcó delante del Carlyle.

—¡Dios santo, qué rapidez! —dijo Marlon.

Estaba sentado en la acera, en una de esas sillas de tijera que a veces lleva la gente cuando acampa delante de tu hotel toda la noche con la esperanza de que salgas al balcón a saludar. Se había puesto un simpático gorro de pescador, un pantalón de chándal elástico y una enorme camisa hawaiana.

—¡He venido por la carretera superrápida del río! —exclamó Michael; dadas la circunstancias no pretendía alardear, pero sintió un atisbo de orgullo.

Marlon abrió una caja de cartón que tenía en el regazo y sacó una hamburguesa con queso. Echó una ojeada al vehículo.

—He oído que conduces como un maníaco.

—Voy rápido, Marlon, pero mantengo el control. Puedes confiar en mí, Marlon. Te prometo que vamos a salir de aquí.

Michael se puso muy triste al ver a Marlon así, comiendo una hamburguesa en la acera. Estaba muy gordo y cualquiera diría que la sillita estaba a punto de ceder bajo su peso. Toda la situación parecía muy precaria. En ese momento advirtió además que Marlon no llevaba zapatos.

—¿Has visto a Liz? —preguntó Michael.

—¿Qué es este pedazo de chatarra, si se puede saber? —preguntó Marlon.

Michael lo había olvidado. Sacó el manual de la guantera.

—Un Toyota Camry. Era lo único que tenían. —Estuvo a punto de añadir «con un espacioso asiento trasero», pero se lo pensó mejor.

—Los japoneses son un pueblo sabio —dijo Marlon.

Las puertas del Carlyle se abrieron detrás de Marlon y un botones salió caminando hacia atrás con una torre de maletas Louis Vuitton en un carrito. Elizabeth lo seguía cargada de diamantes: varios collares, pulseras en ambas muñecas y una estola de visón cubierta con tantos broches que parecía un alfiletero.

—Me tomas el pelo —dijo Marlon.

¿Un experto en lógica? ¿Un mediador? A Michael no se le presentaban muchas ocasiones de imaginarse en esos términos, pero ahora, surcando ya la carretera hacia Belén, se atrevió a pensar que la gente siempre lo había juzgado mal y lo había menospreciado, cuando tal vez no se conoce a una persona hasta que un suceso importante, como el apocalipsis, la pone a prueba. Y, claro, la gente olvidaba que lo habían criado en la fe de los testigos de Jehová. De una u otra manera llevaba mucho, mucho tiempo esperando ese día. Aun así, si veinticuatro horas antes alguien le hubiera dicho que conseguiría convencer a Elizabeth (que una vez pagó un asiento de avión para que un vestido viajara a su encuentro en Estambul) de que huyera con él de Nueva York en un coche japonés viejo y maloliente abandonando cinco de sus maletas Louis Vuitton en una ciudad recién atacada, la verdad es que no se lo habría creído. ¿Quién iba a saber que tenía esas dotes de persuasión? Nunca había tenido que persuadir a nadie de nada, menos aún de su propio talento, que era un don excepcional con el que había nacido sin pedirlo y que, para bien o para mal, no se podía devolver. Tal vez resultaría aún más difícil que Marlon se resignara a no parar apremiado por el hambre hasta llegar a Pensilvania. Alargó el cuello para ver si había más combatientes enemigos en el cielo. No, ninguno. ¡Él y sus amigos estaban escapando de verdad!

¡Había asumido el mando y tomaba las decisiones correctas para todos! Se volvió para mirar a Liz, sentada a su lado: estaba tranquila, por fin, aunque el maquillaje de los ojos se le había corrido en churretes por su hermosa cara. Se pasaba con el perfilador. Todo lo que Michael sabía acerca de perfiladores lo había aprendido de Liz, pero ahora se daba cuenta de que podía enseñarle algo a ella al respecto: a hacerse la línea permanente. Tatuarse justo alrededor de los lagrimales. Así nunca se corre.

—¿Estoy perdiendo la cabeza... o acabas de decir Belén? —preguntó Marlon.

Michael ajustó el espejo retrovisor hasta que consiguió ver a Marlon, que leía un libro tumbado en el asiento de atrás y echando mano a los Twinkies de emergencia que habían acordado guardar, creía Michael, hasta Allentown.

—Es un pueblo de Pensilvania —dijo Michael—. Pararemos allí a comer, y luego seguiremos.

—¿Estás leyendo? —preguntó Elizabeth—. ¿Cómo puedes leer en estos momentos?

—¿Y qué debería hacer? —contestó Marlon mosqueado—. ¿Representar una de Shakespeare en Central Park?

—Es que no entiendo cómo alguien puede estar leyendo mientras atacan a su país. Podríamos morir todos en cualquier instante.

—Si hubieras leído a Sartre, cielo, sabrías que eso puede pasar siempre en cualquier circunstancia.

Elizabeth frunció el ceño y enlazó sus manos centelleantes sobre el regazo.

—Es que no me cabe en la cabeza que alguien pueda leer en un momento como éste.

—Bueno, *Liz* —Marlon cargó las tintas—, deja que te lo aclare. Supongo que leo porque soy lo que podría llamarse un lector, ¿sabes? Porque me interesa la vida intelectual. Lo reconozco. Ni siquiera tengo una sala de proyección: no, en lugar de eso tengo una biblioteca. ¡Imagínate! ¡Imagínate! Porque resulta que mi mayor vocación en la vida no es estampar las huellas de mis manitas rollizas en una plasta arenosa delante del Teatro Chino de Grauman...

—¡Ay, madre, ya estamos!

—Porque de hecho aspiro a comprender los caminos y las inclinaciones de la mente humana...

—¡Esa gente está intentando matarnos! —chilló Liz.

Michael sintió que era hora de intervenir.

—A nosotros, no —se aventuró a decir—. Supongo que no a nosotros en concreto. —Pero entonces lo asaltó un pensamiento—. Elizabeth, ¿acaso crees que...?

No se lo había planteado hasta ese mismo instante, tan ocupado con la logística como estaba, pero de pronto empezó a barajar la idea. Y se dio cuenta de que los demás ocupantes del vehículo también.

—¡¿Cómo voy a saberlo?! —gritó Liz mientras giraba el anillo más grande en el dedo meñique—. ¡Tal vez! Primero los centros financieros, luego a los tipos del Gobierno y luego...

—Los famosos —musitó Michael.

—No me sorprendería lo más mínimo. —Marlon se puso solemne—. Somos los típicos cabrones que quedarían como un estupendo trofeo en la pared de algún loco malnacido.

Por fin sonaba asustado. Y oír a Marlon asustado dejó a Michael más asustado de lo que había estado en todo el día. Nunca quieres ver a tu padre asustado ni a tu madre llorando y, como para Michael eran un padre y una madre, eso era justo lo que estaba ocurriendo en ese preciso instante a bordo de aquella tartana japonesa que no olía a cuero nuevo ni a nada nuevo. Ojalá le hubiera insistido a Liza con más vehemencia para que los acompañara. Aunque, por otro lado, quizá habría sido peor... ¡Su familia afectiva casi parecía tan devastadora para su equilibrio emocional como su familia auténtica! Y, francamente, no era ni mucho menos el día para pensar en esas cosas.

—Todos estamos bajo mucha presión. —A Michael le temblaba un poco la voz, pero no le preocupaba llorar; apenas lloraba desde que se había tatuado la comisura del ojo alrededor de los lagrimales—. Es una situación muy estresante. —Intentó visualizarse como un padre humano, responsable, que lleva a la familia de excursión en coche—. Y debemos esforzarnos para llevarnos bien y querernos unos a otros.

—Gracias, Michael —dijo Elizabeth.

Durante un par de kilómetros reinó la paz, pero Marlon saltó de nuevo al ring.

—Hablando de los Krupp. Fabrican las armas que liquidan a tu gente, a millones, ¿y luego tú compras sus baratijas? ¿Cómo es eso?

Elizabeth se retorció en el asiento delantero hasta que pudo mirar a Marlon a los ojos.

—Lo que tú no entiendes es que cuando Richard me lo puso en el dedo, este anillo dejó de significar muerte y empezó a significar amor.

—¡Ah, ya veo! Tú tienes el poder de convertir la muerte en amor, así sin más.

Elizabeth sonrió discretamente a Michael. Le estrechó la mano y él le dio un apretón.

—Así sin más —susurró.

Marlon soltó un bufido.

—Vaya, pues te deseo buena suerte. Pero aquí en el mundo real las cosas son como son y no serán de otra manera por mucho que quieras pensar lo contrario.

Elizabeth sacó un espejo de mano de un pliegue oculto de su estola y se aplicó un pintalabios de un carmín muy vivo.

—¿Sabes qué? —contestó—. Andy una vez dijo que sería muy glamuroso reencarnarse en mi anillo. Con esas mismas palabras.

—No lo dudo —dijo Marlon estropeando el momento con un tono sardónico que a Michael le pareció algo más que un poco injusto porque, dejando aparte lo que opinaras personalmente de Andy, como persona, no cabía duda de que si alguien había comprendido sus sufrimientos compartidos, si alguien había predicho de manera profética la longitud exacta, la fuerza, los ángulos y el poder a veces asfixiante del amor que los unía a los tres, ése era Andy.

—«No es un regalo que ofrezco» —leyó Marlon en voz muy alta—. «Un préstamo es lo que puedo dar; pero no desdeñes a quien presta; de hombre a hombre no se consigue más.»

—¡No es momento de poesías! —aulló Elizabeth.

—¡Es el momento ideal para la poesía! —gritó Marlon.

Michael recordó justo entonces que había algunos discos compactos en la guantera. Si en algo tenía fe era en el poder sanador de la música. Alargó el brazo para sacar algunos y se los pasó a Elizabeth.

—Sinceramente, creo que no deberíamos parar en Ohio. —Elizabeth metió un disco en la ranura después de examinar el lote—. Nos podríamos turnar al volante. Conducir toda la noche.

—Yo no puedo conducir cuando estoy cansado. —Marlon se incorporó a medias en el asiento—. O con hambre. Quizá debería hacer mi turno ahora.

—Y yo haré el de la noche —propuso Michael animándose: buscaba un sitio donde parar.

No podía creer lo bien que estaba manejando el apocalipsis, al menos hasta entonces. Claro, estaba aterrado, pero al mismo tiempo sentía una curiosa euforia y eso que no iba (cuestión crucial) especialmente medicado porque su ayudante tenía todo su material y él no le había contado que huía de Nueva York hasta verse ya en la carretera temiendo que ella tratara de impedírselo, como intentaba impedir que hiciera las cosas que más le apetecían. Ahora era inalcanzable para todos. No conseguía recordar cuándo se había sentido tan libre en toda su vida. ¿Era terrible decir algo así? Se sentía exultante e intentó identificar el motivo. ¿La adrenalina del instinto de supervivencia? ¿Mezclada con la pena, mezclada con el espanto? Se preguntó: ¿se sentiría así la gente en regiones donde hay guerra o situaciones parecidas? O bien, otra idea extraña: ¿sería lo que sentían a diario las personas normales y corrientes en medio del atasco cuando van de camino al trabajo en sus tristes toyotas viejos y hediondos o al acampar frente a la ventana de tu hotel o al desmayarse al ver tu imagen bailando en la pantalla gigante del jumbotrón? ¿Sentían también que no tenían escapatoria, que no les quedaba otra que conformarse? ¿Que ni siquiera hay una fórmula que permita huir de la huida?

—Marlon, ¿sabías que cuando Liz y yo, sabías que cuando se queda alguien a dormir en casa...? —indicó

Michael un poco precipitadamente y sabiendo que se aturullaba, pero incapaz de parar—. ¡Bueno, pues la cuestión es que yo no duermo! No pego ojo. A menos que me noquees, literalmente. Me paso literalmente la noche en blanco. Así que yo encantado de conducir todo el trayecto hasta Brentwood. Si hace falta, quiero decir.

—Pues no pares hasta que te hartes —murmuró Marlon y volvió a tenderse.

—*I dreamed a dream in time gone byyyyyy* —cantó Liz coreando la canción del CD— *when hope was high and life worth liviiiiiing. I dreamed that love would never diiiiie! I prayed that God would be for-giviiiiing.*

Era la sexta o séptima vez que se repetía el disco. Estaban casi en Harrisburg y se habían retrasado bastante tras dos paradas en Burger King, una en McDonald's y tres visitas a KFC.

—Si pones esa canción una vez más —dijo Marlon mientras atacaba un cubo de alitas—, te mataré con mis propias manos.

El sol se estaba poniendo tras las cortinas naranjas de policloruro de vinilo de su reservado y Michael sintió que su nuevo papel de guía debía incluir también algún componente espiritual. A ese fin le pasó a Marlon el jarabe de arce y, con una voz aguda pero templada por una nueva determinación, dijo:

—Chicos, llevamos seis horas de viaje y, bueno, no hemos hablado sobre lo que ha ocurrido.

Estaban en un IHOP, justo al otro lado de los montes Apalaches, comiendo tortitas con las gafas de espejo puestas. Un par de antros de comida rápida y ciento veinte kilómetros atrás, Michael había decidido dejar su disfraz habitual en el maletero del coche. Era obvio que ya no lo necesitaba, al menos un día como aquél. Y ahora, notando una liberación inmensa, se quitó también las gafas. Porque como había pasado en el KFC, en el Burger King y bajo los arcos dorados, en ese IHOP nadie despegaba los ojos de la televisión. Incluso la camarera que los atendió miraba la pantalla mientras servía y derramó un poco de café caliente en el guante de Michael. Ni se disculpó ni lo limpió ni se dio cuenta de que Marlon iba sin zapatos ni que Marlon era Marlon ni que junto al salero había un diamante tan grande como el Ritz.

—Anoche estábamos en el Madison Square Garden y fue un sueño —dijo Elizabeth muy despacio—. Y estábamos tan felices admirando a este joven prodigio —estrechó la mano de Michael—, celebrando los treinta años de tu maravilloso talento, cariño... Todo era sencillamente hermoso y de pronto... —Abrazó su tazón de café con ambas manos y se lo llevó a los labios—. Y de pronto, bueno, «llegaron los tigres» y ahora de veras parece el fin de los tiempos. Ya sé que os parecerá una bobada, pero así es como lo siento. Hay una parte infantil en mí que sólo desearía rebobinar veinticuatro horas.

—Que sean veinticuatro años —saltó Marlon, aunque con esa clásica sonrisa burlona que al final siempre acababas perdonando—. Tacha eso —añadió rizando el rizo—. Que sean cuarenta.

Elizabeth apretó los labios en un mohín cómico adorable. Parecía Amy maquinando alguna picardía en *Mujercitas*.

—Bien mirado, cuarenta a mí también me irían de perlas —dijo.

—A mí no —terció Michael soltando el aire de golpe para armarse de valor y decir lo que quería decir, sonara apropiado o no, fuera normal o no decir algo así en tiempos tan anómalos como aquéllos.

Quizá ahora mismo ésa era su única ventaja de verdad frente a cualquier otra persona que hubiese en el IHOP y frente a la mayoría de los norteamericanos: a él nunca le había pasado nada normal, jamás, en toda su vida desde que tenía uso de razón. Y por eso en el fondo siempre estaba preparado para lo monstruoso, le resultaba familiar, y estaba familiarizado también con la fuerza que podía contrarrestarlo: el amor. Alargó los brazos y tomó de la mano a sus dos queridos amigos.

—No quiero estar en ningún momento que no sea ahora —dijo—. Aquí, con vosotros dos. Por muy feas que se pongan las cosas. Quiero estar con vosotros y con toda esta gente. Con todos los habitantes de la Tierra. En este momento.

Se quedaron en silencio unos segundos hasta que Marlon arqueó las cejas aún soberbias y suspiró.

—Odio tener que darte la noticia, amigo, pero tampoco te queda otra. Parece que nadie nos va a teletransportar. Sea lo que sea esta mierda —hizo un gesto hacia el aire que los separaba, hacia las moléculas de ese aire, hacia el tiempo mismo—, estamos aquí varados como todo el mundo.

—Sí —dijo Michael; estaba sonriendo y fue esa sonrisa, la primera que se vio ese día en aquel IHOP, lo que atrajo por fin la atención de la camarera—. Sí, ya lo sé.

Semana crucial

1

Se sentó en la taberna de Sherman Street mirando hacia su casa, que estaba al otro lado de la calle. Los paneles del porche estaban combados y unas grietas profundas y feas marcaban los listones blancos; tenían un aire un poco agonizante. Pero cuando llegara la primavera, si llegaba alguna vez, iba a ayudarla a poner todo al día, volvería a pintar y enmasillar, haría los arreglos necesarios. Eso también iba por el depósito del gasóleo. Seguiría encargándose de hacer todo el mantenimiento de la vivienda porque la amaba y no veía nada más que bondad en ella; y ella seguía queriéndolo, en el sentido más amplio de la palabra, y a la gente no le quedaría otro remedio que metérselo en la cabeza.

—Pero ¿cómo funciona el asunto exactamente? —preguntó el señor Frank Everett, el dueño de aquel pequeño bar; salió de detrás del mostrador y se acercó hasta su único cliente, que estaba delante de la ventana—. Ya no es tu casa, ¿verdad?

El hombre tenía la mirada perdida contemplando algún noble horizonte, aunque cuando Everett siguió la dirección de sus ojos tan sólo vio un expositor de Twinkies sudorosos en el escaparate de la gasolinera.

—Así es —le explicó a Everett—. Se la voy a dejar a ella. Se lo merece. Y haré cualquier cosa que necesite, sólo tiene que pedirlo. Lo hago con gusto. Quiero que sea feliz.

Everett levantó el vaso medio lleno y colocó un posavasos de cartón debajo.

—Verás, eso es lo que se me escapa. La sigues acompañando a la iglesia. Ella te prepara galletas.

—Me prepara galletas.

El tabernero se cruzó de brazos y lo miró con un arrobamiento beatífico, como si las galletas de Marie fuesen el no va más, algo del otro mundo. No era irlandés, Frank, ni siquiera de Boston, pero había estado casado con una irlandesa y creía entender a sus clientes; sus gustos y costumbres, su humor.

—Llegó un punto con mi Annette —confesó tapándose los ojos con el paño de secar los platos—, y no me importa contártelo, llegó un punto en que iba a contratar a alguien para que la matara. No te miento, palabra. —Midió una distancia minúscula con los dedos de su mano libre—: Me faltó esto.

Azotó el aire con el paño y soltó una risa campechana, pero el hombre (que se llamaba Michael Kennedy McRae) siguió sentado sin sonreír, con gesto de censura, como un cachorro al que atizan en el hocico con un *Herald* enrollado.

—Bueno —McRae se sonrojó un poco—, debería decir que en nuestro caso no es así. Hemos llorado y nos hemos sostenido uno al otro. Tal vez mucha gente por aquí tenga otro concepto de mí hoy en día... Ella nunca lo ha tenido.

Con gesto noble volvió a perder la mirada más allá del cristal. No parecía haber manera de decirle que tenía la cara verde por el resplandor de dos tréboles de neón colgados del vidrio.

—McRae... eres único —dijo Frank dándole una palmada en la espalda a pesar de que no lo veía único en ningún sentido.

Había cinco hermanos McRae y todos eran muy locuaces. Y todos se parecían a Donald O'Connor, más o menos, incluso las mujeres.

—¿Te pongo otra? —le preguntó Frank tras un breve silencio, pero no obtuvo respuesta—. ¡Eh, McRae! No te habrás picado por esa tontería sobre Annette, ¿verdad? Es una bobada.

Era cierto, sin embargo, que unos meses antes no se habría atrevido a hacer un chiste así delante de McRae. No habría bromeado ni sobre una multa de aparcamiento.

—¿McRae?

Incorporándose un poco en el taburete estiró con ansiedad la cabeza, grande y cuadrada, hacia la izquierda. Un viejo toro erguido sobre las rodillas. Desde allí Everett podía ver los músculos en tensión, marcados incluso a través de los pantalones. ¡A punto para embestir! La gente no cambia. Ya podían despedir a McRae diez veces más, siempre sería un poli.

—Perdona, Frank, supongo que estarás deseando volver a casa. Debería habértelo dicho: estoy esperando a mi hijo. Pensaba que ése era su coche. No creo que tarde mucho más. Andará por ahí atrapado detrás de una quitanieves... Viene de la escuela de arte.

Frank levantó la vista y pasó un paño por el interior de una jarra grande de cerveza.

—A mí me da lo mismo. Yo no cierro si nieva ni cierro si está vacío. Yo nunca cierro.

—Con tres chicos, todo el mundo decía... Bueno, ya sabes, las típicas advertencias. Pero él es el de en medio, un mediador nato. En opinión de Marie, es el más dulce de los tres. Dios lo bendiga. Estamos muy orgullosos de él. O sea, también nos preocupamos. No debería haber dicho la escuela de arte, es el Instituto de Arte. Un sitio distinto. No estudia pintura, sino «diseño gráfico». Eso a ella la inquieta un poco. No lo sé.

—Hay mucha demanda de diseñadores gráficos. Todo es diseño.

—Ya veremos.

Quince minutos más tarde, un joven alto con una gorra de los Red Sox aparcó el coche de su madre delante de la casa unifamiliar y se abrió camino trabajosamente con unos zapatos inapropiados para la nieve. Le sacaba más de una cabeza a su padre, también era más delgaducho y su cara, aunque afable y franca, no tenía la arquitectura angulosa de la de Mike. Se sacudió los pies y sonrió azorado cuando su padre salió a recibirlo en la entrada del bar, lo abrazó con fuerza por la cintura y rompió a llorar sin freno ni disimulo.

—¡Eh, papá! Vamos, no pasa nada. Sentémonos. Te estás llevando un sofocón.

El hijo maniobró y entraron a refugiarse en el local. El amor en los ojos del padre era tan fervoroso que incluso Frank, a diez metros de distancia, sintió la opresión.

—Chico, date cuenta: te he empapado de lágrimas.

—McRae tocó las manchas de humedad en la camisa de

su hijo mientras el joven observaba tranquilo el dedo de su padre aguardando a que acabara.

Algo en esa escena hizo que Frank pensara en santo Tomás metiendo el dedo en la llaga. Aunque por supuesto ése era el nombre del chico: Tommy.

—Ay, chico, lo siento... ¡Y te parecerá una locura, pero ni siquiera estoy triste! ¡Me siento tan agradecido y afortunado ahora mismo! ¡Mírame! Soy el hombre con más suerte del mundo.

—Vale, papá, aunque vamos a sentarnos. Sentémonos aquí mismo.

El McRae más joven apartó de su cuerpo las manos del mayor con suavidad, las sostuvo durante un instante entre las suyas y luego las colocó en la mesa suavemente.

—Perdona el retraso. Tienes buen aspecto, papá.

—¡Qué va, me sobran dos kilos! Tres. No puedo correr, así que... Lo único que sé hacer es correr e ir en bicicleta. Y el médico me dijo que nanay, ni una cosa ni la otra. ¡Ahora tengo que buscar una alternativa! Me paso todo el día sentado al volante. —McRae alargó los brazos y ejecutó un peculiar tamborileo en las rodillas de su hijo—. ¿Luego vas a casa de tu madre?

—Mmm... claro.

—Bien, eso está bien.

Frank se acercó con un par de Guinness, y nada menos que en bandeja.

—Tu viejo me dio órdenes —dijo conforme servía los vasos rebosantes—. Fue muy claro: cuando llegue el chico, ponnos de la negra, que es su favorita.

—Genial —respondió el hijo, aunque apenas sorbió un poco de espuma sin dar muestras de disfrutar lo más mínimo.

Mike dejó la suya exactamente donde estaba.

—O sea, mira a este joven. ¡La longitud de sus brazos! Querían ficharlo para que jugara al baloncesto... Bueno, naturalmente que querían... pero interés cero, no hizo ni caso. Es hijo de su madre. Ella toca el piano, le encanta la pintura. Él tiene talento para la música, para lo visual.

El hijo suspiró, se apuntó con un dedo en la sien y apretó el gatillo.

—Artistoide.

—¡Eh, eso es genial! ¡No lo desprecies! No a todos les va a gustar el deporte, ¿no? El mundo sería muy aburrido. —Mike se fijó en la visera de la gorra de béisbol—. ¿Y eso a qué viene, por cierto? ¿Una conversión a estas alturas de la vida?

—Es de Kim.

—Su novia es coreana —explicó McRae—. Y la verdad es que yo no podría estar más contento.

—Me alegro —dijo Frank.

—No podría estar más contento. Y Marie tampoco. Estamos tan orgullosos de los dos... Kim también estudia arte. El arte es fantástico. La educación, eso también es fantástico. Un regalo. ¡Aunque no sea gratis! He conseguido darles carreras a tres chicos y te lo aseguro: no es fácil. Los tipos como nosotros nunca llegamos tan lejos y tampoco lo esperábamos, pero incluso de haber llegado, ¿quién nos habría pagado los estudios? ¡Es un dineral!

Frank silbó.

—¡Y están exprimiendo justamente a la clase media!

—Cierto. Pero estamos juntos en esto, Marie y yo; juntos pero no revueltos, ya me entiendes. En resumen: siempre nos hemos sacrificado por estos chicos. El único sitio al que hemos viajado en familia es Hawái. Dos veces. Nunca he ido a Europa. Nunca he ido a Irlanda. Pero Michael júnior fue a Francia, recorrió toda Francia durante un verano. Joe fue a España aquella vez. Y Tommy, hace años fuiste a no sé dónde con el padre Torday...

—A Edimburgo.

—¡Exacto, a Edimburgo! —McRae alargó la mano y le dio a su hijo un apretón en el hombro—. Y yo siento que he ido a esos lugares a través de mis chicos. Y de eso estoy hablando. Si quieres a tus hijos, haces sacrificios... Ni siquiera son sacrificios, es lo que se hace y punto. ¡Y todo eso no puede acabar sólo porque una relación se termina! Somos una familia. Veintinueve años de felicidad, los más felices de mi vida. Sinceramente, conocer a tu madre fue lo mejor que me ha pasado nunca. Te lo garantizo, Tom, de verdad que es así.

—Vale, papá —murmuró Tommy, aunque al cabo de un momento pareció aliviado cuando una ráfaga de aire frío entró de repente por la puerta junto con dos hombres vestidos con el uniforme azul de la compañía eléctrica—. Quizá deberíamos dejar que Frank siga con sus cosas y atienda el bar.

—Soy un hombre verdaderamente afortunado. Se lo digo a todo el mundo.

—Un optimista nato —confirmó Frank, pese a que para sus adentros el término correcto era un poco más largo—. Bueno, muchachos, ¿puedo traeros algo más? ¿Todo bien? De acuerdo entonces.

Mientras Frank se alejaba, McRae arrimó su taburete aún más a su hijo hasta que las rodillas de ambos se tocaron.

—¡Caramba, tu madre se va a alegrar tanto de verte! Vio a Joe la semana pasada, pero lleva sin ver a M.J.

desde Navidad. Bueno, acuérdate de mí mientras te estés comiendo esa pierna de cordero... Notarás mi aliento en la nuca.

El chico se quitó la gorra de béisbol.

—Tú... ¿tú no vendrás a cenar con nosotros?

—No, Tom, esta noche no. Tenemos que hacer esto oficial en algún momento, ¿no crees? He sido el ogro escondido bajo el puente desde hace... bueno, casi un año. Y tu madre aún es una mujer hermosa; vaya, a mí aún me parece muy guapa, a mí me parece sexi... El caso es que pronto se meterá en internet y entonces habrá un hatajo de cabritos, ya sabes, que irán trotando por encima de ese puente...

—Papá...

—¡Eh, me alegro por ella! Ni siquiera quiero beber. —Apartó la Guinness y el vaso se deslizó peligrosamente hasta detenerse justo en el borde de la mesa—. Ni siquiera sé por qué la he pedido. Tom, tengo que contártelo: ahora mismo siento que la vida es un tesoro... un tesoro tan... Ni siquiera sé tan qué, no encuentro la palabra justa para expresarlo ahora mismo, pero puedo decirte que es un tesoro, así lo siento. Y sólo deseo sentir todo lo que haya que sentir, sea bueno o malo, y me he dado cuenta de que no necesito... Eh, ¿quieres comer algo? Aquí la comida es buena. ¡Ah, claro, claro! Vas a comer allí, me olvidaba. Eso está bien. Anda, ven aquí.

Tom McRae dejó que le aprisionara la cabeza cariñosamente. Su personalidad adulta, ese carácter urbano que esa misma mañana había opinado convincentemente sobre el genio de Cindy Sherman con los hijos adultos de abogados y médicos, en ese momento se encogió y se desvaneció sustituido por una encarnación anterior:

el hijo mediano y tímido de la periferia, el que ocultaba los ojos detrás del pelo.

—Es sólo que me parece raro —dijo antes de agarrar la bebida con ambas manos y llevársela a los labios como si fuera un batido—. A ver, no es que quiera que montéis un drama, pero... en fin, todo es extrañamente pacífico.

—¡Es el divorcio más pacífico de la historia! —exclamó McRae—. ¡Eso es justo lo que le estaba diciendo a Frank! Ni siquiera nos hemos gritado en casi treinta años.

—Cierto. Así es como lo recuerdo. Pero Kim empieza ¡anda ya, hombre, eso debe de ser un falso recuerdo! Y yo insisto: que no, lo recuerdo tal como fue. Pero mira, nosotros... nosotros no tenemos que hablar nada de esto.

—No, no, Tom: a mí no me importa hablarlo. Me gusta hablarlo. En realidad, me va bien. Hablo de esto a todas horas. Tengo una regla y no estoy intentando meterte ideas religiosas en la cabeza, Tommy, nunca he hecho eso, ya lo sabes, pero la cuestión es que así es como pienso ahora; me digo: Mike McRae, ¿dirías tal cosa o tal otra si Jesucristo en persona estuviera a tu lado? Y si no me atreviera a decirla, me callaría. Así de simple.

McRae alargó la mano y limpió un bigote de espuma en la cara ceñuda de su hijo.

—Tu madre y yo tuvimos una conversación maravillosa hace unas semanas... Bajó para devolverme ese cuchillo japonés que le di para cortar en lonchas una carne de ternera que había comprado en esa tiendecita de... ¡Bah, eso no es importante! El caso es que entablamos una conversación muy indulgente, muy honesta, y me dice: «Quiero viajar, quiero conocer a gente nueva, quiero retomar la música, volver a tocar el piano como antes. Hace treinta años elegí una vida estable por Mike McRae, pero ahora tengo cincuenta y seis y ya no quiero seguir con una vida estable.» ¡Uf! Justo en el plexo solar. Tom, para mí fue difícil oír eso. Pero si alguien se siente así, se siente así. Tenemos tres hijos estupendos. Puedo afirmar con sinceridad que no me arrepiento de nada. No lamento nada. Tuve suerte cuando la conocí. Mucha suerte.

—Vaya, papá, eso es genial —dijo Tommy; al parecer no podía parar de tocarse el surco del labio superior con una servilleta—. Siempre y cuando tú... ya sabes, lo lleves bien, supongo.

—Lo llevo genial. —McRae abrió como platos sus llamativos ojos azules—. Déjame preguntarte algo: ¿has visto *Sonrisas y lágrimas*?

—Claro.

—«Cuando Dios cierra una puerta, abre una ventana.»

Tommy trató de sonreír con entereza.

—Es como una frase de esa película. ¡Eso me mata! Pero en fin... lo que digo es que tengo varias ideas cociéndose, no quiero hablar de ellas ahora mismo, sé que te estoy dando un poco la vara, que hablo por los codos, aunque basta con que sepas que te parecerá bien, eso creo, Tommy, de verdad. En fin, la mayor parte ya lo sabes. O sea, que hoy es domingo... Lunes y martes: estoy trabajando. Estupendo. El miércoles voy a la biblioteca a ver si aún puedo pertenecer a los Amigos de la Biblioteca. Mira, sé que ya no pueden meterme en el comité, no de manera oficial, y por supuesto lo entiendo, pero no hay nada malo en preguntar, ¿verdad?

—Nada malo.

—Y el viernes... El viernes me mudo, ya está. Ése es el día.

—Una semana crucial.

—Una semana crucial.

Salió un zumbido de la cinturilla de Mike McRae. Su hijo sonrió con ternura al ver cómo su padre sacaba unas gafas para leer con montura de alambre que guardaba en el bolsillo de la pechera de su cazadora deportiva y escrutaba la diminuta pantalla con tanto esmero y atención como un viejales excéntrico que lee los resultados del béisbol en un cuadro de Rockwell.

—No conozco a nadie que siga llevando un busca.

McRae lo miró por encima de la media luna de las lentes con un entusiasmo franco, intacto, que hizo que incluso su hijo más dulce temiera por él.

—¿En serio? En el trabajo muchos los usan.

2

El nombre escrito en la tarjeta era Clark: debían encontrarse en la zona de recogida de pasajeros situada delante de «salidas» donde uno se podía parar un máximo de diez minutos, pero Clark tardaba y era una mañana gélida. McRae volvió a montarse en el coche, dio la vuelta, estacionó en el aparcamiento y fue hasta «recogida de equipajes». Revisó el busca, levantó el cartel. Los otros tipos iban con traje, tenían pantallas de iPad en lugar de una cartulina y sus pasajeros llegaron antes: una serie de ejecutivos de mediana edad pegados a sus aparatos que entregaban sus bolsas de viaje y preguntaban temerosamente qué tiempo hacía. Pero entonces una señora elegante apareció en lo alto de las escaleras mecánicas y saludó a Mike McRae; una señora alta, esbelta y morena, con un pelo negro sedoso, una boca muy roja y pinta de que podía correr cinco kilómetros sin detenerse a recuperar el aliento.

—¿Clark?

—Urvashi Clark.

—Perfecto. ¿Trae algo de equipaje?

Llevaba, pero insistió en que se ocuparía ella misma. Llegaron hasta un ascensor atravesando los embates de la ventisca y luego subieron a un lujoso sedán en la segunda planta. La mujer iba toda de negro; gafas de montura negra, abrigo negro y, en torno a su cuello, una estola de piel negra que colocó a su lado en el asiento trasero, donde el fino pelo se estremeció como un animal nervioso.

—Veo que vamos a la universidad.

—Por favor.

La mujer sacó una fina carpeta cuyo color hacía juego con su lápiz de labios, la abrió y empezó a hojear unos papeles.

—¿Va a dar una conferencia?

—A presentar un ensayo —contestó ella sin levantar la vista de la carpeta—. Se celebra un congreso de arquitectura. Soy arquitecta.

Mike la dejó a lo suyo. Condujo a través del complejo de pasos elevados, entró en un túnel sombrío.

—¿Necesita luz?

Pero cuando se le ocurrió preguntar ya estaban desembocando en el otro lado, donde la luz era tan blanca, tan penetrante, que parecía borrar todas las distinciones, en particular la que dividía la parte delantera de la parte trasera del coche. Mike McRae pensó que, siendo razonable, no podía seguir fingiendo que no estaba en un espacio reducido con una mujer bella en pleno esplendor del día.

—Arquitectura. Debe de ser interesante.

—Ajá.

—Arquitectura gótica, arquitectura moderna. Supongo que yo soy tradicional. Me gusta una cerca blanca de madera. Me gusta un vitral. Desde luego en Boston tenemos un montón de viejos edificios bellísimos.

—Desde luego que sí.

—Un montón —dijo Mike con énfasis, aunque casualmente pasaban frente a un 7-Eleven encastrado en una enorme caja gris—. ¿Trata de eso su artículo?

—¿El mío? No.

La mujer se sacó un iPhone del bolsillo de atrás y se lo puso delante a modo de escudo, pero le dio a Mike la oportunidad de mirarle la mano izquierda, y ése era un aspecto de su nueva vida que no salía de manera natural, se lo tenía que recordar cada vez. Tampoco estaba siempre seguro de la interpretación correcta. Una única piedra negra sobre un anillo de oro en el dedo índice.

—No le molesta que se lo pregunte, ¿verdad?

—En absoluto —dijo Urvashi tropezando con los expectantes ojos azules en el retrovisor—. Bueno, supongo que trata de... Bueno, de cómo ciertos espacios determinan... moldean... nuestras vidas.

McRae dio una palmada en el volante.

—Vaya, creo que eso es cierto, ¡muy cierto! Porque yo soy de Charlestown, tercera generación de nacidos allí. Y Charlestown me hizo como soy y a mi familia, completamente. Completamente.

—¡Ah, qué curioso! —Se inclinó hacia delante—. ¿En qué sentido?

—En valores, principios, creencias. Diría que hay una manera de ver las cosas propia de Charlestown.

—Entiendo. —La mujer volvió a reclinarse para mirar el teléfono.

—Sí —dijo Mike unos minutos después como si no hubiera transcurrido el tiempo—. Hace diez años nos mudamos a Cambridge, para desgracia nuestra, pero en realidad todas las cosas importantes de mi vida han ocurrido en Charlestown. Conocí a mi mujer andando bajo la lluvia en Charlestown; o sea, no en la calle, ella vivía allí. Teníamos un amigo en común, yo necesitaba un sitio donde pasar la noche y no quería molestar a mi madre, que bastante tenía ya. Y estaba buscando piso, porque eso fue cuando tenía veintidós años, trabajaba de mensajero, y alguien acababa de robarme la bici... Da igual, la cuestión es que llevaba una bolsa de lona con un gran taco de papel dentro que aún no había entregado. Un documento de quinientas páginas, un manuscrito, importante para el tipo que lo escribió, pienso ahora, ¡y era antes de internet! Así que ésa es la única copia. Y yo voy por Charlestown con la lengua fuera buscando la casa de Marie; ella compartía piso con otras dos chicas, ¡y me estoy empapando! Así que por fin llego allí y ahí está ella, con unos patines de cuchilla colgados del hombro, a punto de salir, y me dice: «Como si estuvieras en tu casa.» Sosteniendo los patines se volvió para mirarme. Igual de hermosa entonces que ahora. Así que entro y me siento como en casa. Al mirar dentro de la bolsa me digo: vaya, estoy en un buen lío. Tuve que poner a secar hoja por hoja. Quinientas y pico páginas tendidas en cada superficie de su piso, en las puertas, en la cama, colgando de la tabla de planchar, ¡en todas partes! Ella volvió a casa y ni pestañeó. «Como si estuvieras en tu casa.» Uy, no sabía lo que estaba diciendo. Me quedé aquella noche, la noche siguiente... y hemos pasado treinta años juntos. Claro que ahora nos estamos separando.

—¡Oh... Lo siento!

—¡No lo sienta! Míreme. Soy el hombre más afortunado que conocerá jamás.

Para demostrarlo se alzó un poco en su asiento hasta que el espejo acogió su sonrisa resplandeciente con todo su fulgor.

—¿En resumen? Éste es un período de transición para mí. Trabajo de chófer a tiempo parcial, como ve. Me hice una lesión corriendo y tuvieron que operarme. No pude trabajar durante un tiempo, no pude correr.

—Debe de ser frustrante.

Urvashi sacó uno de los botellines de agua del soporte de las bebidas, tomó un buen trago y entonces se arriesgó un poco:

—Yo corro. No mucha distancia, pero me gusta.

Mike volvió a dar una palmada en el volante.

—¡Lo sabía! ¡Sólo con mirarla he sabido que era una corredora!

—No sé si me definiría como una corredora. Mi máximo son cinco kilómetros.

—Cuestión de voluntad. —McRae hizo la uve con dos dedos—. Créame, lo sé. He corrido el Ironman varias veces, medias maratones, maratones enteras...

Ella se encogió ligeramente de hombros y miró por la ventanilla.

—No, yo nunca podría hacer eso. No tengo... lo que haya que tener.

—¡Bah, todo el mundo lo tiene! ¿Quiere saber cuál es el secreto? Lo haces por esa sensación que tienes en

169

el último minuto. Eso es lo que deseas. A ver, nuestra vida es fácil, ¿verdad? Tocamos un botón y se enciende la luz. Tocamos otro botón, la comida se cocina. Pero tienes que ahondar más cuando corres, penetrar en una parte más profunda de ti mismo. Esa parte existe en todos nosotros. Es sólo cuestión de encontrarla. Seríamos mucho más felices si lo hiciéramos.

—Estoy segura de que tiene razón. En cualquier caso, quizá sea demasiado mayor para empezar.

—¡Usted no es tan mayor como yo! ¡Tengo cincuenta y siete años! Corrí mi primera maratón a los cuarenta y dos. La corrí cuando tenía cincuenta y tres, cincuenta y cuatro y cincuenta y seis. Hasta esa lesión. Entonces me prescriben oxicodona. Bueno, pues evidentemente me engancho al Percocet, que me lleva a la heroína. ¡Claro, la heroína es más barata! ¿No es de locos? ¿Que la heroína sea más barata? En fin, todo eso me metió en un montón de líos. Un montón de líos. Y lo tremendo es que ni siquiera me dolía tanto, ¿sabe? Como que quizá debería haber aguantado ese dolor y ya está.

Pararon en un semáforo. El hombre se dio la vuelta en el asiento para seguir hablando sobre el dolor y en ese instante, por un acto de gracia, el teléfono de Urvashi vibró y volvió a vibrar. Mike miró el aparato con preocupación.

—Podría ser importante. Mejor que atienda.

Ella cogió el objeto amado agradecida y con una expresión que reflejaba la intensa entrega del trabajo o del amor, empezó a revisar ociosamente el correo basura.

—La verdad es que me perdí —murmuró Mike McRae—, me perdí por completo. —Frenó en seco para dejar que una madre con su bebé cruzara la calle—. Ahora la gente me pregunta qué quiero decir con eso.

Bueno, permítame darle sólo un ejemplo, de miles, literalmente. —Echó una ojeada por el retrovisor—. Esperaré a que termine con eso.

Urvashi dejó el teléfono boca abajo en el asiento.

—Pues voy cruzando el parque después de una gran nevada para recoger a mi hijo menor, que ha ido a un concierto de rap... —Tomó aire con un gesto de dolor—. ¡Ay, cuesta hablar de esto!

—En serio, no tiene por qué...

—Fue un momento muy bajo en mi vida. Bueno, había ido a ver a no sé qué rapero, se me ha ido el nombre de la cabeza. Un tipo famoso de verdad.

Urvashi lanzó los nombres que conocía, describió físicamente a cada uno lo mejor que supo. Durante unos segundos pareció que seguiría haciéndolo el resto de la vida.

—¿Sabe qué? Ahora que lo pienso, creo que era blanco.

Y en esa charca mucho más pequeña resultó ser el segundo pez.

—¡Exacto! Aunque con mi nuevo cerebro de adicto lo único que estoy pensando es: llamaré a mi camello, recogeré el material a mitad de camino en el parque y tendré tiempo de fumar y luego encontrarme con mi chico. ¡Perfecto! Ésa es la lógica del adicto, pura y dura. Así que eso es lo que hago. Y estoy flotando, ¿vale? Dentro de mi cabeza. Pero en realidad estoy hundido en casi un metro de nieve y si aquel perro no se hubiera acercado y me hubiera dado un lametazo en la cara, lo más probable es que me hubiese muerto allí mismo, de hipotermia o a saber de qué. Así que ahora por lo menos estoy despierto y no sé cómo consigo atravesar el campo hasta el recinto donde está el estadio. Y veo a todos esos chicos y

171

todos están que arden, están en la flor de la vida. Y mi Joe igual, ¡está que arde! ¡La expresión de su cara! A ver, francamente, a mí no me convence ese tipo de música, creo que ni siquiera es música, aunque me quedé allí pensando, ¡eh, espera un segundo!: esto fue lo que hizo Jesús, ¿no? Los enardeció a todos. Mi hijo está que arde y ahí estoy yo como un zombi. Soy como un muerto viviente. ¡Dios, ése fue un momento muy bajo!

—Me... me lo imagino.

Ella por fin levantó la mirada de su regazo; sentía el agua que corría junto al coche apresurándose para no quedar atrás. Con las pieles limpió la ventanilla empañada. Un embarcadero. Ocas. Jóvenes de rojo izando remos, exhalando bocanadas de vaho.

—No me imagino estar en el agua un día como hoy —dijo tan animadamente como pudo porque la conversación parecía haberse adentrado en una jungla.

¿Dónde estaban las miguitas de pan que llevaban de nuevo a la charla trivial?

—Todo es cuestión de voluntad. Yo me jactaba mucho de mi voluntad. Un poco demasiado, tal vez. Luego la perdí por completo. —Se volvió nuevamente en el asiento—. Señorita Clark, ¿le importa si le pregunto de dónde es?

—En absoluto. Soy de Uganda.

Cuando el hombre frunció el ceño, dos grietas profundas le surcaron la frente. Urvashi reprimió el impulso de poner un dedo entre ambas.

—Pues verá, yo habría dicho Pakistán o India o Bangladesh, quizá incluso Irak o Irán. Nunca habría dicho Uganda.

—Bueno, en Uganda había una importante población del Asia meridional.

—¡Vaya! —Mike se volvió hacia el volante—. Y... ¿puedo preguntarle qué edad tiene?

—Cuarenta y seis años.

—Caramba, tampoco lo habría adivinado. ¿Puedo decirle que parece mucho más joven?

—Por favor, no se prive. Sólo los americanos se ofenden con los cumplidos.

—Y su esposo, sus hijos, ¿están aquí en Boston?

Ella sonrió ante el candoroso intento.

—Mi pareja y yo vivimos en Nueva York. No tengo hijos.

A él se le ensombreció el semblante y a ella de pronto le dio mucha pena porque le había presentado lo inconcebible. Tranquilizarlo, sin embargo, habría exigido demasiado tiempo y en el fondo demasiado esfuerzo; dejar claro que era feliz en muchos sentidos, que amaba su trabajo, a su amante, su libertad... En cambio se sacó de la manga a dos hijastras que no existían, ambas adolescentes, sólo porque sí.

—¡Ah, entonces ya sabe de qué va! —Mike McRae sonrió con gesto cómplice—. Pues permítame contarle algo que la dejará alucinada. Yo tengo tres hijos, ¿vale? Bostonianos irlandeses de pura cepa, pero la mujer de mi hijo mayor es afroamericana, de Chicago, y por eso su hija es de un color como el suyo... ¡Y la novia de mi hijo mediano es coreana! Y bueno, el menor no está saliendo con nadie ahora mismo, pero pienso, ¿qué vendrá luego? ¿China, no? O tal vez venga una ind... nativa americana. La cuestión es: todos somos hijos de Dios. Mi mujer y yo nos estamos separando, pero estamos encantados. La primera vez que vi a mi nieta, tan morenita... —Se le llenaron los ojos de lágrimas mientras quitaba una mano del volante y se la llevaba al pecho—. Fue como si mi corazón se hiciera más grande y se abriera una nueva cavidad en su interior. Una nueva cámara.

La bella pasajera no comentó nada; sólo se mordió el labio, rojo como la sangre, y miró por la ventanilla. Mike no podía saber que sus pensamientos vagaban por pintorescos derroteros hacia sus hijastras imaginarias, que ahora colocó en sendas habitaciones de diseño propio (bastiones gemelos a ambos lados de la campana de una chimenea) en una casa levantada al borde de un acantilado sobre una playa agreste con dunas y praderas marinas, en América o en África, una idílica combinación de ambos continentes. Mike, creyendo que la había ofendido, mantuvo el silencio tanto como pudo. Encendió la radio. Accionó el limpiaparabrisas. Se fijó en una chica con cara de drogadicta que salía de una farmacia con algo metido en el bolsillo trasero de los pantalones. La vida en la sombra. Mike la veía por todas partes, era como un sexto sentido, pero ¿de qué servía? Dobló a la izquierda, hacia el campus. Volvió a mirar a la mujer, su expresión ansiosa, esquiva. Tenía la ventanilla empañada, una nube compacta. ¿Qué veía?

3

El proyecto había costado seis millones de dólares y se dijo que «reimaginaba» el espacio, pero a Mike le parecía como si alguien hubiera montado una caja enorme de hormigón y vidrio, le hubiera puesto ruedas y la hubiera estampado contra uno de los laterales de la antigua biblioteca. Por otra parte, parecía más concurrida de lo que la recordaba, con alguna persona en cada una de las

174

nuevas terminales, y varias más esperando su turno para usar los ordenadores. Muchos indigentes, que se distinguían a simple vista por sus zapatos: elaboradas creaciones propias, o combinaciones de pares sueltos, sujetos con cinta aislante. Un uniforme le había permitido en otros tiempos hablar con esa gente; ahora se quedó, indistinguible e inadvertido entre ellos, esperando en el «atrio» a la señorita Wendy English, la jefa de administración. Había tantas posibles entradas y salidas en el nuevo espacio que no sabía por cuál aparecería y acabó por ser una emboscada: notó que alguien le clavaba un dedito en la espalda.

—Señorita Wendy. Fíjate. Caramba. ¿Se ha quitado años de encima?

—Cumplí setenta y cinco la semana pasada y he decidido plantarme ahí. Me alegro de verte, Michael.

Se estrecharon la mano, un gesto que requirió cierta delicadeza por parte de McRae. La mujer medía poco más de metro cincuenta, pesaba apenas treinta y seis kilos con su traje de chaqueta y se le marcaban todas las venas y los huesos.

—Cuánto tiempo —añadió la señorita Wendy.

Se apartaron y se miraron de hito en hito. Seis meses. Era evidente que ella había dejado de teñirse el pelo; el pelo afro corto y majestuoso, blanco como la lana de oveja.

—Aprecio de verdad que me reciba hoy —dijo él y por un momento ridículo temió que iba a echarse a llorar—. Se lo agradezco mucho.

—No hay de qué —respondió ella indicando el espacio alto y luminoso—. Como ves, estamos abiertos a todo el mundo. Y lo digo de corazón: me alegro de verte. Vayamos a mi despacho.

Pero la señorita Wendy caminó deprisa, siempre un poco por delante, y a Mike McRae no le presentó a ninguna de las personas que se pararon a saludarla o a hacerle alguna pregunta práctica en el vestíbulo o por los pasillos. Cuando llegaron a su despacho, en la esquina del antiguo edificio de ladrillo, él se sentía como una pálida sombra persiguiendo a aquella mujer menuda y oscura a través del mundo.

—Y bien, ¿qué puedo hacer por ti, Michael?

Se acomodó tras su gigantesco escritorio de nogal, con sus brazos de pajarito doblados sobre el tapete verde, y McRae pensó en que a Alice McRae (madre de seis hijos y admiradora de Louise Day Hicks), la imagen de su hijo con la gorra en la mano delante de una ancianita negra le habría resultado incomprensible.

—Michael, ¿estás bien?

—Sí, sí, estupendamente. —Se puso un dedo en los ojos para no llorar—. Ya sabe, cuando toda la comunidad te respalda como la gente lo ha hecho, bueno, es fabuloso. Y después de todo lo que salió en los periódicos hubo mucho apoyo, mucho cariño.

—Formas parte de esta comunidad. —Ella lo miraba a los ojos como pocos hacían en esos tiempos y separaba las palabras como si contara las perlas de un collar, pero cuando llegó al final del hilo no añadió nada.

—Exacto —afirmó McRae llenando el vacío—, y siento que tengo mucho más que dar a esta biblioteca en concreto. Aquel programa para veteranos del que hablamos el año pasado..., me encantaría ayudar a implementarlo. Siento que muchas de las habilidades que tengo, además de las destrezas que he adquirido últimamente porque debería explicar... Mire, no le he contado nada de esto a mi familia, pero ése es el efecto que usted me provoca, supongo... —Se rió de una manera un poco escandalosa—. Esos ojos, señorita Wendy. Esos ojos tienen algún hechizo, ¡el suero de la verdad! Iba a comentar que he adquirido muchas habilidades nuevas en ese programa donde he estado metido estos últimos meses... y, bueno, la gran revelación es que de hecho me estoy formando como asesor en prevención de drogodependencias. Sí. Así que ésta es una semana crucial para mí, esta semana me saco el título, y estoy convencido de que tras veinticinco años como agente de policía, además de mi propia experiencia personal con el abuso de sustancias, y ahora esta formación, estoy convencido de que podría tener un papel completamente nuevo en el comité de acción, un papel de peso, que aportaría mucho valor a la tarea.

A lo largo de este discurso la señorita Wendy no se movió lo más mínimo. A su espalda nevaba sin cesar. La mujer parecía una santa diminuta y adusta tallada en el ébano de un ábside.

—No puedo volver a ponerte en el comité, Mike. Lo siento.

Seguía cayendo la nieve. Silenciosa, abundante. Mike se echó hacia delante y se agarró al borde del escritorio.

—¿Cuánto dinero he recaudado para esta biblioteca? He debido de correr más de trescientos kilómetros por esta biblioteca, señorita Wendy. Más de trescientos kilómetros...

—Sin duda. Pero eras el tesorero, Michael, y supongo que, a la luz de los sucesos recientes, el comité considera que...

Siguió hablando. Mike se quedó absorto mirando la nieve y vio treinta míseros pavos doblados en una cartera, propiedad de un chico, un delincuente de poca monta, detenido en el calabozo, y vio esos mismos treinta pavos en su bolsillo, e intentó ahora separar su propia memoria física de aquellas imágenes en las cámaras de vigilancia sin saber ya si conservaba algún recuerdo real distinto de la grabación. Treinta pavos. Cuanto más veía la grabación en el juzgado, más aleatoria e inconexa le parecía. ¿Qué tenía que ver con la vida real de Michael Kennedy McRae? ¿Por qué aquel desatino, un momento tan remoto de la historia, cuando aún era sólo cuestión de diez o doce pastillas al día, debía convertirse en el acto decisivo? Podías darle vueltas hasta acabar loco. Y luego había otros días en que era capaz, por un instante, de ser objetivo y de ver que no entrañaba ningún misterio, ni era cosa del destino o de una maldición particular. Era sólo a lo que él y sus colegas se referían a menudo como el «efecto Capone». Cuando te pillan, rara vez te pillan por lo que toca.

—... y todo eso me deja en una posición muy difícil —continuaba diciendo la señorita Wendy—. Por las drogas podríamos pasar página, aunque por el dinero... —Tendió las manos en un gesto de impotencia.

McRae se puso de pie.

—Cuando era policía, y fui un buen policía mucho tiempo, actuaba con criterio. Siempre. Ésa es la parte más importante del trabajo. Saber cuándo has de actuar con mano dura y cuándo no pasarte. Señorita Wendy, le estoy pidiendo que actúe con criterio. Más aún, se lo estoy suplicando.

Ella suspiró y apartó la mirada.

—Me estás pidiendo algo que no puedo hacer. —Se levantó. Nieve—. Mike, tú y yo nos conocemos desde hace mucho. Y sé que eres de los buenos —añadió—, pero es que... —Se había quedado sin perlas.

—¿Eso cree? —preguntó él.

4

—¿Mike? ¿Eres tú?

Mike llevaba en los brazos una de las últimas cajas llena con los objetos dispares e inclasificables que parecía que no iban en ningún otro sitio. Había confiado en acabar antes de que ella volviera a casa.

Cuando lo vio, Marie se llevó una mano al corazón.

—Me has asustado.

—Pies de las fuerzas especiales de la policía —dijo él como había dicho tantas otras veces—. Sigilosos y letales.

Ella llevaba en la mano un libro de música gris azulado, alguna pieza de Bach.

—No pasa nada —dijo—, pero la señora Akinson va a llegar de un momento a otro.

—¡La señora Akinson! —exclamó Mike asombrado—. ¿Ese vejestorio? Debía de andar por los sesenta cuando daba clases a los chicos. Ahora tendrá por lo menos noventa años.

—No es tan mayor. Sólo se viste de una manera anticuada.

Se acercó a él, miró dentro de la caja y sacó un calzador con la forma de Homer Simpson. Sonrió con tristeza y lo guardó de nuevo.

—Marie, ¿te has vuelto a dejar la puerta abierta?

Ella lo negó, pero al cabo de un segundo se oyeron arriba los pasos de la señora Akinson y luego una escala tocada en clave menor.

Mike se encogió de hombros.

—Oído de las fuerzas especiales de la policía.

—¿No te alegras de no estar haciendo eso?

—Formaba parte del trabajo.

—Bueno, ¿no te alegras de que ya no forme parte de tu trabajo?

—Alguien tiene que hacerlo.

—Quizá —admitió ella mientras se volvía para subir las escaleras.

—He empezado en un sitio nuevo —dijo él alzando la voz; ella suspiró y se detuvo—. Ha sido una semana crucial para mí. Tengo un curro nuevo, como asesor... prevención del consumo de drogas.

A Marie se le ocurrieron muchas respuestas posibles, pero quería ir a su clase de piano.

—Magnífico, Mike. Me alegro por ti.

—Estoy entusiasmado, la verdad. Es un cambio de rumbo total para mí. Me parece una manera útil de dar salida a algo que llevo dentro. Lo he llevado desde hace mucho, supongo que debería haberlo escuchado antes. Nos habría ahorrado mucho dolor. Creo que cuando entré en la treintena, de hecho, empecé a ver que Dios está en toda la gente y que también está en mí. No sé explicarlo mejor.

Marie observó a McRae; vio que, como de costumbre, se le saltaban las lágrimas. Lo miró fijamente. Pensó en las distintas etapas que habían marcado su vida junto a ese hombre sentimental y el conjunto le pareció una pieza de música donde ellos mismos habían sido las notas. Un trote constante al principio, que se hizo tan lento durante aquel primer año de matrimonio, cuando ella se confesó a sí misma la falta de atracción física... y entonces todo se precipitó (tremenda, rápida, dichosamente, volviéndose poco menos que inaprensible), porque no había manera de frenar a los niños, ni los años de su vida a los que ellos se aferraban con aquellas manitas sudorosas. Las horas irrecuperables que se consu-

180

mieron en coches, entre palos y balones, llevándolos de aquí para allá, animándolos en campos de deportes helados, mirándolos, mirando su propio aliento, paseando a sus perros, enterrando a sus perros, paleando la nieve de la entrada y entonces, al cabo de un momento, viendo a tres jóvenes altos, mucho más altos que ella, todos con los ojos de su padre, paleando la nieve de la entrada por consideración hacia su madre, que se hacía mayor. A veces encontraban cacas de perro en la nieve o un paquete de cigarrillos o la pelota de alguien, pero nunca a Marie de niña. No. Nadie sabía adónde había ido a parar aquella niña. ¡Tan rápido! Pero se frenó otra vez y casi se detuvo el año en que le extirparon el pecho. Lento como si te movieras bajo el agua, preguntándote si vas a salir de nuevo a la superficie. Entonces parpadeó tres veces y ya no había más calzoncillos en las escaleras ni cuencos de cereales para lavar ni condones usados escondidos sin maña en un tubo de Pringles ni pinceles con pintura reseca ni raquetas ni balones. Marie adoraba a sus nietos y el mundo ajeno a ella que los rodeaba, pero su nuera era una de esas mujeres que actúan como si los bebés empezaran todo el concierto. Desde el principio. Una idea encantadora, pero no cierta, al menos para Marie. No eran sus bebés. Tampoco le había dado pena quedarse en una casa vacía, como le advirtieron que ocurriría. El tiempo, en cambio, comenzó a remodelarse cautelosamente en torno a su cuerpo roto y ella descubrió que quería estar otra vez a solas con ese cuerpo. Así era como se sentía y se habría sentido igual aunque Mike hubiese estado limpio como una patena y se hubiese retirado con todos los honores. De una extraña manera, él le había allanado el camino. Y ahora la lentitud la llamaba de nuevo si se mantenía firme, si conseguía oponerse a aquella mirada agónica que veía en los ojos de Michael Kennedy McRae. Y luego ¿qué? Paso a paso. Por lo pronto se tumbaría en la hierba primaveral, se preguntaría por lo que acababa de suceder contemplando su propio cuerpo separado al fin de cualquier otro cuerpo en el mundo entero.

¡Conoce al presidente!

—¡Eh! ¿Qué tienes ahí?

El chico no oyó la pregunta. Estaba al final de un muelle derruido y creía que no había nadie más, pero ahora se percató de una presencia a su espalda y se dio la vuelta.

—¿Qué tienes ahí?

Una persona muy mayor, una anciana, estaba delante de él agarrando a una niñita del hombro. Ambas delataban la torpeza y las pocas luces típicas de los lugareños: lo miraban embobadas. El chico se volvió otra vez hacia el mar. Llevaba toda la semana esperando un día claro para probar la nueva tecnología (nueva para el chico, no para el mundo) y ahora por fin la lluvia daba una tregua. El cielo gris se encontraba con el mar gris. No era lo ideal, pero podría bastar. En un mundo ideal estaría subido a un montón de piedras en Escocia o en alguna otra región del trópico experimentando la claridad a contraluz. En un mundo ideal estaría...

—¿Es uno de esos aparatos para ver?

Una mano repugnante surcada de venas azules se acercó a la luz que rodeaba la cabeza del chico, como si fuese sólida y se pudiera agarrar igual que el asa de un tazón.

—¡Mira el verde, Aggie! Eso quiere decir que está encendido.

El chico estaba listo para jugar. Tocó con el nódulo de su dedo el nódulo de la sien para subir el volumen.

—Claro, el muchacho tendrá que ser alguien, Aggs, porque no se los dan a cualquiera...

El chico se sobresaltó al notar que una mano lo tocaba.

—¿Eres alguien entonces?

La mujer se había ido acercando hasta plantarse justo delante de él, ineludible. El pelo blanco como el papel. Un vestido negro largo y recto hecho con algún tipo de tejido y lo que parecían ser unas gafas auténticas. Cuarenta y nueve años de edad, grupo 0, probabilidad de cáncer de ovario, impago de una antigua deuda; nada más. En blanco prácticamente. Igual ocurría con la niña: nunca había salido del país, ochenta y cinco por ciento de posibilidades de sufrir degeneración macular, un tío en la base de datos hace mucho tiempo localizado y eliminado. Cumpliría nueve años al cabo de dos días. Melinda Durham y Agatha Hanwell. No compartían más ADN que cualquier par de personas sin vínculos familiares.

—¿Nos ves? —La anciana soltó a la menor y sacudió las manos a lo loco; las puntas de sus dedos apenas llegaban a la coronilla del chico—. ¿Nosotras aparecemos? ¿Qué somos?

El chico, que no estaba acostumbrado a la proximidad, dio un solo paso hacia delante. No pudo acercarse más. Al fondo estaba el océano; por encima, un desastre de cielo, nubes tapando cada claro azul que intentaba abrirse. Una docena más o menos de naves lanzándose en picado como gaviotas persiguiendo a un pez (y no más grandes que gaviotas), rozando la espuma sucia, volviendo luego a los cielos, dirigidas por manos invisibles. En su primer día allí, el chico había seguido a su padre en sus viajes de inspección en busca de esas manos: jóvenes resueltos a los mandos de sus monitores, por encima de cuyos hombros el padre del chico echó una ojeada, igual que a veces echaba una ojeada al chico para asegurarse de que tomaba el desayuno.

—¿Cómo llamas tú a uno de esos chismes de ahí?

El chico se metió la camisa por dentro del pantalón.

—AG 12.

La anciana resopló satisfecha, pero no se fue.

Él intentó mirar directamente los apagados ojos pardos de las hembras. Era lo que habría hecho su madre, una mujer bondadosa con una melena flamígera larga hasta la cintura y conocida por su paciencia con los lugareños. Su madre, sin embargo, había muerto hacía mucho tiempo, él no llegó a conocerla, y ahora estaba perdiendo la poca luz del día que quedaba. Parpadeó dos veces y dijo:

—Mano a mano. —Entonces cambió de idea y añadió—: Armamento. —Se miró el torso, al que ahora agregó una serie de pistolas.

—Sigue a lo tuyo, muchacho. No te molestaremos —dijo la anciana; luego le habló a la niña, que no le hizo caso—: Puede verlo todo, tesoro. Tiene algo en las manos... o él cree que lo tiene.

Se sacó un paquete de tabaco del fondo de un bolsillo que había en la parte delantera de su atuendo y empezó a liar un cigarrillo usando a la niña de escudo contra el viento.

—Esas nubes, oscuras como toros. Corriendo, corriendo. Siempre ganan. —Para ilustrarlo intentó que Aggie volviera los ojos hacia el cielo levantándole la barbilla con un dedo, pero la niña sólo miraba boquiabierta el codo de la mujer—. Descargarán antes de que lleguemos. Si tú no tuvieras que ir, yo no iría, Aggie, ni en broma, no con la que va a caer. Si lo hago es por ti. Llevo toda la vida mojándome, mojándome, mojándome. ¡Y apuesto lo que sea a que él está mirando soles radiantes y gente con sus ya-sabes-qué y en cueros! ¿A que sí? ¡Pues claro! ¿Y quién va a culparte?

Soltó tal carcajada que el chico la oyó. Y entonces la cría, que no se reía (y cuya cara pálida, de barbilla triangular y ojos enormes de pestañas claras, únicamente parecía capaz de experimentar perplejidad) tiró de su pierna real obligándolo a callar un momento y escuchar su pregunta.

—Bueno, soy Bill Peek —contestó él y se sintió imbécil, como alguien en una película antigua.

—¡Bill Peek! —exclamó la anciana—. ¡Oh, pero hemos tenido peeks en Anglia desde hace mucho! Encontrarás a un peek o dos o tres allá abajo, en Sutton Hoo. ¡Bill Peek! ¿Eres de por aquí, Bill Peek?

¿Sus abuelos? Muy posiblemente. Del lugar e ingleses... o sus bisabuelos. Su pelo, sus ojos, su piel y su nombre daban a entender que sí, pero no era un asunto fácil de tratar con su padre, y el chico tampoco había sentido nunca ninguna necesidad o deseo de abordarlo. Era un individuo global y punto, que acompañaba a su padre en sus inspecciones, por norma a lugares más animados que ése. ¡Qué cenagal apestoso! Tal como todo el mundo le había advertido. Las únicas personas que quedaban en Inglaterra eran las que no podían marcharse.

—¿Eres de por aquí o tienes pinta de ser de Norfolk? ¿Tú no dirías que tiene pinta de ser de Norfolk, Aggs?

Bill Peek levantó la vista hacia el campamento de la colina y fingió que seguía con gran interés aquella docena de naves que volaban en círculos y se lanzaban en picado, como si sólo él, como hijo de personal, no tuviera nada que temer. La mujer, sin embargo, estaba ocupada con el cigarrillo y la chica se limitaba a canturrear «*Bill Peek, Bill Peek, Bill Peek*» para sí y sonreía con tristeza mirándose los pies torcidos. Eran demasiado rústicas incluso para entender la amenaza implícita. El chico saltó del muelle a la playa desierta. Había marea baja, daba la impresión de que podías caminar hasta Holanda. Se fijó en los miles de espirales diminutas en la arena, como churros en miniatura que se dilataban hacia el horizonte.

Felixstowe, Inglaterra. Una aldea normanda; más tarde, brevemente, un balneario que popularizó la familia real alemana; mucha pesca en tiempos lejanos. Cien años antes, casi en ese mismo mes, una insólita inundación había matado sólo a cuarenta y ocho personas. Con el paso de los años, el lugar se había inundado una y otra vez, y había quedado básicamente abandonado. Ahora el triste pueblecito se había retirado cinco kilómetros tierra adentro, hasta una zona alta. Población: ochocientos cincuenta habitantes. El chico parpadeó dos veces más; no le interesaba mucho la historia. Centró su atención en un zurullo concreto. *Arenicola marina*. Gusanos de arena. Gusanos tritón. Ésas eran sus excreciones enroscadas. ¿Excreciones? Pero aquí advirtió que su interés menguaba otra vez. Se tocó la sien y dijo:

187

—Cabeza ensangrentada 4. —Después—: Washington.

Era la primera vez que llegaba a ese nivel. Otro mundo empezó a construirse alrededor de Bill Peek, una ciudad resplandeciente sobre una colina.

—Pobrecita —dijo Melinda Durham; se sentó en el muelle con las piernas colgando y puso a la niña en su regazo—. Trastornada de pena está la criatura. Vamos a un sepelio. Hoy se entierra a la hermana de Aggie, su única pariente y la última. La verdad sea dicha, la hermana de Aggie no era más que escoria y un sepelio es demasiada pompa para ella, merecería que la dejaran en esta playa a merced de las gaviotas. Pero yo no voy por ella. Voy por Aggie. Aggie sabe por qué. Aggie me ha sido de gran ayuda entre una cosa y la otra.

Mientras esperaba, con la música de fondo, el chico revisó un mensaje de su padre sin prestar gran atención: ¿a qué hora podían esperarlo de regreso en el campamento? «A qué hora podían esperarlo.» Ése era un grato avance por tratarse de una pregunta y no de una orden. ¡Cumpliría quince en mayo, casi un hombre! Un hombre que podía dejar saber a otro hombre cuándo podían esperarlo y decirle que volvería sin prisa, cuando le viniese en gana. Llevó a cabo varios estiramientos rudimentarios y dio unos botes sobre los talones.

—Maud, así se llamaba. Y nació junto al mismo campanario bajo el cual la enterrarán. Doce años nada más, pero tan golfa... —Melinda le tapó a Aggie los oídos y la niña se inclinó tomándolo por un gesto de cariño—. Tan golfa que estaba hecha un cascajo. Si vivieras por aquí, Bill Peek, habrías conocido a Maud, supongo que ya me entiendes. Habrías conocido a Maud en el sentido bíblico y más allá. Era terrible. Ag-

gie, en cambio, es harina de otro costal, ¡gracias a Dios!
—Soltó a la pequeña y le dio unas palmaditas en la
cabeza—. Y como no tiene a nadie, aquí estoy, tonta
de mí, llevándola a un entierro cuando tengo un millón de
piedras más que levantar del montón.

El chico llevaba encima una serie de granadas. En
cada sector del Instituto Global de los Senderos (en París, Nueva York, Shanghái, Nairobi, Jerusalén y Tokio),
el chico había gozado debatiendo con amigos la cuestión
de si era mejor aumentar la realidad «sobre el terreno»
incorporando cualquier cosa que hubiese a mano («marcar», se llamaba, y el placer estribaba en lo imprevisible)
o elegir localizaciones donde apenas hubiera hechos que
sortear. El chico era partidario de la segunda opción.
Quería aumentar en lugares limpios, vacíos, donde era
libre de expandir plenamente, sin obstáculos. Observó la
playa mientras las vetas de aceite de la arena se cubrían
ahora con un pavimento reluciente flanqueado por la
Guardia Nacional, que le brindaba un saludo. Había cinco kilómetros hasta la Casa Blanca. Por motivos personales eligió ponerse unos pechos grandes y una larga cola
escamosa con fines de estrangulación.

—¡Diantre! ¿Me harías el tremendo favor de echar-
le un ojo a Aggie sólo un minuto, a que sí? ¡Me he dejado el rosario! No puedo ir a un sepelio sin él. Vale más
que mi alma. ¡Ay, Aggie! ¿Cómo me has dejado salir sin
él? Es buena niña, pero inconsciente a veces... Su hermana también era una inconsciente. Bill Peek, ¿le echa-
rás un ojo, a que sí? No tardo nada. Vivimos justo en esa
colina, al lado de la antigua torre Martello. Ocho minutos serán, no más. ¿Me harías ese favor, Bill Peek?

Bill Peek asintió con la cabeza, una vez hacia la derecha, dos hacia la izquierda. Salieron disparados cuchi-

189

llos de sus muñecas y se desplegaron espléndidamente como las frondas de un helecho.

Fue veinte minutos después, quizá, mientras se aproximaba a un montón de escombros (derruidos por naves enemigas) que antaño habían sido el Monumento, cuando el joven Bill Peek sintió de nuevo una presencia a su espalda y halló a Aggie Hanwell con el puño en la boca, llorando a lágrima viva, moviendo la mandíbula arriba y abajo en actitud agónica. El chico no podía oírla con el estruendo de las explosiones. Hizo una pausa con desgana.

—No ha vuelto.

—¿Disculpa?

—¡Se fue pero no ha vuelto!

—¿Quién? —preguntó él y retrocedió hasta encontrar la respuesta—. ¿M. Durham?

La niña lo observó con la misma mirada de pasmo.

—Mi Melly —dijo—. ¡Prometió llevarme, pero se ha ido y no ha vuelto!

El chico localizó rápidamente a M. Durham, tanto por propia conveniencia como por un acto compasivo, y experimentó la novedad de compartir la información con la niña del único modo que ella parecía capaz de recibirla.

—Está a tres kilómetros de aquí —dijo con su propia boca—. Rumbo norte.

Aggie Hanwell se sentó con el trasero en la arena húmeda. Hizo rodar algo en la mano. El chico lo miró y se enteró de que era un bígaro, ¡un caracol de mar! Reculó, porque le daban repelús las cosas que se arrastraban y reptaban por la tierra. Aunque resultó que ése estaba roto, sólo tenía un vacío nacarado por dentro.

—Así que era mentira. —Aggie echó atrás la cabeza exageradamente para contemplar el cielo—. Además, uno de ésos tiene mi número. No he hecho nada malo, pero aun así Melly se ha ido y me ha dejado y uno de esos chismes ha estado siguiéndome, desde el muelle... incluso antes.

—Si no has hecho nada malo —dijo Bill Peek en tono solemne repitiendo como un loro las palabras de su padre—, no tienes de qué preocuparte. Funciona con precisión.

Por su educación, se exasperaba con la gente que difundía información errónea sobre el Programa. Aun así, su nueva madurez había venido acompañada de una perspectiva distinta de las complejidades del mundo de su padre. Porque ¿no era cierto que personas con mala intención a veces están del lado de los buenos, los inocentes o los menores de edad? Y en esas circunstancias, ¿la precisión podía garantizarse por completo?

—De todos modos no rastrean a los niños. ¿Es que no entiendes nada?

La niña, al oírlo, soltó una carcajada amarga y cínica que desentonaba con su carita pálida, y Bill Peek cometió el error de quedarse, por un momento, un poco impresionado. Pero ella sólo estaba imitando a sus mayores igual que él imitaba a los suyos.

—Vete a casa —le dijo el chico.

En lugar de hacerle caso, la niña se puso a escarbar con los pies en la arena húmeda.

—Todo el mundo tiene un ángel bueno y un ángel malo —explicó—. Y si es un ángel malo el que te elige... —Señaló una nave que dio una batida a ras de suelo—, no hay escapatoria. Despídete.

La escuchó mudo de asombro. Siempre había sabido que cierta gente pensaba así, por supuesto, la estudiaban en un módulo en sexto grado, pero nunca había conocido a alguien que albergara realmente lo que su profesor de antropología social, el señor Lin, denominaba «creencias animistas».

La niña suspiró echando más puñados de arena encima de los dos montones con los que se había tapado los pies, los apelmazó y se enterró hasta los tobillos. Mientras tanto, a su alrededor, la escena de caos fabuloso de Bill Peek permanecía congelada: un Minotauro sentado en el regazo del pétreo Abe Lincoln y una docena de artefactos explosivos a punto para la detonación. Estaba impaciente por volver.

—Debo avanzar —dijo, señalando la larga extensión de playa, pero la niña levantó las manos, quería que tirara de ella.

Eso hizo. Una vez de pie se aferró a él abrazándole las rodillas. Bill Peek sintió el roce de su cara mojada en la pierna.

—¡Oh, trae muy mala suerte no ir a un sepelio! Melly era la que sabía adónde hay que ir. Tiene todo el pueblo aquí arriba. —Se tocó la sien, y el gesto hizo sonreír al chico—. Memorizado. Nadie conoce el pueblo como Melly. Te dirá «aquí estaba tal edificio, pero lo derribaron» o «aquí había una taberna con una marca en la pared que indicaba hasta dónde subió el agua». Ha memorizado hasta el último rincón. Es mi amiga.

—¡Vaya una amiga! —replicó él.

Consiguió despegar a la niña de su cuerpo y echó a andar por la playa abriendo fuego contra un comando ruso de paracaidistas que entraron en su campo de visión. A su lado corría una silueta escurridiza; a veces un perro, a veces un droide, a veces una manada de ratas. De la silueta subía la voz de la niña.

—¿Puedo mirar?

Bill Peek destripó un cervatillo que había a su izquierda.

—¿Tienes aumentador?

—No.

—¿Tienes sistema complementario?

—No.

Sabía que estaba siendo cruel, pero la niña echaba por tierra su concentración. Dejó de correr y separó los visores a fin de intimidarla mejor.

—¿Algún sistema?

—No.

—Entonces no. No puedes.

Su nariz estaba sonrosada, una gota de humedad colgaba en la punta. Tenía una inocencia que casi rogaba ser corrompida. A Bill Peek le vinieron a la mente más de unos pocos chicos que conocía de Senderos que no dudarían. Como hijo de personal, sin embargo, Bill Peek debía atenerse a principios distintos.

—Jimmy Kane tenía uno... Era un amigo de Maud, su amigo preferido. Venía volando y se iba volando, nunca sabías cuándo volaría de nuevo. Era capitán del ejército. Tenía uno antiguo... pero decía que aún funcionaba. Decía que la volvía más guapa si miraba mientras lo estaban haciendo. Él también era de ningún lugar.

—¿Ningún lugar?

—Como tú.

No era la primera vez que asaltaban al chico los grandes misterios humanos de este mundo. Tenía casi quince años, era casi un hombre, y los grandes misterios humanos de este mundo lo asaltaban con regularidad satisfactoria, como era adecuado para su fase de desarrollo. (Del prospecto del Instituto Global de los Senderos: «Cuando alcanzan el décimo grado, nuestros alumnos empiezan a adquirir conocimiento de los grandes misterios humanos de este mundo y una especial compasión por los lugareños, los pobres, los ideólogos y quienes han optado por limitar su propio capital humano en formas que a veces nos puede resultar difícil de comprender.») Desde los seis meses de edad, cuando lo inscribieron por primera vez en la escuela, había cumplido todos los objetivos que Senderos esperaba de sus pupilos (andar, hablar, desvestirse, liquidar, rentabilizar, programar, aumentar) y en consecuencia era más chocante todavía encontrarse cara a cara con una persona de nueve años tan absolutamente ciega, tan perdida, tan degradada a nivel de desarrollo.

—Esto —señaló Felixstowe desde la playa con sus excrementos secos y muelles derruidos, los edificios vacíos como conchas e inútiles muros de contención para las inundaciones, hasta la colina donde su padre aguardaba su regreso— es ningún lugar. Si no te puedes mover, eres nadie, de ningún lugar. «El capital debe fluir.» —(Esto último era el lema de su escuela, aunque ella no necesitaba saberlo.)—. Ahora bien, si me estás preguntando dónde nací, te diré que ese suceso tuvo lugar en Bangkok, pero dondequiera que hubiese nacido seguiría siendo miembro de Grupo de Seguridad Incipio para el que mi padre trabaja y dentro del cual tengo el nivel de acceso más alto. —Se sorprendió por el grado de placer que le dio esta mentira pura y dura. Era como contar una historia, aunque de un modo completamente distinto; una historia que no podía verificarse ni comprobarse, y que se aceptaría sin más con absoluta inocencia. Sólo alguien sin acceso de ninguna clase. Nunca antes había conocido a alguien así, alguien que podía moverse únicamente formando espirales minúsculas en un mismo lugar, como un cagarro en una playa.

Conmovido, el chico se agachó de pronto y tocó con suavidad la cara de la niña. Justo entonces intuyó que quizá se parecía al primer profeta de alguna religión monoteísta, bendiciendo a una conversa y, al visionar de nuevo el momento y constatar que era así, mandó la escena, tanto al señor Lin como a los otros chicos de Senderos, para la evaluación paritaria. Seguro que contaría de cara a completar el Módulo 19, que hacía hincapié en la empatía por los desposeídos.

—¿Adónde quieres ir, criatura?

Ella se iluminó con gratitud y le dio la manita mientras las últimas lágrimas le resbalaban hasta la boca y por el cuello.

—¡A San Judas! —exclamó. Siguió hablando mientras él reproducía la escena en modo privado y añadía una breve nota con aclaraciones sobre el contexto para el señor Lin antes de volver a centrarse en su parloteo incesante—... y le diré adiós. Y la besaré en la cara y en la nariz. Digan lo que digan de ella era mi hermana y yo la quería, y va a ir a un lugar mejor... No me importa si está fría como el hielo en esa iglesia, ¡la abrazaré!

—No es una iglesia —la corrigió el chico—. Ware Street número 14, construida en 1950, originalmente una vivienda particular erigida en terreno inundable y clausurada por seguridad. Situación de «San Judas»: congregación local, atípica. No tiene una categoría oficial.

—En San Judas es donde la velarán para el sepelio —dijo ella apretándole la mano—. Y pienso darle un beso por muy fría que esté.

El chico negó con la cabeza y suspiró.

—Vamos en la misma dirección. Sígueme y ya está. Sin hablar.

Se llevó un dedo a los labios, y la niña escondió la barbilla dócilmente dando la impresión de que lo entendía. Al reiniciar la marcó a todos los efectos transformando a la pequeña Aggie Hanwell en su acompañante, su espíritu familiar, un zorro rojizo y lustroso. Quedó impresionado por la perfecta reconstrucción visual del animal originario, que al parecer otrora era común en esa parte del mundo. A partir de ahora se llamaría Mystus y lo cubriría por el flanco izquierdo admirando en silencio a Bill Peek mientras tomaba al vicepresidente traidor como rehén y lo arrastraba por el bulevar con un cuchillo al cuello.

Tras un conjuro llegaron al final de la playa. Allí la arena se oscurecía con los guijarros hasta una cala rocosa y los percebes se adherían con furia donde el oleaje apenas había dejado nada más. Por encima de sus cabezas, las naves ya concluían sus expediciones; se habían agrupado como abejas moviéndose en un enjambre hacia la plataforma de aterrizaje del campamento. Bill Peek y su espíritu familiar también se estaban aproximando al final de su viaje, les faltaban escasos momentos para derribar la puerta del Despacho Oval, donde (si todo iba bien) conocerían al presidente y sus esfuerzos se verían recompensados. Pero en el umbral, de manera inexplicable, Bill Peek dejó vagar sus pensamientos. A pesar de que muchos de sus amigos alrededor del mundo estaban conectados (se concedía cierto prestigio a cualquier chico que lograra conocer al presidente con un buen tiempo, si no récord, en una primera pasada), sin darse cuenta se detuvo a acariciar a Mystus y se inquietó pensando si su padre le cancelaría su AG después de este viaje. De entrada había sido un soborno y un cebo y no tenía registro. Bill quería quedarse en el campus de

Tokio todo el verano y desde allí ir a Noruega, antes de la estación de los tsunamis, para pasar un otoño agradable. Su padre lo quería a su lado, ahí, en las tierras grisáceas y pantanosas. Un AG 12 fue el acuerdo mutuo. No obstante, esos últimos modelos entrañaban riesgos para la seguridad, se saboteaban fácilmente y se suponía que los hijos de personal no debían llevar dispositivos que pudieran sabotearse. ¡Cuánto me quiere mi padre!, pensó Bill Peek esperanzado, se expone así con tal de tenerme cerca.

Antes de eso, el chico había creído que la mayor prueba de amor era la garantía de la seguridad personal total, de la que él había gozado toda la vida. Podía contar con los dedos de una mano el número de veces que había conocido a un lugareño; desconocía por completo a los radicales; nunca había viajado en ningún medio de transporte donde cupieran más de cuatro personas. Pero ahora, casi adulto, lo asaltó una reflexión, vio el asunto desde una perspectiva novedosa con la cual esperaba impresionar al señor Lin debido a una interseccionalidad muy acorde con su edad. Se recostó contra la puerta del Despacho Oval y envió su reflexión a toda la familia de Senderos: «Atreverse a arriesgar la seguridad personal también puede ser una muestra de amor.» Sintiéndose inspirado, separó el visor a fin de pausar y apreciar de nuevo los misterios humanos del páramo del mundo adonde había llegado.

Se halló recostado en una roca viscosa con los dedos enredados en los sucios folículos capilares de Agatha Hanwell. Ella vio que la estaba mirando.

—¿Ya hemos llegado? —le preguntó.

El peso de su inocencia lo envalentonó. Estaban a cinco minutos de Ware Street. ¿Acaso no era tiempo de sobra? Sin importar lo que aguardara al otro lado de aquella puerta, Bill Peek lo despacharía con brutalidad, con gallardía; daría un paso adelante, hacia su destino. ¡Conocería al presidente! Le estrecharía la mano al presidente.

—Sígueme.

La niña trepó rápidamente por las rocas, tal vez incluso un poco más rápido que él, gateando como un animal. Giraron a la derecha, a la izquierda, y Bill Peek cortó varias gargantas. La sangre resbaló por las paredes del Despacho Oval y manchó el sello presidencial; una multitud de entusiastas simpatizantes anónimos entró en tropel por las ventanas abiertas. En ese punto, Mystus se apartó de él y se mezcló con ellos; los simpatizantes la acariciaron y le prodigaron mimos.

—¡Cuánta gente ha venido a ver a tu Maud! Alegra el corazón.

—¿Cómo estás, Aggie, cariño? ¿Vas tirando?

—Se la llevaron desde el aire. ¡Pum! «Depravación pública.» ¡O sea, fíjate!

—Ven aquí, Aggs, danos un abrazo.

—¿Quién está con ella?

—Mira, ésa es la hermana pequeña. Lo vio todo, pobrecita.

—Está en la habitación del fondo, criatura. Ve directamente, tienes más derecho que nadie.

Lo único que Bill Peek sabía es que muchos cuerpos estaban tendidos en el suelo y que se abría un espacio para que él se acercara. Echó a andar como un rey. El presidente lo saludó. Los dos hombres se estrecharon la mano. Pero la luz se apagó y luego volvió a apagarse; las celebraciones se perdían en una oscuridad exasperante... El chico se tocó la sien acalorado de rabia: vio aparecer un salón con el techo bajo y una ventana asquerosa opacada aún más por un visillo raído; unas velas iluminaban todo el cuchitril. Ni siquiera podía estirar un brazo, había gente por todas partes, lugareños, que eran una ofensa para el olfato, para el resto de los sentidos. Trató de localizar a Agatha Hanwell, pero sus coordenadas precisas no servían de nada allí; estaba apretujada en medio de la muchedumbre, tan fuera de su alcance en ese momento como la luna. Un hombre gordo le puso a Bill Peek una mano en el hombro.

—¿No te has equivocado de sitio, chico? —le preguntó.

Una mujer patética con escasa dentadura dijo:

—Déjalo en paz.

Bill Peek sintió que lo empujaban hacia delante, hacia la oscuridad. Se oía una canción, cantada por voces humanas, y aunque cada individuo cantaba suavemente, al estar así, uno al lado del otro, como hileras de trigo al viento, se unían de un modo peculiar, denso y ligero a la vez. «*Porque no tengo esperanza de volver otra vez... porque no tengo esperanza*»... Con una sola voz, como el lamento de una gran bestia. Una nave provista del soporte adecuado podría llevárselos a todos de golpe, pero daba la impresión de que no tenían miedo. Seguían meciéndose, cantando.

Bill Peek se tocó la sien sudorosa e intentó centrarse en un largo mensaje de su padre (algo sobre el éxito de una inspección y que partían a México por la mañana), pero sentía que muchas manos lo empujaban, siempre hacia delante, hasta que llegó a la pared del fondo, donde una caja larga (hecha de esa clase de madera que el oleaje deja en la playa) descansaba encima de una sencilla mesa rodeada de velas. Los cantos eran cada vez más fuertes. Aun así, mientras se abría paso entre aquel gentío, parecía que ningún hombre ni ninguna mujer entre ellos cantasen más que en susurros. Entonces el aullido de una criatura cruzó el aire como una vara atravesando la arena; un sonido agudo, estridente, como el que hace un animal cuando, por mero aburrimiento, le rompes una pata. Siguieron empujándolo hasta que llegó al féretro; vio todo con claridad meridiana a la luz de las velas: la gente de negro lloraba, Aggie estaba arrodillada junto a la mesa y, dentro de la caja de madera llevada por la resaca, yacía el cuerpo sin vida de una chica real, el primero de carne y hueso que Bill Peek había visto nunca. Su pelo era rojo, ensortijado en rizos grandes, infantiles, su piel muy blanca y sus ojos verdes estaban abiertos como platos. Una leve sonrisa revelaba huecos entre sus dientes e insinuaba cierto conocimiento secreto, una sonrisa que él había visto antes en los hijos prósperos de hombres poderosos con pleno acceso, los chicos que nunca pierden. Mas nada lo impresionó tanto como la sensación de que había alguien o algo más en aquella sala lúgubre, a la vez invisible y presente, que lo acechaba tanto como a cualquiera.

Dos hombres llegan a un pueblo

A veces a caballo, a veces a pie, en coche o a lomos de sendas motocicletas, ocasionalmente en un tanque (habiéndose extraviado lejos de la columna de combate) y de cuando en cuando desde arriba, en helicópteros. Pero si miramos la imagen general, con la mayor perspectiva posible, debemos reconocer que han llegado sobre todo a pie, así que, en ese aspecto por lo menos, nuestro ejemplo es representativo; de hecho, tiene la perfección de una parábola. Dos hombres llegan a un pueblo a pie y siempre a un pueblo, nunca a una ciudad. Si dos hombres llegan a una ciudad, está claro que llegarán con más hombres, y mucho mejor pertrechados, eso es de simple sentido común. Pero cuando dos hombres llegan a un pueblo, sus únicas herramientas quizá sean sus propias manos, oscuras o claras, depende, aunque a menudo en esas manos sostendrán una hoja de algún tipo, una lanza, una espada, un puñal, una navaja, un machete o simplemente un par de viejas cuchillas de afeitar oxidadas. A veces una pistola. Siempre ha dependido y todavía depende. Lo que podemos decir con certeza es que, cuando esos dos hombres llegaron al pueblo, los divisamos enseguida, en el punto del horizonte donde la larga carretera que lleva al pueblo más próximo se encuentra con el sol del ocaso. Y comprendimos sus intenciones al llegar a esa hora. El ocaso, históricamente, ha sido un buen momento para los dos hombres, adondequiera que llegasen, porque en el ocaso todavía estamos todos juntos: las mujeres acaban de volver del desierto, o de las granjas, o de las oficinas de la ciudad, o de las montañas heladas; los niños están jugando en el polvo cerca de los pollos o en el jardín comunitario delante del bloque de pisos; los chicos están echados a la sombra de los anacardos, buscando alivio del terrible calor (si es que no están en un país mucho más frío garabateando con espray las paredes de un puente) y, más importante quizá, las chicas adolescentes están fuera, frente a sus chozas o sus casas, vestidas con vaqueros o saris o velos o minifaldas de licra, limpiando o preparando comida o picando carne o mandando mensajes por teléfono. Depende. Y los hombres fuertes y sanos todavía no han vuelto de adondequiera que hayan ido.

La noche también tiene sus ventajas, y nadie puede negar que los dos hombres han llegado en mitad de la noche a caballo o descalzos o juntos y bien agarrados en una scooter Suzuki o montados de pie en un jeep oficial requisado aprovechando así el factor sorpresa. Pero la oscuridad también tiene sus desventajas, y como los dos hombres siempre llegan a un pueblo y nunca a una ciudad, si lo hacen de noche casi siempre los recibe la oscuridad absoluta, no importa en qué lugar del mundo o la larga historia que los preceda cuando te topes con ellos. Y en medio de tanta oscuridad no se puede saber a ciencia cierta si el tobillo que has agarrado pertenece a una anciana, una esposa o una niña en el primer albor de la juventud.

Ni que decir tiene que uno de los hombres es alto, bastante guapo (en un sentido vulgar), un poco lerdo y despiadado, mientras que el otro es más bajo, con cara de comadreja y astuto. Ese hombre bajo y astuto se apoyó en la valla de Coca-Cola que señalaba la entrada del pueblo y saludó cordialmente con la mano, mientras que su compañero cogió el palillo que había estado mascando hasta ese momento, lo tiró al suelo y sonrió. Bien podrían haber estado apoyados en una farola y mascando chicle, con el olor a *borscht* flotando en el aire, pero en nuestro pueblo no cocinamos *borscht*, comemos cuscús con blanquillos, aunque hoy por hoy no soportamos ese olor porque nos recuerda el día que los dos hombres llegaron al pueblo.

El alto saludó cordialmente con la mano. En ese instante, la prima de la esposa del jefe, que justo estaba cruzando la larga carretera que lleva al pueblo más próximo, sintió que su única opción era detenerse frente al hombre alto con aquel espléndido machete que brillaba al sol: alzó también una mano a pesar de que le temblaba todo el brazo.

A los dos hombres les gustaba llegar de esta forma, con un saludo más o menos cordial, y eso tal vez nos recuerde que a todos los seres humanos les gusta caer bien, aunque sea durante apenas una hora escasa, antes de que los teman o los odien; o tal vez sería mejor decir que les gusta inspirar un miedo que fermente con cosas como el deseo o la curiosidad, aunque a fin de cuentas el miedo siempre es lo que más les importa. Se les prepara comida. Nos ofrecemos a prepararles comida o ellos la exigen, depende. En otras ocasiones, en la planta catorce de un bloque de pisos abandonado y cubierto de nieve (donde vive un pueblo en vertical), los dos hombres se apretujarán en el sofá de una familia, delante de su televisor, y verán la retransmisión de la ceremonia preparada para el nuevo Gobierno, el nuevo Gobierno que acaban de proclamar con un golpe de Estado, y los dos hombres se reirán de su nuevo líder marchando de arriba abajo por la plaza de armas con ese estúpido sombrero, y riendo sujetarán por los hombros a la mayor de las chicas que ve la televisión con una actitud de presunta camaradería pero agarrándola un poco demasiado fuerte mientras ella llora. («¿Es que no somos amigos?», le preguntará el hombre alto y lerdo. «¿Es que aquí no somos todos amigos?»)

A veces llegan de esa manera, pero aquí no llegaron así porque nosotros no tenemos televisores ni nieve ni hemos vivido nunca por encima del nivel del suelo. Y sin embargo, el efecto fue el mismo: la parálisis del terror y la expectación. Otra chica, más joven, trajo los platos con la comida para los dos hombres o, como es costumbre en nuestro pueblo, el cuenco compartido. «¡Esto está de muerte!», dijo el alto, guapo y lerdo llevándose el pescado a la boca con los dedos sucios, y el astuto con cara de rata dijo: «¡Ah, mi madre lo preparaba así, que en paz descanse, joder!» Y mientras comían cada uno hacía brincar a una chica en el regazo al tiempo que las mujeres mayores se apretaban contra las paredes del recinto y lloraban.

Después de comer y de beber (si es un pueblo donde se permite el consumo de alcohol), los dos hombres darán una vuelta para ver lo que haya que ver allí. Ése es el momento de robar. Los dos hombres siempre robarán cosas, aunque por alguna razón no les guste emplear esa palabra y, al quitarte el reloj o los cigarrillos o la cartera o el teléfono o a tu hija, el más bajo en particular dirá frases sentenciosas como «gracias por este regalo» o «apreciamos el sacrificio que hacéis por la causa», aunque eso hará reír al más alto y así echará por tierra la magnificencia que el otro pretendía darle a la situación. En un momento dado, mientras van pasando casa por casa llevándose lo que se les antoja, un chico valiente saltará de detrás de las faldas de su madre e intentará reducir al hombre bajo y astuto. En nuestro pueblo ese chico era un joven de catorce años a quien apodábamos Rey Rana porque una vez, cuando tenía cuatro o cinco años, alguien le preguntó quién ostentaba más poder en nuestro pueblo y él señaló un sapo grande y feo y dijo «él, el Rey Sapo», y cuando le preguntaron por qué respondió «¡porque hasta mi padre le tiene miedo!». Con catorce años era valiente pero temerario, razón por la cual a su madre, una mujer ancha de caderas, se le ocurrió ocultarlo detrás de sus faldas como si fuera un crío. Pero hay un tipo de arrojo físico, real y persistente, muy difícil de explicar, que existe en pequeños reductos, aquí, allá y en todas partes, y a pesar de que casi siempre sea en vano, no se olvida así como así una vez que lo has visto, igual que una cara muy hermosa o una cordillera colosal de algún modo marca un límite para tus propias esperanzas; presintiéndolo tal vez, el hombre alto y lerdo alzó su machete reluciente y, con el mismo gesto fluido y espontáneo con el que arrancarías la cabeza de una flor, segó la vida del chico.

Una vez que se ha derramado sangre, sobre todo en tanta cantidad, se cae en el salvajismo, en una espiral de violencia donde todos los gestos formales de bienvenida y agasajos y amenazas parecen disolverse al instante. En este punto suele correr más alcohol y curiosamente los ancianos del pueblo (que, por más que sean hombres, están indefensos) a menudo se agarrarán ahora a la botella y beberán hasta apurar el último trago y llorarán porque no sólo hace falta valor para perpetrar la violencia, sino también para quedarte ahí sentado mientras ocurre ante tus ojos. Pero... ¡las mujeres! Cómo nos enorgullecemos, al volver la vista atrás, de nuestras mujeres, que se pusieron en pie entrelazando los brazos unas con otras para formar un corro alrededor de nuestras niñas mientras el hombre alto y lerdo se alteraba y escupía en el suelo: «¿Qué les pasa a estas perras? Se acabó la espera. ¡Si no empezamos ya, estaré demasiado borracho!» El bajo y astuto acarició la cara de la prima de la esposa del jefe (la esposa del jefe estaba en el pueblo vecino visitando a la familia) y habló en voz baja y tono conspirativo de los futuros hijos de la revolución. Entendemos que las mujeres se hayan puesto en pie así en la antigüedad, junto a la piedra blanca y los mares azules, y en tiempos más recientes en los pueblos del dios elefante y en muchos otros lugares, viejos y nuevos. Aun así, el valor inútil de nuestras mujeres poseía en aquel momento algo especialmente conmovedor, aunque no sirvió para impedir que dos hombres llegaran al pueblo e hicieran de las suyas, nunca ha servido y nunca servirá, y sin embargo, llegó ese breve instante en que el más alto y lerdo pareció amedrentado y titubeante, como si la mujer que ahora le escupía fuese su propia madre, pero todo pasó en cuanto el más bajo y astuto pateó a la mujer en la entrepierna y el corro se rompió y la espiral de violencia no encontró más obstáculos en su curso habitual.

Al día siguiente la historia de lo que ocurrió se cuenta en relatos parciales, fragmentarios, que cambian dependiendo en gran medida de quién pregunte: un soldado, un marido, una mujer con un portapapeles, un visitante morboso del pueblo vecino o la esposa del jefe a su regreso de la población donde vive su cuñada. La mayoría pondrán un gran énfasis en ciertas cuestiones («¿quiénes eran?, ¿quiénes eran esos hombres?, ¿cómo se llamaban?, ¿qué idioma hablaban?, ¿tenían alguna marca en las manos o en la cara?»), pero en nuestro pueblo tenemos la suerte de que no hay burócratas rigurosos y que en su lugar esté la esposa del jefe, que a fin de cuentas actúa más como una jefa para nosotros de lo que el jefe ha hecho nunca. Ella es alta, guapa, astuta y valiente. Cree en el *haramata*, ese viento que sopla ora caliente, ora frío, depende, y que todo el mundo respira, no puedes evitar respirarlo, aunque sólo algunos lo exhalan en una espiral de violencia. Esa gente para ella no es ni más ni menos que el *haramata*, seres que se pierden a sí mismos, sus nombres y sus rostros, y ya no pueden afirmar que meramente traen el torbellino, sino que son ese viento. Se trata de una metáfora, desde luego, pero ella se la toma al pie de la letra. Fue derecha hasta las chicas, les pidió su versión y encontró a una que, alentada por la actitud comprensiva de la esposa del jefe, relató toda la historia, que acaba con un final de lo más extraño, ya que al parecer el hombre bajo y astuto creyó que se enamoraba y, después, al recostar la cabeza sudorosa en el pecho desnudo de la chica, le contó que también era huérfano (aunque en su caso era peor porque se había quedado huérfano hacía muchos años y no sólo unas horas), que tenía un nombre y una vida y no era un monstruo, sino un chico que había sufrido como sufren todos los hombres; le contó que había visto el horror y ahora sólo quería tener hijos con esa chica de nuestro pueblo, muchos hijos varones, robustos y hermosos e hijas también, sí, ¡por qué no hijas! Y vivir lejos de todos los pueblos y las ciudades con ese ejército de niños rodeando y protegiendo a la pareja el resto de sus días. «¡Quiso que supiera su nombre!», exclamó la chica aún estupefacta por la ocurrencia. «¡Qué poca vergüenza! Dijo que no quería pensar que había pasado por mi pueblo y por mi cuerpo sin que a nadie le importara cómo se llamaba. Quizá no sea su auténtico nombre, pero dijo que se llamaba...»

Sin esperar a que acabara la frase, la esposa de nuestro jefe se puso en pie, abandonó la habitación y salió al patio.

Kelso deconstruido

Los personajes son Kelso y Olivia, una pareja. El escenario, un cuartucho de alquiler en Bevington Road, en Portobello. Era el cuarto de Kelso hasta hace cinco semanas, cuando Olivia se mudó. Kelso es originario de Antigua. Es carpintero. Olivia es jamaicana, enfermera en prácticas. Se han comprometido para casarse, pero nunca se casarán: antes de que acabe la próxima frase será sábado 16 de mayo de 1959, el último día de la vida de Kelso. Algo que tienen en común los últimos días de nuestra vida es que casi nunca sabemos que es el último día (de ahí surge la «ironía dramática») y Kelso tampoco lo sabía. Nada más pensaba en cómo le dolía el pulgar y en el calor que hacía dentro del cuarto. Era una fractura atípica, en la parte baja de la última articulación: debajo de la tablilla provisional que le había puesto el médico podía sentir que el hueso aún se movía. El dolor era difícil de soportar, en cierto modo vergonzoso. No quería aburrirla con sus quejas ni ser incapaz de abrir una ventana delante de ella, pero el marco pintado de cualquier manera estaba pegado, no había forma de levantar la hoja. Olivia estaba a su lado, desesperada por un poco de aire en la tarde sofocante. Kelso apoyó las palmas en el travesaño. Respiró hondo.

—Tal vez deberías llamar a ese señor Reynolds y pedirle que...

—Sí, claro, Livvy, descuida.

Los dos sabían que no llamaría. Reynolds, para empezar, ya se consideraba un santo por alquilarles la vivienda («¡muchos no lo harían!») y nunca movía un dedo bajo ningún concepto, ni tan siquiera por el irlandés del segundo piso. Ahora, mientras Kelso doblaba un poco las rodillas para coger más impulso y Livvy le rogaba que no se molestara, la mano derecha resbaló, golpeándose el pulgar contra el cerrojo. Soltó un gemido largo y lastimero. Encogido, la vio acercarse y levantar la hoja a la fuerza. Pequeñas escamas de pintura seca salieron volando y cayeron en la moqueta. Corrió un poco de aire, no mucho.

—¡Caray! ¡Con qué mujer tan fuerte voy a casarme!

—Si quieres músculos de verdad, ve a ver a mi tía P en Dalton. ¡Te levanta del suelo! ¡Bien arriba! Si crees que yo soy fuerte, no sabes...

—Mira, a lo mejor resulta que le he propuesto matrimonio a la señorita Ellington equivocada. Pero espera un momento, ¿cómo es esa tía P?

Olivia se echó a reír.

—Ancha como tres hombres, uno al lado del otro.

—Ya veo, ya veo...

Kelso rodeó con la mano buena a Olivia por la cintura y se inclinó hacia ella. Miraron juntos por la ventana paseando la vista sobre Notting Hill. Era la fiesta de Pentecostés, el día más caluroso del año hasta la fecha, y las calles estaban bastante tranquilas excepto por las pequeñas medias lunas de gente reunida delante de las tabernas y el salón de dominó de la otra esquina. No se le escapaba que en ese preciso instante mucha gente estaba subiendo a bordo de trenes y autocares hacia la costa u otros destinos placenteros. No podía ofrecerle a Olivia nada parecido, pero aun así sus sábados eran preciosos, como lo son para toda la gente trabajadora, y cuando el martillo le cayó en el pulgar el miércoles en el taller, eso fue lo primero que pensó: que pase pronto. Sea lo que sea que venga ahora, dolor, médicos, visitas a la farmacia, todo ese jaleo, ojalá que el viernes por la noche haya pasado. Pero durante toda la mañana de ese sábado, mientras paseaba con Olivia por el mercado, mientras sonreía y asentía cada vez que ella le señalaba una cesta bonita o un mango con buena pinta o un reloj de mesa de latón, su único pensamiento había sido: pulgar, pulgar, pulgar, pulgar. Y continuó igual cuando su hermano menor, Mal, pasó de visita. Su hermanito no se había olvidado de llevar el vino de jengibre, llegó cargado con cotilleos frescos de casa e historias picantes y divertidas sobre la plantilla de la fábrica de McVitie's, a pesar de que Kelso no podía disfrutar nada como de costumbre. Permaneció sentado en su silla, taciturno, con la mano muy quieta apretada entre el muslo y el reposabrazos, con un número del *Reader's Digest* abierto en el regazo. Le tocó a Mal manejar el preciado tocadiscos Dansette de Kelso, donde estuvo poniendo media docena de vinilos clásicos de jazz melancólico (*I'll be Seeing You*, *They Can't Take That Away from Me*, *The Very Thought of You*) que hablaban una y otra vez de la pérdida, la muerte y el amor, temas, por lo tanto, en sintonía con lo que estaba a punto de suceder.

211

Pero Kelso, atrapado en la estela de la vida, sin la visión retrospectiva del lector o del autor, únicamente podía pensar en su dolor, que a esas alturas no era punzante, agudo o esporádico, sino irradiado, incesante y absorbente. Dejó que Mal bailara con Olivia. No cantó con ellos ni hizo muchos comentarios acerca de nada. Iba leyendo el texto que tenía en el regazo como buenamente podía. Era un relato extranjero, ruso, traducido y abreviado a conveniencia del trabajador de a pie, y relataba la muerte de un abogado. Por esa razón Kelso le había prestado especial interés: las leyes eran su aspiración íntima; quería estudiar Derecho algún día. La historia, sin embargo, era muy farragosa. Le había llegado a través de una suscripción cara (dos chelines al año), aunque intentaba no pensar demasiado en el precio porque sabía que en tal caso la cancelaría. El problema era que parecía casi imposible decir en qué punto un trabajador de a pie como él, que miraba hasta el último penique, había «aprovechado» dos chelines de lectura; y también era muy difícil decir si las cosas que leías, incluso si leías los números de cabo a rabo, cada mes, y el año entero, en verdad valían los dos chelines. Obviamente las palabras no eran como los discos o los pañuelos de seda o los pulcros chalecos que a él le gustaba lucir (los únicos otros artículos por los que alguna vez se había planteado desembolsar dos chelines). No, las palabras no eran así. ¿Cómo eran entonces? Al parecer no había manera de saberlo. Suponía que ni siquiera los ricos y los cultos tenían una respuesta mejor que la suya, sólo que ni los unos ni los otros echaban de menos los dos chelines.

Llevaba al menos un mes leyendo ese relato en particular y en su fuero interno admitía que no seguía demasiado el hilo, pero de todos modos estaba disfrutando con aquellas frases que, de vez en cuando, daban la impresión de hablar sobre él (o sea, sobre Kelso), aunque desde luego entendía que en realidad se referían a aquel misterioso personaje ruso, Iván. Un personaje que vivía en una casa que Kelso no conseguía visualizar durante una época y en un lugar demasiado remotos para que a cualquier lector, fuese o no un trabajador de a pie, se le antojara real. La semana anterior el relato le había parecido especialmente ajeno a su propia realidad hasta el punto de ser casi incomprensible. Lo que había pensado que sería una trama judicial resultó que más bien trataba sobre el dolor, un dolor insoportable y una muerte atroz, y cada párrafo parecía una ciénaga que te obligaban a atravesar con esfuerzo. Sin embargo, ahora que lo acosaba un dolor tan inesperado encontró ciertas líneas lanzadas directamente a él, en exclusiva, con una intención personal:

«La gente que había a su alrededor no comprendía ni lo comprendería, y pensaba que en el mundo todo seguía como siempre.»

¡Sí, eso era justo lo que sentía!

Eran casi las cuatro. Olivia y Kelso intercambiaron una mirada que Mal, alegre por naturaleza, no se tomó a pecho: puso el corcho a la botella de vino de jengibre y se la guardó garbosamente bajo el brazo. Y su hermano, que lo quería mucho, al verlo, tampoco se ofendió. Uno compartía lo que podía y se quedaba con lo que necesitaba, porque allí nadie vivía como la reina de Inglaterra, ¿a que no?

—Kel, nos vemos pronto, tío —dijo Mal.

No, no volverían a verse, pero cómo iba a saberlo. Kelso, por su parte, no tenía ganas de mover la mano, agarrotada como estaba, y dejó la despedida a Olivia, que dio un beso en cada mejilla a su cuñado, cerró la puerta cuando salió y ocupó su sitio en el sillón, al lado de Kelso. Tenían dos butacas de ésas. Ella consideraba que era una de las muchas ventajas de casarse con un carpintero. Kelso podía arreglar cosas que algunos ilusos tiraban y dejarlas en buen estado, y Olivia había contribuido con un par de fundas cosidas decentemente, y si la habitación en sí hubiera sido más grande, habrían invitado a mucha más gente para que se pasara a admirar la maña que ambos tenían. Olivia miró a su amado, que seguía leyendo sin poder ocultar el dolor. Sacó el costurero, un poco por obligación. Los sábados, por mutuo acuerdo, procuraban «inspirarse» y no desperdiciar aquellas horas valiosas en demasiadas tonterías. Kelso se dedicaba a la lectura, y ella intentaba ocupar las manos en algo que no fuesen labores, que supusiera un poco de ocio. Pero disfrutar el tiempo libre no le salía de manera natural, y si él la sorprendía zurciendo un calcetín o haciendo el dobladillo de una cortina no le gustaba un pelo, y se lo hacía saber. ¿Por qué no entendía que se merecía un «fin de semana» tanto como cualquier otro londinense? Sobre todo se empeñaba en que no hiciera nada útil durante los días festivos, así que ahora ella obvió la falda rasgada que estaba encima del costurero y que precisaba su atención urgente y buscó en cambio un bordado del todo innecesario al que había dedicado prácticamente el mismo tiempo que Kelso había consagrado a la lectura del *Digest*. Era un óvalo primoroso con un texto en el centro y campánulas en los ribetes y, si llegaba a terminarlo algún día, lo colgaría en la pared, por encima de las dos butacas, un toque hogareño:

Debemos tomarnos las palabras en serio.
Intento tomarme en serio los actos de lenguaje.
Las palabras ponen las cosas en movimiento.
He visto cómo lo hacen.

Pero sólo había llegado al segundo «en serio», y ahora advirtió que contenía un error tonto: en lugar de la o había puesto una e, de manera que con un pequeño suspiro empezó a deshacer la letra.

Unos minutos después, Kelso la sorprendió cuando de pronto levantó la rodilla, dejó que el libro se cerrara de golpe y se puso de pie.

—Livvy, ¿sabes qué? Tenemos que salir un rato. ¡Hace un calor infernal aquí dentro! Y aún no es demasiado tarde.

Con eso se refería a que no era demasiado tarde para llegar a la Esquina de los Oradores, adonde solían ir una vez que Mal se marchaba, en sintonía con la idea de inspirarse y prosperar. Había gente que pensaba en el sábado sólo como un dulce desahogo, un día de dominó y ron, pero Kelso no lo concebía así, y ella se alegraba, aunque a veces deseaba que no mirara con malos ojos ir al cine. «¡En el Odeon lo único que verás es publicidad de Estados Unidos y yo puedo decirte que he estado allí y no es como lo pintan!» A Olivia esa opinión le parecía atípica y muy impresionante. Al mismo tiempo nunca entraba en honduras al indagar sobre su experiencia en América pues sospechaba, por las cosas sueltas que había dicho aquí y allá, que fue un momento de su vida en que el diablo lo tenía bien agarrado por el cogote. Pero ése había sido el problema de otra mujer y un Kelso distinto. «Y cada sábado alrededor de las cinco», le había escrito ella a su madre en la misma carta donde le anunciaba su compromiso, «vamos a la Esquina de los Oradores, en una punta de Hyde Park, para oír a todos los que hablan». Era a la vez estimulante y menos doloroso para el bolsillo que el Odeon. Aun así, a sus amigas les parecía una costumbre peculiar. No acostumbraban a tratar a un hombre con un plan en la vida, que pensara más allá del día siguiente, pero Kelso era diez años mayor que ella y sus amigas, y la diferencia se notaba: él había aprendido a ahorrar dinero. Un día sería un abogado con aquella extraña peluca blanca. Olivia fue a buscar el bolso, se puso un sombrero y comprobó que tenía monedas para pagar el tren. Echaron a andar por las calles calurosas con sus zapatos relucientes, su ropa limpia, formal, y sintió un punto de orgullo. Ir a la Esquina un sábado era como todo lo demás, como Kelso y ella iban vestidos, como caminaban, la minuciosa precisión de sus costumbres: detalles que los distinguían, en su opinión, y los convertían en una pareja especial con un destino especial.

El hombre situado frente a ellos era viejo y blanco, bastante calvo, con un poco de pelo gris a cada lado y unas cejas oscuras e hirsutas. Un poeta francés, se notaba a la legua. Se alzaba sobre una simple caja de listones, de esas que se usan para transportar la fruta que se estropea a la menor falta de aire, y escrutaba a la multitud con interés, como tratando de discernir qué tipo de audiencia estaba a sus pies. A Olivia esa actitud le sugirió más un aire de curiosidad que de autoridad. Le gustaba la gente así. El propio Kelso era así.

—Lo que ocurre con la narrativa —dijo el orador subido a la caja de madera— es que resulta inherentemente falsa. Es información preestablecida con una pauta determinada. Siempre tendrá un motivo. Siempre será una manipulación...

—¡Mira qué cejas tan pobladas! —graznó una mujer detrás de Olivia—. ¡Si parece un águila calva!

—¡Cállese y escuche! —exclamó Olivia, pero entre dientes y sin volverse—. Si escucha, puede que hasta aprenda algo.

(Kelso se limitó a suspirar y concentrarse con renovado afán intelectual en la curiosa figura alzada en la caja.)

—Y esta manipulación —continuó el francés—, si viene de la derecha, bueno, entonces la llamamos propaganda, y si viene de la izquierda, tendemos a considerarla no sólo humana, sino también bella. Pensamos que la literatura es humana y es bella. Importa mucho quién encarna ese «nosotros» implícito en esta proposición. Soy un poeta francés. Yo no me incluyo en ese «nosotros». ¿Y no sería mejor dejar la humanística, e incluso la humanidad, a un lado por el momento y lidiar sólo con datos materiales? Decir, conmigo, como un conjuro: la oscuridad, la luz de la farola, el estilete, el pinchazo, la herida, la sangre, los adoquines, el asfalto, la acera...

El orador continuó así durante un rato. Era un día muy caluroso para estar cerca de tantos cuerpos escuchando una perorata tan vehemente. Kelso y Olivia estaban familiarizados con los discursos (ya hemos visto que acudían allí la mayoría de los sábados), pero no estaban acostumbrados al calor, o por lo menos no allí, en Inglaterra, donde habían aprendido a llevar chalecos y rebecas de punto con todo sin hacer caso de lo que insinuara el sol en la ventana a primera hora de la mañana.

Ahora ambos se quitaron una capa de ropa, que Kelso se colgó del codo en el brazo izquierdo doblado en un ángulo de noventa grados: advirtió que elevarlo aliviaba el dolor. Olivia, un poco cansada del poeta francés, prestó atención a una voz con acento americano a su izquierda, que resultó pertenecer a una mujer no muy diferente de su abuela: la misma cara de león, la misma mata de pelo.

—La función —decía esta mujer—, la función realmente seria del racismo es la distracción. Impide que hagas tu trabajo. Te obliga a explicar, una y otra vez, la razón de tu existencia.

«¡La razón de tu existencia!», pensó Olivia, y le estrechó la mano un poco demasiado fuerte a Kelso, que notó que esa nueva presión contrarrestaba el dolor de la otra mano y le sirvió para distraerse. Funcionó por un momento. Luego el dolor volvió a la carga, más persistente que nunca. No lograba prestar atención a aquella mujer. Prácticamente no lograba prestar atención a nada.

A las seis y cuarto, una gran bandada de golondrinas alzó el vuelo desde lo alto de Marble Arch y pasó por encima de la multitud, tan bajo que muchos se agacharon, incluida la mayoría de los oradores, y acto seguido todo el mundo se irguió de nuevo y los oradores retomaron sus discursos, así que lo complicado entonces era saber cuándo irse. Kelso y Olivia nunca querían que les tocara a ellos decir «vámonos». Tenían que dejar la decisión en otras manos, en el tiempo o alguna otra causa externa, porque irse era perder la oportunidad de prosperar, o sugerir que prosperar era menos divertido que el cine, o el mercado, o un millón de otras cosas más fáciles.

—¿Cómo tienes el pulgar? ¿Te duele aún? —preguntó Olivia en un arranque de inspiración.

Kelso se sujetaba la mano izquierda en el pecho con la derecha, como si estuviera a punto de decir algo tremendamente sincero, hacer un juramento, tal vez, o una declaración de amor.

—¡Ay, Livvy! ¡Me está matando!

Volvieron caminando a la estación. En la entrada, un vendedor de periódicos estaba cambiando en la cartelera el titular de ese día, «¡SIGNOS Y SÍMBOLOS!», por el del día siguiente, «¡PRESAGIOS!». Kelso se detuvo, lió un cigarrillo fino y se entretuvo unos instantes para leer la primera página sin que aquel vendedor de periódicos (no todos eran igual de permisivos) se lo impidiera. Mientras el joven se ocupaba de cortar el cordel de varias pilas del *Daily Express*, Kelso leyó sobre venalidad, pobreza, crimen, corrupción, asesinato...

—Locura, locura en todas partes —murmuró compadeciéndose casi tanto por el mundo como por su pulgar machacado.

—¡Kel, el tren pasará pronto!

. . .

Una anciana se sentó delante de ellos. Llevaba un pañuelo rosa anudado cubriendo sus rizos canosos, la nariz muy empolvada, y por su expresión se hubiera podido decir que deseaba verlos muertos a los dos. Olivia pensó: «¡Dios mío, incluso si odiase tanto a alguien, no querría que se me viera así en la cara!» Qué tétrica parecía aquella mujer gruñendo de ese modo, casi como el mismísimo Enoc. Olivia se volvió hacia Kelso para ver si se había dado cuenta, pero tenía la cabeza gacha y se sostenía la muñeca como si quisiera cortar la sangre a esa mano criminal, para dejar de sentirla. Olivia fijó la mirada en la ilustración de la línea de Piccadilly centrándose en el nombre de las estaciones (Cade Bambara, Ponge, Tólstoi, Morrison), los iba recitando en silencio para sí y descubrió que la apaciguaba; la mujer tétrica se bajó del tren en la estación siguiente.

Cuando llegaron a casa eran las ocho pasadas. Habían caminado a través de un bullicio veraniego (música en todos los bares, mujeres vestidas como no debían, muchachos ebrios dando gas a las motocicletas) y Olivia estaba más que dispuesta a irse a la cama. El calor en el cuarto era asfixiante. Colgó la gabardina y el sombrero en el pequeño perchero que Kelso había destinado a ese fin y al volverse lo encontró dando vueltas por el reducido espacio con la chaqueta aún en el brazo y estrujando el sombrero con la mano buena. Vio que vaciaba la calderilla encima de la mesa, donde podría servir de prueba contra un robo frustrado. Dio otra vuelta alrededor de la habitación gimiendo.

—¿Quieres que te acompañe?

—No, Livvy, no tiene sentido que haya dos personas en una sala de espera cuando sólo una se encuentra mal. Ella le puso de nuevo el sombrero en la cabeza. Le advirtió que quizá estaría dormida cuando volviera.

En el St. Mary's Hospital había más que nada borrachos y harapientos indigentes blancos cuya existencia aún seguía sorprendiéndolo mucho, incluso después de cinco años en el país. Se sentó ligeramente apartado de ellos apretando el pulgar entre las rodillas. Pasó una hora. Una enfermera lo llamó y lo hizo pasar a un rinconcito acotado por cortinas que colgaban de un riel. Deshizo el vendaje, separó la tablilla y le mostró la forma correcta de inmovilizar la articulación palpitante hasta que llegara el médico, un tal Rooney. Pasó otra hora. Entonces, ¡sorpresa, era una mujer! Livvy aseguraba que había dos doctoras en su hospital, pero él nunca había visto a ninguna. Ésta era asombrosamente joven: a través de su pelo liso como una tabla asomaban unas orejitas pálidas, parecía una colegiala. Él le preguntó si su apellido era irlandés. Ella asintió, pero no dijo nada más. Le examinó el dedo, lo apretó entre sus dos pulgares para enderezarlo, luego colocó una tablilla nueva con un vendaje limpio sin dirigirle apenas la palabra en ningún momento, pero poniendo en su empeño una seriedad y una delicadeza que Kelso admiraba: no lo miró, por ejemplo, cuando aulló de dolor. La observó mientras trabajaba. Se preguntó si él podría haber sido médico en caso de que le hubieran tocado otras cartas en la vida. A primera vista, lo que la doctora estaba haciendo no parecía tan lejano de la carpintería.

—Ya está —dijo y sonrió por primera vez.

221

Le pasó a Kelso la receta. Presentaba un formato extraño, como un correo electrónico de una escritora a otra:

De: EscritoraIrlandesaJoven@gmail.com
Para: EscritoraInglesaMayor@yahoo.com

Al no tener formación académica en «escritura creativa», nunca he acabado de entender el imperativo de «no lo cuentes, muéstralo», aunque ahora creo que tal vez estás comunicando el mismo concepto básico: que algunas ideas resultan imposibles de entender o aceptar si las expones de forma directa, pero se comprenden de manera intuitiva, fugazmente. A veces me pregunto si no hay algo un poco fraudulento en este enfoque, que convierte la novela en una especie de parábola o ilustración de un precepto, en lugar de un relato honesto.

Kelso la cogió agradecido. Se despidió de la buena doctora y se encaminó hacia casa. Bajó por Harrow Road y pasó por encima del Grand Union Canal. El agua trajo el agua a su memoria. La laguna verde y turbia detrás de la casa de su tía abuela, donde sus primos y él a menudo habían merendado en la arena negra y nadado al filo del atardecer, parecía yacer, en su geografía mental, al otro extremo del canal de agua que conectaba Antigua con este canal parduzco bajo sus pies, y extenderse a continuación hasta el Nuevo Mundo, hasta el Potomac y el Hudson, ambos sumamente fríos y sucios. Tal vez si se hubiera quedado más tiempo en Estados Unidos o en aquel matrimonio fracasado pensaría en arenas blancas y olas cálidas, aunque todas las aguas que había conocido en el continente americano estaban en la Costa Este. Suponía que apilar contenedores en los cargueros de Vesey Street podía ahuyentar a un hombre del agua para toda la vida, aun cuando sin agua no era posible renacer, y atreverse a cruzar un océano una vez más había sido su propia forma de renacer, un segundo bautismo. Había probado en Estados Unidos, luego había probado en Inglaterra; ¿cuántos podían decir lo mismo? Y aún se mantenía en pie, a pesar de los reveses y los pasos en falso. Sabía que tenía mérito. Livvy lo sabía. Mal lo sabía. Los muchachos en el trabajo lo sabían... No, no, no se parecía nada al caballero ruso del cuento, ese a quien no querían ni respetaban, y era una pena que se le ocurriese semejante idea mientras caminaba solo de vuelta a casa, era una solemne tontería, y además malsana. Se puso a pensar en Olivia. Meditó en el perfil de su espalda y en que pronto se apretaría contra su cuerpo y se dormiría, sintiendo menos dolor del que había padecido aquellos últimos cuatro días. ¡Si había algo maravilloso con el dolor era el momento en que dejabas de sentirlo! Cuando sentir nada pasaba a ser un regalo increíble en sí mismo. Y en unos días, si Dios quería, volvería a estar en aquel lugar, con los demás, en la tierra de la nada, de la ausencia del dolor. Y si pudiera borrar aquellos años en Estados Unidos, a aquella mujer... el camino errado, los años echados a perder. Sin embargo, ése era el tipo de dolor con el que había que aprender a vivir. Daría cualquier cosa en este mundo por volver a tener veintiún años, por meterse en el río del tiempo con Olivia, pero ambos con la misma edad y que todo lo demás fuese exactamente como era ahora, salvo por aquellos años perdidos bien prietos en su puño, aún por desentrañar.

• • •

Volvía a pie desde el St. Mary's. Apenas a unos minutos de su portal. Era justo después de la medianoche. Ellos eran «jóvenes blancos». Les gustaba armar jaleo con los «tizones». Habían bebido. No tenían ningún vínculo con la gente de Mosley en ninguna función oficial. Acababan de irse de una pelea en una fiesta. Algunos de ellos se convirtieron en delincuentes de carrera y fueron a la cárcel años más tarde por delitos que el Estado presumiblemente consideró más serios: atraco, estafa... Muchos se quedaron en la zona, murieron en el barrio sin rendir cuentas y sin que la ley los hostigara. El que lo hizo, el que agarró el estilete y lo apuñaló, tenía en ese momento veinte años, era marino mercante. Tiene nombre, la policía lo conoció al cabo de media hora del suceso, pero él también murió sin rendir cuentas ante la ley al final de una vida larga y discreta en el extrarradio, en Hillingdon. Acabó como pintor decorador. Después de su muerte, su hijastra contó a un periódico que destrozaba los discos de Bob Marley que ella tenía. Si la alineas en el margen izquierdo, la declaración que hizo el hombre al testificar parece un poema:

Cincuenta metros calle arriba
habíamos aclarado nuestra pequeña discusión
y nos volvimos para la fiesta.

Cuando llegamos a la esquina vimos a ese
negro
tirado en el pavimento agarrándose el pecho.
Dos tizones (así llamamos aquí a los hombres
    de color)
estaban de pie a su lado.

Decidimos salir pitando.
No era asunto nuestro.
Entonces, cuando vimos que la cosa era seria,
decidimos quedar limpios y contarlo todo.

Yo tenía muchas manchas de sangre en la ropa.
En realidad, toda mi ropa está
manchada de sangre.

Ya sabe, de una u otra pelea.
Viejas historias.
Nos peleamos mucho aquí.
La vida es así en Notting Hill.

La policía se llevó mi ropa pero yo estaba libre
    de sospecha.

En el poema se usan todos nuestros nombres británicos (negro, tizón, de color) a pesar de que ningún
hombre parece reclamarlos. Ésos no son nombres para
Kelso. Nombran más bien cierta clase de malignidad en
el cerebro de Patrick Digby, el asesino poeta cuyo nombre, como todos los nombres propios, lo describe perfectamente. Patrick Digby era el hombre capaz de pensar de esa manera y de escribir ese poema. Pero mucha
gente podría escribirlo. Es increíble cuánta. La posibilidad de su composición reaparece en diferentes lugares y
momentos de la historia. Los detalles cambian, pero la
estructura de fondo pervive. Una forma de verso trágico
donde el hombre asesinado es algo así como un objeto
y sólo el poeta conserva su nombre propio.

. . .

La sangre de Kelso derramada sobre el poeta Patrick Digby, sobre su cuchillo y su traje, manchó también a aquel par de caballeros de la diáspora (a los que se alude en el poema) que, cuando advirtieron que Kelso se estaba desangrando en la calle, se arrodillaron junto a su cuerpo, que aún respiraba, e intentaron socorrerlo. Un taxista que pasaba llevó a los tres hombres al St. Mary's Hospital, donde, una hora más tarde, murió Kelso. No expresó una última voluntad. Las últimas voluntades son para los burgueses rusos en sus lechos de muerte, en confortables casas urbanas donde falsos amigos y colegas toman el té en la sala contigua y sopesan qué vacantes y oportunidades puede concederles tu muerte. Cuando te apuñalan en la calle, esa clase de poesía escasea. Lo que ves es lo que hay. Te lastra la facticidad. Las últimas palabras escritas por el poeta Francis Ponge hablaban de la propia mesa sobre la cual estaba escribiéndolas: «*O Table, ma console et ma consolatrice, table qui me console, ou je me consolide.*»

La sangre, los adoquines, el asfalto, la acera.

Podéis ver el funeral de Kelso en el boletín de noticias de Pathé TV. Asistieron cerca de mil personas, abarrotaron las calles. En algún punto de su largo viaje hasta nuestra era digital, la filmación de este acontecimiento perdió el sonido y se convirtió en un funeral silencioso, sin lenguaje, sin crónica, abierto a la interpretación. Cabría notar la gran mezcla de individuos, negros y blancos, jóvenes y viejos, hombres y mujeres, como si la muerte de Kelso concerniera a toda esa gente, como si estuvieran todos en cierto modo relacionados con ella. Como si, contra lo que declaró el asesino poeta Patrick

Digby, Kelso Cochrane fuese precisamente asunto de todo el mundo. Sola, un poco nerviosa, sin conocer a nadie a fondo, estrecho manos e intercambio algunas frases triviales con los curas que están en las puertas de la iglesia, y paso largo rato leyendo y releyendo despacio el «Pensamiento del día» clavado en el tablón de anuncios de la parroquia.

> La acción contra las jerarquías
> raciales puede avanzar con
> más eficacia cuando se ha purgado
> cualquier rastro de respeto por
> la idea de raza.
>
> REVERENDO PAUL GILROY

Un joven marxista con gafas oscuras deambula por el funeral con un periódico. Quiere insistir en la relación. Mientras se mueve entre la multitud hace proselitismo:

> Hermanos y hermanas y camaradas,
> ¿No veis que si os negáis
> a entrar en la historia de los demás,
> si os negáis a admitir que hay una relación entre
>   vosotros,
> le entregáis al capitalismo su victoria más
>   preciada?
> ¡Música para los oídos del capataz,
> que los negros y los blancos pobres,
> y los irlandeses y los peones y las fregonas
> no tengan ninguna relación entre ellos!
> ¡Que no puedan hacer un frente común!
> ¡Música dulce!

Los asistentes lanzan miradas furtivas al marxista mientras se mueve entra ellos con un cigarrillo apretado entre los labios, mostrando la primera plana de su gaceta socialista sujeta contra el pecho. ¿Es hora de devolver el golpe? ¿Hora de unirse? ¿Quién lo decide? ¿Qué rumbo tomaría cada opción? Los asistentes leen el titular en silencio y luego vuelven a sus conversaciones silenciosas, a veces frunciendo un poco el ceño o apartando la cara con sonrisas de compromiso sin saber bien qué pensar respecto a la ideología, sea cual sea, aunque seguros de que un funeral no es el lugar apropiado para esas cosas. Han venido a llorar a un hombre, a un ser humano, a un miembro de la comunidad local, el novio de Olivia, el querido hermano mayor de Mal, este joven hijo de Antigua, ultimado (como dice el vicario a la congregación) en la flor de la vida. Llevado a hombros por cinco hombres blancos, el féretro desfila por delante de los dos curas negros hasta el coche fúnebre. La inmensa multitud lo sigue a pie hasta el cementerio de Kensal Rise: una columna de personas negras, morenas y blancas, algunas impertérritas, otras charlando y sonriendo como si caminaran tras una carroza de carnaval. El momento para transformar a un muerto en palabras, en argumento y símbolo e historia, ese momento llegará, seguro, pero a los dolientes les parece de mal gusto que ese joven marxista haya venido aquí esta mañana, al funeral de Kelso Cochrane. Se han alejado de él, lo han dejado atrás, pero aunque yo camino con ellos siento curiosidad por el joven marxista y me detengo a adquirir un ejemplar de su periódico cuando me lo ofrece. Me quedo un instante en la calle admirando el audaz titular: TODO EL MUNDO ES TEXTO.

Bloqueado

Lo que nadie entiende es que las condiciones fueron atípicas, básicamente irrepetibles. Yo era joven, tenía la cabeza llena de pájaros. Acababa de crear los pájaros, igual que los coches, las praderas, las notas adhesivas, el rinoceronte blanco, todo lo demás: crear en un sentido inmanente, sustituyendo la nada con algo, y eso, como reconocerán incluso mis críticos más acérrimos, llevó luego a todo lo demás, incluidos los pájaros. El caso es que fue una de esas situaciones en que dejas «volar la imaginación». Y cuando creas algo de la nada a tan tierna edad, es mucho lo que se te viene encima, desde un punto de vista psicológico. Mucho. Aun así, en realidad no me retiré por eso. Siempre tuve la intención de retirarme, de ahondar en mí mismo. Comprendo que cada cual lo haga a su manera, pero para mí, en ese momento, era un principio. Me parecía obvio que la cosa debía tener un motor propio, vida propia, ímpetu propio. No era una postura teórica, era algo que sentía visceralmente. Todavía lo siento así, de hecho, porque si no, ¿dónde está el riesgo? No puedes estar en cada casa, acechando a una persona por encima del hombro, preguntando: «Entonces, ¿qué opinas de lo que hice allá, o aquí... a ti te funciona? ¿Puedo hacer algo para mejorar tu experiencia?» O sea, puedes, pero te vas a dejar el pellejo por nada. No importa lo que te digan, el principio de fondo no es la satisfacción del consumidor. No hay buzón de sugerencias. Haces algo, lo pones ahí afuera, lidias con las consecuencias. Muchas veces van a odiarlo y a odiarte a ti por crearlo, pero si no sabes lidiar con el odio, no te corresponde estar en el juego, de entrada.

Dicho esto, hay un montón de cosas ahí dentro que sencillamente ahora no haría, o no de la misma forma, si tuviera la oportunidad de hacerlo todo otra vez, de cero. No me duelen prendas en reconocerlo. Cuando eres joven, intentas demostrar que puedes con todo, con cualquier cosa, ¡pones toda la carne en el asador! ¡Despilfarras! Tienes esa sensación de potencial ilimitado. Crees que contienes multitudes, y por mi experiencia en cierto modo es así, a esa edad, porque aún eres lo bastante flexible para contener multitudes, todavía no has puesto límites, y aún hay algo inefable en ti, algo que puede dar espacio a cualquier cosa que no seas tú. Pero esa abundancia interior va menguando, ¡cielos, cómo mengua! Ayer, por ejemplo, andaba vagando por ahí en calzones cuando me asaltó una idea, me pregunté: ¿qué se siente al ser un murciélago? Bueno, esa clase de especulaciones solían ser una línea fructífera de indagación para mí, pero resulta que ayer no lo sabía y sigo sin saberlo. Lo he asumido y estoy en paz conmigo mismo: ya no espero saber en un futuro próximo cómo se siente un murciélago. En cambio, sí que sé cómo me siento yo. Eso es lo que te queda, al final: un sentido muy preciso e intrincado de cómo te sientes. Y no es poco. Cuando empecé en esto no lo habría imaginado por nada del mundo. Ahora lo sé. La gente habla de que se podrían revisar y tal vez replantear algunas cosas y adaptar otras y tal y cual, pero esa gente no conoce mi manera de pensar, no sabe qué puedo afrontar y qué me parece demasiado con lo que lidiar ahora mismo. Sólo yo puedo saberlo. Y tal vez suene un poco disparatado viniendo de mí, pero a mucha gente le convendría no enjuiciar tanto.

A veces me preguntan: ¿cómo evitas deprimirte? Dada la situación. Dado que parece que algo que iniciaste está al borde de derrumbarse y quedar de nuevo en nada. La respuesta ha ido cambiando con el tiempo. Solía pensar que los proyectos paralelos eran la solución. Seguir creando proyectos paralelos e ir de uno al otro, de modo que nunca puedes meterte a fondo en ninguno de ellos. «De acuerdo, vale, aquello es un desastre monumental, ¡pero esto tiene algo, caray, en serio que tiene algo!» Claro que en cuanto sentía que uno de esos proyectos paralelos iba bien, en el acto lo aborrecía y quería pasar al siguiente, que entonces presentaba sus propias complicaciones, y así sucesivamente. Y en todo momento una parte de mí entendía que cuando se te escapaba una pelota el problema a duras penas se iba a resolver sólo con lanzar al aire un montón de pelotas más, pero por un tiempo funcionó, psicológicamente, para mí. No puedo hablar por otros. Para mí fue hermoso moverme entre esos proyectos paralelos, sin quedarme nunca atascado, sin sentirme definido por una única manera de hacer las cosas, sintiéndome ligero, sintiéndome libre... No significa que no fuese un comportamiento evasivo. No soy un iluso, sé cuándo estoy escurriendo el bulto, pero algunas de las cosas más sublimes aparecen como vehículos de distracción. La verdad es que depende de cómo se mire. En los últimos tiempos adoro los fragmentos. No concibo que un fragmento sea defectuoso o incompleto en ningún sentido. Fue el modelo omnicomprensivo lo que me metió en tantos líos, para empezar. Ahora alabo las cosas a medias, inacabadas, rotas, ¡los cascotes! ¡Quién soy yo para dar la espalda al fragmento! ¡Quién soy yo para decir que el fragmento es insuficiente!

Al mismo tiempo, sí, estoy deprimido. La diferencia es que ahora lo digo en voz alta y ya está:

ESTOY DEPRIMIDO.

Llegados a cierto punto, tal como van las cosas, es una respuesta justa y racional. El hecho de que tenga que ser yo quien salga en defensa de las emociones os dice todo lo que necesitáis saber sobre la inmensa distancia que se interpone entre mi conciencia y la conciencia de todos los demás. Es un tema, en serio. La mayoría de las veces, cuando la gente me habla de lo que piensa y lo que siente sobre todo esto y de su relación particular conmigo o con todo, participo de buena gana (o sea, procuro escuchar), pero me doy perfecta cuenta de que, en términos prácticos, nueve de cada diez veces no estamos hablando o pensando sobre la misma entidad en ningún sentido, estado o forma. Por una parte me siento absolutamente ajeno a sus interpretaciones; por otra, mi perspectiva les resulta imposible incluso de identificar y ni hablar de compartirla. Es un diálogo de besugos. Lo ha sido desde hace una eternidad. Y uno tiene todo el derecho a que eso le resulte deprimente, una palabra que por cierto no es mía, que detesto usar y que sólo tanteo ahora para ser capaz de conoceros mejor a todos y participar de vuestra realidad. En contra de los rumores, nombrar las cosas no cae y nunca caerá dentro de mi saco. A decir verdad, yo nunca meto las cosas en sacos. Apenas reconozco la existencia de «sacos», al menos como un sustantivo colectivo. Tampoco se me habría ocurrido jamás, por ejemplo, la denominación *animal* (¡y tratarla luego como si fuera una licencia!), como tampoco me habría atrevido a describir una categoría llamada *emociones* o considerarlas algo que «tienes» (como una piedra o un equipo de música) y luego ponerme a definirlas moralmente según los efectos que provocaran en los músculos de mi rostro o los conductos lagrimales. Ese rollo no es cosa mía. Pese a todo sigo lidiando con gente que me habla como si todo eso fuera realidad: por lo menos debo aparentar que me lo tomo en serio. Y estoy seguro de que actuar con esa falsedad, con tan mala fe, día tras día, es lo que me ha inhibido en cierto modo y ha contribuido a esta sensación de bloqueo. No me apetece correr nuevos riesgos, eso está más claro que el agua, o volver a empezar en algo grande. ¿Con qué fin? Todo se tuerce. El control es una ilusión. Evidentemente no he trazado jamás una línea alrededor de «Francia», pero en un determinado momento, cuando se genera esta masa crítica que cree en «Francia» (por parte de quienes creen que son «ciudadanos de Francia» y en efecto entidades que se distinguen unas de otras), ¿qué vas a hacer? ¿Decirles que se fijen mejor? *Pardon, monsieur, madame: le monde n'est pas ce que vous pensez!* ¡Por favor! Las «personas» ven lo que quieren ver.

En lugar de automedicarme, hace poco me encariñé de un perro. Juzgad lo que os venga en gana, pero os digo que nunca he sido más feliz que ahora. Ya no me embarga la ansiedad cuando paso de largo situaciones por las que no quiero volver a pasar, porque cada día tengo un propósito, una dirección, sé lo que estoy haciendo. Tengo que sacar de paseo al bueno del viejo *Butler* y dejar que olisquee las cosas que le gusta olisquear sin apresurarlo o atosigarlo en ningún sentido. Ahí se me va la mitad del día. Y cuando acabamos, me queda incluso un ratito para revolotear por los proyectos paralelos, sin acabar nunca ninguno de ellos, sin elevarlos al nivel de la perfección, pero conformándome con todos, ni eufórico ni desesperado. Es una vida. Me la quedo. No hay muchos que se dediquen a lo mío, pero cuando me topo por casualidad con algún colega importante (no uno de los aficionados, sino uno de los pocos a los que admiro y, sobre todo, que me caen bien), cuando me cruzo con uno de esos estimados colegas, quizá en el *delicatessen* de Mercer, y paramos a saludarnos, y me ven con *Butler*, sé muy bien lo que están pensando. Yo, que era tan altivo y poderoso, vagando por el barrio en compañía de este sabueso con cara de bobo. ¿Qué demonios ha ocurrido? Bueno, que piensen lo que quieran. Yo estoy la mar de feliz esperando pacientemente a que este viejo cazador de mapaches olisquee todo lo que le gusta olisquear mientras mi colega me sonríe y me echa una de esas miradas, como si ahora me encontrara un poco ridículo. Y como tengo sentido del humor, entiendo que les haga gracia: ¡yo con un perro! Es realmente una broma pesada para mí si consideramos que antaño (cuando los perros aparecieron en escena, al principio) llegué a pensar que había logrado ofrecer, sin proponérmelo, una iluminación reveladora a las «personas», una percepción profunda y prometedora de la auténtica naturaleza de la realidad, cuando por supuesto la lección que al parecer extrajeron fue justo la contraria. «Ése es mi perro», los oyes proclamar mientras tensan las correas con una expresión petulante y posesiva en sus estúpidas caras. «Sí, claro, puedes acariciar a mi perro.» No hay ningún control, ninguno en absoluto. No me preocupa: me he desentendido de todo. Soy feliz, me siento afortunado de pasar el día con un perro fantástico, ya no me interesa si soy o no soy la única alma de la existencia que sabe lo que significa un perro y para qué está.

El Gusano

En la época del Usurpador, Esorik y su pueblo vivían al otro lado de las montañas, donde ya llevaban un tiempo. Su isla caía como una lágrima desde el extremo noreste del territorio a ese ancho mar que era a la vez su medio de vida, su sustrato conceptual y su mejor argumento para la independencia (física y espiritual) del resto del continente, del que, a decir verdad, constituían una parte esencial. En sus días de Labor, Esorik era saladora de pescado. Recibía a los ekalbios en el muelle y les mostraba dónde debían colgar sus inmensas redes de seda. Mujeres más fuertes que ella vaciaban las redes; mujeres más sagaces negociaban el precio con aquellos obcecados nómadas de ojos verdes. La tarea de Esorik consistía en echar los pescaditos grises a paladas en las cubas rectangulares y cubrirlos de sal. A veces, mientras lo hacía, el sol se ponía entre franjas rosadas y púrpuras a lo largo del horizonte, y en esas ocasiones casi se sentía agradecida por los días de Labor y comprendía su sentido. El resto del tiempo olía a pescado. La sal se le metía en cualquier rasguño que se hubiera hecho en las manos. Anhelaba que llegara su ciclo final.

Los días de praxis era maestra: enseñaba a los niños de su distrito a narrar historias y, sobre todo, el nombre de las diversas formas. La Serpiente que se Muerde la Cola. El Resurgimiento. La Flecha Recta. El Barco Hundido. Como praxis resultaba más bien patética por ser tan cercana a su propia ánima, que era la narración en sí misma, pero a Esorik se le daba bien y además tenía pocas opciones: el ánima ocupaba la mayor parte de su ser. No poseía talentos ocultos. No sabía sumar, construir, inventar nada real, configurar, organizar o liderar. Conocía a mujeres brillantes en la isla, muchas, amigas suyas cuya vida era el alma misma de la variedad, que en sus días de labor construían puentes y cuando les llegaba la praxis diseñaban sistemas cívicos o participaban en comisiones de justicia. Conocía a mujeres que hacían todo eso y luego, para exhibir su ánima, bailaban por las calles con cintas de colores manando de sus articulaciones, cantando canciones ancestrales al menos tan antiguas como el empedrado que había bajo sus pies. Pero Esorik era una narradora pura y simple que había aprendido, aunque no sin empeño, tanto como se puede saber sobre la salazón del pescado.

Cuando el Usurpador fue elevado al poder, Esorik reaccionó como la mayoría de los isleños: lo llamaba Usurpador a pesar de que el pueblo, aun equivocadamente, lo había elegido, y alentaba a todas las personas en el seno de su círculo a que escupieran tres veces en el suelo cada vez que oyeran mentar su nombre. Presidía un círculo de cinco miembros, dos machos y dos hembras aparte de ella, y ahora estaban en su cuarto ciclo, puesto que Esorik había tenido a sus hijos quince años antes y

Lohim y Seg los habían cuidado mientras ella estudiaba y trabajaba en el mundo existente fuera del recinto aunque desplegaba sus pasiones dentro de él. Sin embargo, en la época del Usurpador Lohim y Seg eran hombres en la treintena y consideraron que había llegado el momento de su propia ramificación, y por supuesto ahora sus queridas Leela y Ori estaban a su vez preñadas. Así pues, en el mismo instante en que el Usurpador tomó el poder, Esorik estaba inmersa en el período de madurez y satisfacción de su vida: acoger otra vez a sus hijos, despedirse de Lohim y Seg, buscar nuevos amantes y pasión fresca, prepararse para dejar a un lado sus obligaciones en la isla (labor, praxis y ánima al completo) y poder así cuidar de las criaturas que pronto nacerían. Y a raíz de esa plenitud en su existencia, quizá, había percibido al Usurpador en un principio sólo como la intrusión de lo mundano en lo íntimo. No veía por qué la historia de su vida o la de nadie debía distorsionarse tan profundamente por ese engendro del continente. En sus tiempos había conocido a mucha gente de los archipiélagos más lejanos que, en el tú a tú, no hacían más que lamentarse de la corrupción de sus gobernantes, y a menudo a Esorik, que no creía vivir en un estado de emergencia comparable, le daba la impresión de que gozaban con sus propias calamidades, se obsesionaban con una justicia que quedaba fuera de su alcance. Sí, Esorik había conocido a muchas personas así, y le daban una pena inmensa, pero, en su ingenuidad, nunca había imaginado que pudiera convertirse tan fácilmente en una de ellas. Durante una época se empecinó en negar la nueva situación. A la vez, una parte de ella siempre comprendió que esa reacción era tanto pueril como típica de una mujer más vieja que hubiera visto muchos ciclos. Se la guardó para sí.

· · ·

Al igual que la mayoría de los isleños, consideró su deber cívico supervisar, en el seno de su círculo, la construcción de un catafalco (en su caso de nogal y plata, la construcción del cual duró catorce días) y luego tender encima a su miembro más joven, atado y con una venda en los ojos, coronado y flanqueado de velas. La noche asignada hicieron rodar ese catafalco con al menos un millón más hasta la orilla más cercana. Tal como esperaba, el perímetro de la isla se iluminó y podía verse desde el continente, toda una generación silenciada e inflamada, una imagen que no pasó inadvertida en el continente (tampoco para el Usurpador) por más que no supuso ni un ápice de diferencia sobre la tierra. De todos modos, la reconfortó pues daba sentido a su faceta de narradora, que como hemos visto ocupaba la mayor parte de su ser, aunque esas formas tradicionales de la historia, populares en la isla, parecían antiguas e idealistas en el continente y eran la razón misma de que el Usurpador se hubiera ganado tantas simpatías. El Usurpador, por su parte, colocó a su hija más joven (su círculo se componía únicamente de chicas jóvenes) en un catafalco de pacotilla cubierto de flores, a pleno sol de mediodía y, mientras se cernía sobre el cuerpo de la joven, pronunció un vulgar discurso en el que ridiculizó a hombres como Lohim o Seg y el concepto mismo del ciclo. Al igual que otros muchos, Esorik reconoció en ese discurso la forma más arcaica de todas las historias: El Padre que Devora a sus Crías; pero saber algo y aceptarlo con serenidad (sólo como otro ritmo más en el ciclo infinito) son cosas muy distintas.

...

Se enfureció. Al igual que muchos narradores, se metió en la mente del Usurpador, aunque en la isla eso estaba completamente prohibido: era un don que se había dejado de lado largo tiempo atrás para que pudieran florecer otros dones. La mente del Usurpador era tal como todo el mundo había esperado, retorcida y supurante. Era una abominación. Y no obstante resulta grato poder confirmar por fin ese hecho, y pronto hubo detalles circulando por todas partes en forma de canciones y acertijos, chistes obscenos y conjuros rimados, porque aunque Esorik no contara a nadie lo que veía, otros, motivados por esa misma rabia, fueron mucho menos discretos, y el Usurpador les inspiraba tan poco respeto que se creyeron con derecho a propagar la noticia a los cuatro vientos, sin cautela, infringiendo el tabú más antiguo de la isla. Las mujeres del muelle, por ejemplo, con las que Esorik salaba el pescado (cuya labor era, por necesidad, ocho décimas partes de su ciclo) cantaban esas horrendas nuevas canciones mientras trabajaban, carcajeándose y dando alaridos al final de cada frase maliciosa, tan acostumbradas ya a las circunvalaciones de la mente del Usurpador como cualquier vidente o narrador de historias. Esa barbarie se generalizó. Volvió la costumbre de cazar el ciervo blanco. Amigos de Esorik, a los que conocía desde hacía años, convirtieron sus círculos en partidas de caza y perseguían al esquivo animal a través de su hábitat, le asestaban puñaladas en múltiplos de siete (siete cada uno) y luego permanecían junto a la pobre bestia moribunda mientras la sangre que manaba de su vientre se derramaba sobre la tierra y sus zapatos. Ese tipo de comportamiento llevaba sin

241

verse treinta ciclos o más, pero si el Usurpador veneraba al ciervo blanco y lo creía la fuente de su poder, las criaturas se consideraban presas legítimas, asesinadas en la realidad para repudiar un símbolo.

Esorik no cantaba las canciones ni cazaba los ciervos, pero años después, volviendo la vista a aquel período trágico, reflexionó acerca de las muchas maneras, sutiles aunque significativas, como había contribuido a la ruptura de todos los ciclos desde que ella tenía memoria. Recordó que cuando enseñaba El Gusano en la Rosa, por ejemplo, explicándola una y otra vez (acabó por ser la única forma de historia que soportaba impartir), los niños se aburrían de la lección reiterada y se apartaban del círculo a la sombra del árbol para reunirse en corrillos a cantar las canciones más horrendas e imaginar el desmembramiento ritual del Usurpador o la abrasadora destrucción del territorio principal y la emergencia de una isla con derecho a la autodeterminación, fantasías que habían oído repetir a los adultos de sus propios círculos y ahora relataban ellos, con enorme ímpetu y vehemencia, como si fueran meros cuentos de hadas junto a la lumbre...

Sin embargo, cuando Esorik oía a los niños hablar así no se lo impedía, de hecho a menudo los animaba, incluso les reía las gracias, porque el Usurpador era alguien de quien podías decir cualquier cosa, pensar cualquier cosa. Era una licencia universal. Los ciclos perdieron el sentido. Todo el mundo giraba sólo alrededor de él. Y cuando señaló a los ekalbios por no vivir en ninguna parte y comerciar con el mejor postor, a una parte de Esorik, en ese momento, en aquella atmósfera de locura, le había complacido la historia de que tantos de sus *curraghs* se hubieran hundido a una milla del territorio principal ahogando a hombres, mujeres y niños de Ekalbia, cuyos cuerpos compactos y amarillentos aparecieron durante meses en la orilla, sus ojos verdes brillantes tan quietos como cristales de mar. Todo porque el Usurpador no les había concedido el derecho a atracar una de las noches más tormentosas del año. Ese relato trágico sólo había demostrado que ella tenía razón, simplemente testificaba la crueldad y la barbarie del Usurpador y de todos sus secuaces... ¿Y para qué si no son las historias?

Por el rey

Apenas llegué a París desde Estrasburgo salí apresuradamente de la Gare de l'Est para ir al encuentro de mi amigo, V, que esa noche me llevaba a cenar. Se había encargado de montar el plan y me invitaba, lo único que yo tenía que hacer era reunirme con él en la Rue Montalembert a las nueve y cuarto, en la puerta de mi hotel. Había estado trabajando y como llegué al hotel cinco minutos antes, aproveché para subir a cambiarme a toda prisa, con esa extraña urgencia que a veces representa vestirse para los amigos, especialmente si, como V, son guapos y visten bien. Me quité los vaqueros de talle alto y la rigurosa camisa abotonada hasta el cuello y los sustituí por un vestido largo de seda, negro pero salpicado de flores amarillas, una chaqueta vaquera entallada, unas deportivas blancas grandotas, y un toque de pintalabios muy rojo. Bajé corriendo otra vez. Había informado por correo electrónico a mi amigo de que estaba agotada de tanto hablar, de que había hablado hasta la saciedad, y que le tocaría llevar el peso de la charla, sobre cualquier tema, por insignificante que fuera. Me apetecía oírlo todo, hasta los pormenores más aburridos de su vida. En cuanto nos vimos, sin embargo, empezamos a desahogarnos el uno con el otro, pisándonos al hablar en una serie de olas que se iban solapando mientras paseábamos por la ciudad: su trabajo y el mío, su familia y la mía, la situación en Europa frente a la situación en Estados Unidos, cotilleos sobre conocidos comunes y cualquier otra novedad interesante que hubiera ocurrido desde la última vez que nos habíamos visto, un año antes, en Londres. Me había sorprendido enterarme de que estaba en París, y ahora me explicó que le concedieron una beca, que lo había colocado como artista residente en la universidad, de manera que en esos momentos estaba rodeado de académicos por todos los flancos. Le parecían individuos curiosos: nunca eran capaces de decir una palabra sin matizarla desde quince ángulos distintos. Escucharlos, dijo, es enfrentarse a una masa de notas al pie verbales. Y, por el contrario, cuando yo abro la boca para decir alguna cosa, sin pensar, como sabes que hago siempre, diciendo lo que me viene a la cabeza, todo el mundo parece completamente horrorizado. O si no, lo toman por un acto de valentía, ¡pero es horrible que te tomen por valiente cuando no tenías ni idea de que estabas corriendo un riesgo!

Había sido un día impropiamente caluroso para la época (veintiocho grados en octubre) y cuando llegamos al restaurante aún hacía una temperatura agradable para cenar fuera. Nos acompañó a nuestros asientos un camarero guapísimo que en el acto pasó a ser tema de conversación. Era negro, muy joven, esbelto pero musculoso, y se movía como un bailarín entre las mesas, flirteando sin tapujos con muchos de los comensales hombres, incluido mi amigo. ¿Y cómo está tu novio?, le pregunté a V con segundas. ¿Ese novio que tienes desde hace veinte años y que vive junto al mar? ¿Cómo está? Está bien, contestó mi amigo, con un semblante de formalidad burlona. Sigue estando muy bien, aunque hemos entrado en una fase peculiar de nuestra relación donde empiezo a advertir que es mejor hablarle sólo de los escarceos graciosos, en los que el sexo se torció o pasó algo ridículo, y en cambio cuando conecto de verdad con alguien es mejor que me lo guarde para mí, porque si se lo cuento, se queda callado, de alguna manera se siente herido. Aunque por supuesto para mí son justamente las conexiones auténticas las que merece la pena comentar, y por lo tanto las que me siento más culpable de ocultarle, porque omitiéndolas omito una parte de la experiencia vivida, real. ¡Es una paradoja!

Escuchar a V me hizo sonreír. Cuando él me preguntó por qué sonreía, le dije que estaba pensando en toda la gente de mediana edad del mundo que en ese instante se torturaba (sobre todo a través de los artículos sobre estilos de vida del periódico dominical) observando el poliamor de los jóvenes, preguntándose si después de veinte años de matrimonio aún no era demasiado tarde para introducir la idea de abrir de algún modo sus propias relaciones. V se echó a reír. En mi cultura, dijo (haciendo que la palabra *cultura* sonara satírica), esa conversación se acelera radicalmente. Dos hombres se juntan y están de maravilla. La felicidad no decae. Pero entonces miran el calendario y, caramba, han pasado tres meses, y va siendo hora de plantearse una relación abierta... El guapísimo camarero volvió para preguntar qué queríamos beber, y al cabo

247

de un segundo, con el mayor encanto posible haciendo gala de la típica incredulidad francesa, puso en duda la existencia del vodka martini. V optó por una botella de vino blanco y se arrellanó en la silla mientras el camarero se alejaba, y lo admiró mientras regresaba de la cocina. Le confesé a V que antes pensaba que la gente sentía una envidia malsana por la presunta libertad sexual de hombres como él, pero ahora me parecía que la mayoría no quería libertad sexual, en el fondo, al menos si significaba conceder la misma libertad a quien uno mismo desea en exclusiva. No, lo que queríamos al menos tanto como el sexo era la oportunidad de recrear, repetir y mejorar nuestros viejos dramas familiares, en una nueva casa, con madres y padres nuevos, salvo que esta vez tu progenitor sería alguien con quien pudieras acostarte, como señaló Freud. Uno de los mayores hallazgos de Freud, de hecho, fue advertir que no existía nada más perverso que la vida matrimonial burguesa. V asintió vigorosamente mientras partía un trozo de pan. ¡Amén! Hoy día, continué, cuando contemplo la figura del donjuán caduco, por ejemplo, saltando de chica en chica, en realidad veo a un hombre que necesita con todas sus fuerzas los mimos de una madre. Y me pregunto, ¿qué pasa con ese instinto en hombres como tú? V suspiró. Es posible que la definición misma de hombre gay sea aquel que ha tenido mimos de sobra para toda una vida, dijo.

Con el plato principal, hablamos de los clubes de sexo y las orgías parisinas. Un buen amigo de V acudía con cierta regularidad y le había hecho un informe completo, que ahora me pasó a mí. Me interesaron mucho las taquillas donde guardas la ropa y también el hecho de que tanta gente se dejara los calcetines puestos. Aun así, lo que más me interesó fue la idea de tratar a las demás personas como objetos, pero antes de poder seguir tirando de este hilo, mi amigo me interrumpió. No he dicho objetos, matizó, me refería a partes del cuerpo, de orificios y miembros, que es muy diferente. Todos esos órganos tienen la misma capacidad para el placer, e ignoran por igual quién los «posee». Eres tú quien moraliza, planteando una distinción entre objetos y personas. Y en cualquier caso, lo que importa en una orgía no es una actitud diferente hacia las personas, sino una relación diferente hacia el tiempo. Tú (V me apuntó al pecho con un dedo) eres demasiado consciente del tiempo para todo. Distorsiona tu visión de muchas cosas. Incluso tu propio drama familiar, y me refiero por supuesto a la diferencia de edad entre tus padres, lo has entendido siempre como una desigualdad fundamental. En cambio en mi relación hay una diferencia similar y rara vez la concibo en esos términos. Tú le das tanta importancia porque el tiempo es tu gran preocupación. Recuerdo, por ejemplo, que una vez te conté un día intenso en el que mantuve varios encuentros sexuales de punta a punta de la ciudad, y me dijiste que no te cabía en la cabeza el sexo durante el día porque era «una pérdida de tiempo». ¡Tiempo que podía aprovecharse mejor trabajando! V lanzó las manos al aire con gesto desesperado. Me tocó a mí reírme y también protestar: seguro que lo dije por lo menos medio en broma. Sí, insistió V, aunque en el fondo había una verdad. Yo pienso en el sexo, en cualquier acto sexual, como algo que ignora y de hecho borra el tiempo, así que el placer sexual nunca es y nunca podría ser una pérdida de tiempo, ¡porque niega el tiempo por completo!

Una vez que dejamos el plato limpio, en mi caso hasta el punto de que nadie habría encontrado ni rastro de comida, el camarero volvió y no hizo caso a nuestros fingidos titubeos con el postre. Pedimos un surtido de quesos y una *crème brûlée* gigante. Intenté defenderme explicando que la vida de una mujer a menudo parece dictada por el tiempo: el tiempo biológico, el tiempo histórico, el tiempo personal. Pensé en mi amiga Sarah, que en una ocasión había escrito que una madre es una especie de reloj para un niño, porque el tiempo de la vida de un niño se mide con respecto al tiempo de la madre. Una madre es el telón de fondo ante el que se desarrolla la vida del niño. Tal vez sea comprensible que a un ser tan agobiado por el tiempo le resultara duro concederse el placer de borrar el tiempo por completo. V fingió que se tomaba en serio este argumento, pero en cuanto acabé de hablar ofreció una nutrida lista de mujeres artistas, del pasado y del presente, que se habían deleitado en el sexo diurno, a pesar de que no explicó cómo conocía esas intimidades. Quizá simplemente eres demasiado inglesa, sugirió V, y ahí le di la razón.

Cuando V pagó la cuenta era más de medianoche, pero como habíamos empezado tarde todavía teníamos ganas de apurar el encuentro, de modo que nos desplazamos al Café de Flore, pedimos más vino, y consideramos todo el ejercicio que tendríamos que hacer a la mañana siguiente para contrarrestar los efectos del alcohol, el queso y el azúcar en nuestro físico maduro. Le pregunté cómo llevaba envejecer. V frunció el ceño y me preguntó por qué me preocupaba de eso, si me veía exactamente igual que siempre. Eso es lo que dicen los amigos, contesté; y no mienten, pero la familiaridad nos da una impresión engañosa. A mí no me parece que tú hayas envejecido, y me pasa igual con todos mis amigos, aunque no puede ser cierto. Ya, dijo V, pero la verdad es que tú no has envejecido, o no tanto, así que es una ofensa y un aburrimiento (y además de mal gusto) oír que te quejas por algo que apenas te afecta. Le di un pellizco a V en la cintura, y le recordé que seguía teniendo, ¿qué, setenta y cinco centímetros de talle? ¡Setenta! ¡Por favor, que te quede claro y toma nota para acordarte! Prometí que lo haría. Con su iPhone, V tomó un selfi de los dos, y emocionados nos abalanzamos sobre la pantalla para estudiarla, sólo para descubrir que ninguno de los dos parecíamos ni mucho menos tan jóvenes como habíamos imaginado. Pero si fuéramos blancos, dijo V con un punto de melancolía mientras se guardaba el teléfono en el bolsillo, ya sería una causa perdida, o sea que podemos dar las gracias. Aun así, sé que un día me miraré en el espejo y veré a uno de esos hombres viejísimos que venden pescado en las aldeas de China y tú te mirarás y encontrarás a la equivalencia jamaicana de eso. Sucederá de golpe. Nos habremos plantado en los treinta y siete durante veinte años, y luego de pronto los dos tendremos ciento cinco.

A esas alturas estábamos bastante borrachos. Nuestra conversación coleaba sin rumbo, como un viejo loco tambaleándose por la calle, sin prestar atención a las grietas del pavimento. Nos preguntamos qué pensaría la gente joven que nos oyera de nuestras trasnochadas divisiones conceptuales (hetero, homo, bi, hombres, mujeres); seguro que les sonarían ridículas. Lancé la idea de que en las revoluciones generalmente los jóvenes siempre aciertan y los viejos casi siempre se equivocan, aunque V me miró con sorna y dijo: bueno, si fuera verdad, todos estaríamos viviendo aún en comunas espirituales en el Valle de San Fernando. Yo me equivocaba a los veinte, y todavía me equivoco. Equivocarse es un oficio de por vida. Nos quedamos en silencio mirando el tráfico de la calle. Desde mi última visita a París, un nuevo tipo de patinete eléctrico había invadido la ciudad, semejante a la versión infantil pero el doble de grande y hecho de metal. La gente los dejaba tirados donde y cuando les venía en gana, y luego volvía a utilizarlos, mediante una aplicación del teléfono, traduciendo esta nueva tecnología a las costumbres parisinas de antaño, así que mientras estábamos sentados en el Café de Flore vimos pasar a varias parejas de enamorados pintorescos, dos cuerpos en un solo patinete, sin casco, abrazados, igual que en otras épocas habían pasado en vespas o en bicicletas, en un Dos Caballos o en carruajes o en el remolque de un granjero acurrucados entre balas de heno.

Era muy tarde. Nos embarcamos en un cruel repaso de los hombres que habían sido guapos cuando los conocimos de jóvenes y después volvimos al tema de la edad en general, a los idilios intergeneracionales, y a si a nosotros aún nos parecían atractivos los veinteañeros. V tenía claro que sí, desde luego, aunque a veces costaba mucho escuchar sus conversaciones, mientras que yo tuve que reconocer que mi preocupación por el tiempo, por lo visto típicamente femenina, hacía que los jóvenes me resultaran más o menos invisibles, podían ser mis hijos y no era capaz de mirarlos con otros ojos. No sé por qué, ese hecho me deprimía: con la edad, y a mi pesar, incluso mis deseos se habían vuelto civilizados y decorosos. A fin de animarme, V describió a una artista francesa más mayor a quien conocía. Tenía ochenta años, viajaba por todo el mundo exponiendo su obra en distintos museos, y siempre llevaba una maletita de ruedas, llena de lencería. Presumía de sus ligues de una noche con hombres del mundo del arte, muchos en la veintena. Le dije a V que era lo más francés que había oído en mi vida. Me dio la razón y levantamos las copas a la salud de la aventurera octogenaria. Mientras nos repartíamos la cuenta hablamos de otro artista mayor, esta vez un hombre, que había perdido recientemente su galería por una serie de relaciones sexuales abusivas con hombres más jóvenes. De la síntesis que V hizo del asunto, lo que me interesó fue que «todo el mundo» sabía que el hombre en cuestión era un esclavo sumiso y sentimental que solía encariñarse enfermizamente de sus jóvenes amantes o víctimas (dependiendo de tu punto de vista) y les mandaba flores, les lloraba por teléfono, etcétera. Que en este caso el «criminal» resultara ser el que siempre recibía, nunca el que daba, era un aspecto que no aparecía ni por asomo en los artículos de la prensa, que no le atribuyó ningún interés a ese detalle, ya porque no marcaba la menor diferencia en su culpabilidad o su inocencia, ya porque tal vez resultaba invisible estructuralmente. Pero hay tantas cosas en la vida que son estructuralmente invisibles, objeté, y que no tienen forma de encajar en el relato externo de nuestras vidas. Nuestras vidas son muy diferentes por dentro. Nunca podemos expresar del todo en público su particularidad y extrañeza, su caos y su complejidad interior. ¡Quedan siempre tantas cosas que resulta imposible decir! Sí, dijo V, pero al mismo tiempo no puedes someter todo a escrutinio público, a lo que la gente ve o cree entender. En un terreno completamente distinto, por ejemplo, aquí en París yo soy chino. Mi faceta pública, que es mi cara, habla por mí antes de que yo pueda ha-

253

cerlo, y por eso según el criterio público soy chino. No puedo ir por la calle con un cartel en plan hombre-anuncio detallando mi nacimiento, mi nacionalidad, mi cultura, mi historia, la historia de mi país y demás. Sería agotador, impracticable. Pero tampoco yo me someto a su definición externa. Has de calcular bien cuánto de ti le das al césar. Evidentemente yo sé lo que soy y con el tiempo y el espacio adecuados puedo exponer y expondré los datos de principio a fin. Aunque la verdad es que no me tomo la molestia muy a menudo. Puede que sea una cuestión de sensibilidad. Por ejemplo, ¡me divierte la gente que se enfurece si pronuncias mal su nombre! Vaya adonde vaya en Francia, siempre me preguntan si la a de mi nombre es larga o corta. Me lo preguntan con apuro, como si conocieran a alguien que se cabrea muchísimo con esas cosas y no quieren cometer la misma equivocación conmigo. Supongo, continuó V, que vivir pacíficamente en una sociedad significa entender que los hechos que a otros les importan pueden ser insignificantes para ti, y viceversa. ¿Sabes a qué me refiero?

En lugar de darle una respuesta le conté que una vez fui a una fiesta donde un tipo se pasó toda la noche confundiéndome con otra mujer quizá porque las dos nos dedicamos al mismo tipo de trabajo. No lo saqué de su error a pesar de que anteriormente habíamos coincidido varias veces. Traté de ver si en el fondo me dolía, sentir lo que otros sienten, que me importara, pero en cambio sentí una extraña ligereza, como si me hubiera escaqueado de mí misma para el resto de la velada. V escuchó en silencio, y después cogió su chaqueta de lino, que no había necesitado en toda la noche, del respaldo de su silla. Creo que por eso sigo cambiando de ciudad, dijo, para seguir dándome esquinazo.

Mientras paseábamos de vuelta al hotel quise contar otra historia, algo que había sucedido durante mi viaje en tren, aquella misma tarde, de camino a París, pero no veía una manera fácil de traerlo a colación, ya que no guardaba una relación obvia con nada de lo que habíamos hablado, parecía venir de otra realidad. Aun así no podía desterrar la impresión de que era significativo. Mientras desandábamos nuestros pasos a través de la ciudad, cotilleando y bromeando, de forma inconsciente seguí buscando un rodeo sutil que derivara hacia esa historia sin parecer una egocéntrica que nada más habla de sí misma, pero antes de encontrarlo llegamos a la puerta de mi hotel. Nos despedimos con un fuerte abrazo, y subí corriendo los tres tramos de escaleras, borracha y feliz, agradecida por tener un amigo así con quien puedes hablar de cualquier cosa sin miedo. Pero mientras lo pensaba me acordé: no se lo había contado todo. No le había hablado del hombre con síndrome de Tourette que viajaba en el tren de Estrasburgo. Rondaba más o menos mi edad, aunque tenía el pelo ralo y gris y llevaba una gabardina marrón claro encima de unos pantalones y unos zapatos del mismo tono, como en un intento de que la ropa lo camuflara. «*Pour le roi!*», exclamaba el hombre, cada veinte segundos o así. «¡Por el rey!» A veces repetía la frase en intervalos mucho más cortos, sin apenas interrupción. No podía evitar decir lo mismo una y otra vez, lo único que variaba era la modulación. Podía sonar muy fuerte, o no tanto. La mujer de sesenta y tantos años que iba a su lado, a quien tomé por su madre, alternaba entre conminarlo a no hablar tan alto y contestar suavemente cada repetición, sin dar ninguna muestra de irritación: «*Oui, oui... Oui, mon amour... Pour le Roi.*» Intercambié una mirada con ella un instante; ambos iban sentados justo detrás de mí. No me cupo la menor duda, al mirarla, de que llevaba años, tal vez décadas, oyendo esas mismas tres palabras. Quizá mezcladas con otras en algún punto previo, quizá no. Me cuesta describir su mirada. No expresaba dolor, vergüenza o ansiedad. No pedía paciencia, lástima o resignación. No se mostraba tampoco ni desafiante ni airada. Ni siquiera parecía especialmente cansada. Era una cara del todo impasible. Esto es lo que hay, decía su cara. Ésta es mi vida.

El vagón iba lleno. Al comprender que el hombre no iba a parar, no podía parar, cada uno de los pasajeros (momentos después de acomodarse en su asiento) se fue poniendo los auriculares y se sumió así en un mundo privado. Hice lo mismo. Lo que habría sido una tortura de viaje hace veinte años, ahora no era un problema para nadie. Había una palpable sensación de agradecimiento colectivo a la tecnología: esa tarde nos permitiría mostrar nuestra mejor cara. No miraríamos por encima del hombro, ni resoplaríamos, ni rezaríamos por dentro para que aquella desdichada familia se bajara del tren. Sonreiríamos y ocuparíamos nuestros asientos con una expresión compasiva, dando a entender que no teníamos ninguna objeción a compartir nuestro espacio con quienes sufren trastornos mentales. Mientras que otros seguramente escuchaban música o un pódcast o películas o audiolibros; elegí sumergirme en el «ruido marrón», un cálido sonido estático a todo volumen que me permitió leer mi novela en paz, sin interrupción alguna. El tiempo pasó volando. Antes de darme cuenta estaba en París con ganas de ver a mi amigo, y al quitarme los auriculares me sorprendió entrar de nuevo en una realidad de la que me había olvidado y que había persistido mientras yo visitaba otra. En esta realidad, el tiempo no se podía esquivar, ni eludir, ni borrar. Sólo se podía soportar. Porque la única salida de aquel hombre seguía siendo decir *«Pour le roi!»*, repetirlo a cada momento, a veces a gritos, a veces no, mientras la mujer sentada a su lado, que bien podría haberse quedado callada, ofrecía cada santa vez su respuesta queda, sobria: «Sí, sí... Sí, mi amor... Por el rey.» No como si se tratara de un giro involuntario, en esencia vacío, como el gañido de un animal, sino como una expresión humana que todavía conservara un atisbo de significado por minúsculo que fuera.

Ahora más que nunca

Tenemos un deseo apremiante de ser buenos. De que vean que somos buenos. De que nos vean. También de ser. La maldad, la invisibilidad, las cosas como son en realidad frente a lo que aparentan ser, la muerte misma: esas historias ya no se llevan. Esto fue básicamente lo que le expliqué a Mary. Mary, le dije, la verdad es que todas esas cosas que acabo de mencionar ya no se hacen, y además, ahora que sale el tema, tu nombre no está de moda, nadie se llama Mary hoy en día, me duele hasta pronunciar ese nombre... Ahora que lo pienso, ¿podrías largarte de aquí de una maldita vez?

Mary se marchó. Y llegó Scout: un gran avance. Scout se implica mucho y es muy activa. Está en todas las redes y rara vez no es una de, digamos, las primeras trescientas personas en enterarse de algo. En cambio, cuando yo me enteré antes de algo fui el número diez millones doscientos seis en el contador de visitas. Evidentemente hay una brecha considerable entre Scout y yo, por eso mismo aprecio tanto que pase a verme y me traiga noticias. Y según Scout, la noticia era (¿es?) que el pasado ahora también es el presente. La invité a que acercara un taburete a la barra estilo retro de mi cocina y me diera más pistas. La luz aquella tarde era preciosa, desde la undécima planta donde vivo se alcanzaba a ver el Hudson y me llenó de optimismo y ganas de que me instruyera. Pero Scout fue cauta. Creyéndome incapaz tanto para el pensamiento transhistórico como para el dominio de las plataformas, dejó en la encimera una bolsa de lona del Club Deportivo de Nueva York y sacó dos títeres hechos a mano ofensivamente toscos. El primero representaba a un ser humano femenino, aunque tenía unos brazos largos, larguísimos, al menos tres veces la longitud de su cuerpo, y no tenía nariz. El otro era una especie de huso triangular con una cara pintarrajeada por ambos lados y un hilo colgando de las puntas que yo juraría haber visto en algún sitio antes. Scout hizo una demostración bastante detallada en la que no entraré de lleno ahora, pero que se sintetizaría en una palabra: coherencia. Has de remontarte atrás, explicó, muy atrás en el pasado (de ahí esos brazos tan largos) y asegurarte de que cuando alcances ese punto todavía entenderás todo exactamente igual que como entiendes todo en el presente. Porque si resultara que no (o sea, si, después de indagar un poco, alguien hallara pruebas de que tu yo-presente está desfasado sin remedio de tu yo-pasado), simplemente tendrías que encontrar alguna manera de restablecer la conexión y deberías hacerlo sin fisuras. No con dos caras o con dobleces (como este tipo, el del huso triangular), sino sin fisuras, porque de lo contrario te metes (y estarás metida) en toda clase de líos. Sin fisuras. Sin fisuras. Momento en el cual a las dos nos entró hambre e hicimos una pausa para pedir dos cuencos de poke.

—Aquí hay una pregunta para ti respecto a la coherencia —dije apoyando los codos en la barra—. Conozco a una mujer que es la fabulosa directora de una gran empresa, se llama Natalia Lefkowitz. Ella ha cuadrado totalmente el pasado con el presente, todos la admiran y no sólo perciben su bondad, sino que realmente hace el bien en el mundo y ayuda a muchas personas: suministra agua potable, combate la desigualdad en el empleo, ofrece bajas de maternidad y un sinfín de beneficios indiscutibles para las mujeres aquí, allá y en todas partes. Pues resulta que ayer recibió este mensaje.

Le enseñé a Scout el mensaje que había recibido en mi teléfono de parte de alguien llamado Ben Trainor, al parecer un ex novio de Natalia, cuyo hijo (o sea, el hijo de Natalia) asistió a mi curso sobre Kafka y Kierkegaard hace unos años. Según ese tal Ben Trainor, en un pasado próximo Natalia tenía vicios que no eran congruentes con su forma de vida actual. Vicios como sodomizar a Ben Trainor mientras fingía ser su madre. También lo llamaba «papi» mientras él fingía retenerla como su esclava sexual en un zulo bajo el suelo de su propia cocina en East Hampton. Ambos habían accedido a dar rienda suelta a estas fantasías opuestas, pero cuando rompieron, a Ben se le ocurrió que, si bien no había contradicciones entre su vida pública y su conducta privada (era el gerente de un bar fetichista en Rivington), sin duda existía una antigua brecha entre la superioridad moral de la que alardeaba Natalia en su faceta profesional y las estrafalarias perversiones de las que disfrutaba a puerta cerrada. En opinión de Ben, esos oscuros deseos «traspasaban los límites de las fantasías eróticas para rozar lo anormal o patológico». Por esa razón estaba mandando mensajes para contárselo a todos los contactos registrados en la agenda de Natalia.

—Scout —le pregunté—, ¿crees que esa mujer debería estar asustada?

—¿Si yo creo que debería estar asustada? ¿Ésa es tu pregunta?

—Ésa es mi pregunta.

Scout recogió sus títeres y se marchó acusándome de ser una frívola y una necia incapaz de interpretar el clima actual. Ni siquiera llegamos al poke. A veces creo que no hago las preguntas acertadas.

En el edificio de apartamentos donde vivo, como en muchos a lo largo y ancho de la ciudad, tenemos esta nueva costumbre. Nos ponemos delante de nuestras ventanas, todos, desde la segunda planta a la decimoséptima, y exhibimos unas pancartas con flechas negras dibujadas. Las flechas señalan a otros apartamentos. En nuestro caso, a los apartamentos de nuestros colegas de la universidad. Los únicos que se abstienen son los pocos marxistas que quedan (más que nada en el Departamento de Historia, aunque también tenemos algunos en Filología y Sociología), a quienes les gusta argüir que toda la operación es en esencia estalinista. Que viene a ser como llamar Mary a una criatura. ¿Quién usa ese tipo de lenguaje hoy en día, vamos a ver? Bendelstein, Eastman y Waite me señalan a mí. (Un movimiento puramente defensivo; no he hecho nada malo y no soy nadie: ellos sólo intentan desviar la atención de sí mismos.) Yo señalo a Eastman, que habita un estudio pequeño y húmedo con moqueta de cachemira. Sí, desde mi reveladora charla con Scout he decidido unirme a la mayoría de mis colegas del Departamento de Filosofía y señalar a Eastman porque ¿quién no sabe lo de Eastman? Que Eastman aún tenga trabajo no se entiende, la verdad. ¡No sólo no cree que el pasado sea el presente, sino que va más allá y asevera que el presente, en el futuro, nos parecerá tan disparatado, en el presente, como el pasado nos parece ahora mismo! Para Eastman, sin duda, sólo es una cuestión de tiempo.

Quedé con la joven Scout para ir al Forum. Sentía que habíamos tomado un mal rumbo y quería reencauzar nuestra amistad. No me gusta que haya esos roces entre generaciones. Fuimos a ver *Un lugar en el sol*, protagonizada por Montgomery Clift, Elizabeth Taylor y Shelley Winters. Con esto no pretendo sólo hacer la gracia: Shelley Winters me da auténtica pena. Y si habéis visto esa película, que es un desfile de belleza donde han puesto a la pobre y sosa Shelley Winters como contrapeso, entenderéis por qué la minúscula fuente de ocho puntos es una representación justa y precisa de la situación. El antihéroe de esta historia, por una extraña coincidencia, se llama Eastman. George Eastman. El papel lo interpreta Clift, que siempre me da ganas de teclear la palabra *febril*. Se diría que su propia belleza es la que lo pone enfermo. (Cuando le mencioné esto, Scout me preguntó por qué pensaba que cosificar físicamente a los hombres era distinto de cosificar a las mujeres. No encontré una respuesta. Volví a devorar palomitas.) George Eastman es el pariente pobre de la Costa Este que visita a su familia rica de California, familia propietaria de una grande y próspera empresa de bikinis. El joven Eastman se crió en una misión cristiana con una madre muy religiosa: hacía proselitismo y seguramente pedía limosna por las calles con una hucha

263

de hojalata, pero ahora ha ido al Oeste a solicitarle un empleo a su viejo tío Eastman. Para resumir, se enamora de dos chicas.

Una de ellas es dulce, del montón, honrada y de clase baja: Shelley Winters. Shelley trabaja con él en la fábrica empaquetando bikinis en bolsas y da la casualidad de que no sabe nadar. (Ese detalle será importante más tarde.) La otra es la deslumbrante Elizabeth Taylor: rica, de clase alta, amiga de la familia Eastman. Al ver que no tiene ninguna posibilidad con Taylor, George empieza a salir con Shelley aunque en la fábrica están prohibidas las relaciones entre empleados y si los descubren los pondrán de patitas en la calle. Por desgracia, Shelley se queda embarazada. A veces cuesta seguir el hilo porque la película se rodó en 1951 y todo se sepultaba bajo el código Hays. Nadie dice «embarazada» o «quiero abortar». Mas a pesar de los cortes decorosos y el lenguaje eufemístico, todo se sobreentiende. Dos jóvenes solteros, sin dinero, que apenas se conocen, están a punto de tener un bebé que ninguno de los dos desea. ¿Qué salida hay? Shelley cree que la única solución es casarse. George no quiere. En medio de la crisis, George se cruza de nuevo con Taylor y esta vez ella advierte que se parece a Montgomery Clift y se enamora perdidamente de él. Así que ahora Shelley es un problema. Hay que librarse de Shelley. Pero ¿cómo?

Para distraerse de esa acuciante pregunta, George acepta una invitación a la casa que los padres de Taylor tienen en la playa y allí pasa un fin de semana a lo grande, bronceado, guapo y feliz, sin parecerse en nada al pobretón de Chicago que iba por las calles rogando a los perdidos y los pecadores que se acogieran al seno de nuestro señor Jesucristo. Mientras veíamos este episodio de la historia, Scout me preguntaba al oído: «¿Montgomery Clift rodó esta película antes o después de su accidente de coche en la vida real?» La verdad es que no supe qué decirle. Cuando pensaba que la había rodado después, de pronto le veía unas marcas extrañas en la cara: un corte en la mejilla o la enorme cicatriz de una herida en el cuello. Entonces, cuando pensaba que había sido antes, su cara me parecía perfecta, como si Dios de algún modo hubiera combinado a Brando y a Dean en un delicioso sándwich de hombre.

En un momento dado, mientras George todavía está en la playa intentando olvidar sus tribulaciones, Shelley Winters lo llama desde la estación de autobuses y le dice que si no se casa con ella enseguida, se presentará en esa casa de la playa, lo delatará abiertamente y le joderá la vida por completo. Él se excusa con Taylor y su familia y sale al encuentro de Shelley. Van al registro civil a casarse, pero está cerrado. Para tranquilizarla, George sugiere ir de pícnic, al bosque, junto al lago, y quizá es entonces cuando recuerda la vez en que ella le contó que no sabía nadar. Alquila un bote de remos (bajo un nombre falso) y la lleva lejos de la orilla, aparentemente con toda la intención de matarla. Y la cuestión es que ella muere ese mismo día, en circunstancias turbias. Tienen una discusión acalorada; el bote vuelca; los dos caen al agua y acto seguido vemos a George saliendo a rastras del lago. ¿Ha intentado salvarla? ¿Se ha alejado sin más? ¿Le ha hundido la cabeza debajo del agua? ¿Ha sido asesinato en primer grado? ¿O en algún otro grado? ¿Ha sido de verdad un asesinato? No podemos saberlo. Nunca lo sabremos. George vuelve a su paraíso de fin de semana. Casualmente, la doncella negra de los padres de Taylor está preparando el almuerzo.

Solamente la ves en tres o cuatro instantes en la película y apenas habla, pero digamos que acaparó toda mi atención. Me asombraba que actuara como si estuviera involucrada en cuerpo y alma en el drama que se desarrollaba en la casa campestre de los padres de Taylor pese a que, según la versión de los sucesos que bullía en mi cabeza, el hermano ficticio de esa criada ficticia fue una de los miles de personas linchadas en la vida real durante la primera mitad del siglo XX. Cada vez que la doncella aparecía me inventaba sobre la marcha unas líneas de diálogo y se las susurraba a Scout al oído: «Sí, señorita, ahora traeré el postre. Verá, a mi hermano lo lincharon hace poco, en Arkansas, pero me doy cuenta de que aquí se cuecen temas más importantes... Enseguida lo tendré a punto.»

Se me escapó una especie de risa fea mientras improvisaba, pero sabía que nada de lo que hiciera en el presente podría mejorar o cambiar ese hecho de la ficción; no, lo único que podía hacer era recordarlo y decirme que lo estaba recordando: para que no se olvidara, aunque tomando nota mental de que el sufrimiento carece de propósito en la realidad. Para quien sufre, el sufrimiento es puro dolor. El sufrimiento sólo adquiere para los demás algún propósito o significado simbólico. Seguro que ningún linchado pensó: bueno, al menos esto llevará de manera inexorable al movimiento por los derechos civiles. Temblaron, sufrieron, gritaron y murieron sin más. No hay nada menos simbólico que el dolor.

Hay una escena clave, después de que mi estoica doncella ha retirado la mesa del almuerzo, donde Taylor, George y un montón de gente feliz, joven y rica se montan en una flamante lancha que está zarpando del muelle. Allá van, exultantes y sonriendo con su perfecta dentadura americana. Mientras tanto nosotros, tensos en las butacas del Film Forum, nos quedamos en un primer plano del embarcadero, donde hay una radio, y oímos la noticia mientras los jóvenes felices se alejan retozando. Nos enteramos de que Shelley Winters ha muerto en un lago, que la policía cree que se trata de un asesinato y que va tras las huellas del criminal. Así que todos los que van en esa lancha, incluida Elizabeth Taylor, pronto sabrán que George Eastman, alias Montgomery Clift, es culpable y está metido hasta el cuello en un buen lío, o al menos hasta cierto punto, quizá en última instancia imposible de conocer. Al acabar vi que sin darme cuenta le estaba apretando la mano a Scout y lloraba en silencio.

Al salir del cine, Scout me preguntó si de forma instintiva simpatizaba con los ricos y los felices. Le dije que no entendía la pregunta. Me dijo que lo plantearía de otro modo: simpatizas instintivamente con los victimarios y no con las víctimas. Puesto que eso no era tanto una pregunta como una afirmación, sólo me quedó añadir una afirmación a la suya. Le dije: en el Departamento de Filosofía de nuestra universidad opinamos que, al igual que hay grados de pecado o de error, hay grados de simpatía. No es un juego de suma cero o no solía serlo en el pasado. Bueno, he ahí tu problema, dijo Scout. Tienes dos caras, estás mirando hacia el lado equivocado y si no te andas con ojo vas a pasarte de la raya.

Se fue hacia la línea 1 del metro y yo caminé a duras penas de vuelta a mi casa reparando en el hecho de que no iba a ver más películas en el Forum durante una temporada porque cerraban todo el verano para añadir una

267

cuarta pantalla. Eso es lo que necesito, pensé mientras andaba. Una cuarta pantalla. Si tuviera una cuarta pantalla, la realidad no podría colarse a través de las grietas y me permitiría vivir sólo en el plano alegórico y entonces todo sería sin duda más fácil. Había llegado a La-Guardia Place cuando me di cuenta de que casi todo el mundo en el sexto piso estaba apuntando con sus flechas hacia arriba, directamente a mi apartamento, aunque yo ni siquiera estaba allí. Montgomery Clift no es rico ni feliz. Es culpable. Instintivamente simpatizo con los culpables. Ése es mi secreto inconfesable.

En medio de ese clima, me escribió un estudiante de secundaria:

> Estimada profesora:
> Soy un estudiante de secundaria en South Bend, Indiana. Estoy muy intrigado por su uso de la metáfora en el artículo que publicó hace poco en *Philosophy Today*. Pero ¿por qué decidió que la metáfora fuera tan obvia? ¿Y por qué no quiso tomar partido de verdad (a favor o en contra) designándolo de forma explícita? ¿Y por qué optó por omitir su nombre si está tomando partido?
> Gracias,
> UN ESTUDIANTE DE SECUNDARIA

Le contesté por escrito:

> Estimado estudiante de secundaria:
> ¿Has visto el vídeo de marras? Pues un poco es lo mismo. Algunas cosas son tan obvias que la metáfora sutil es imposible. En ese vídeo, por

ejemplo, no tenía sentido ser sutil sobre la violencia financiada por el Estado que se inflige a los negros en este país: la única manera era mostrarla explícitamente. Y cuando vimos a toda esa gente bailando en primer término, volvió a ser la metáfora más obvia posible, a saber: mientras estás viendo a esos negros bailando y entreteniéndote, otros negros están muriendo.

En cuanto a tu otra pregunta, supongo que me da la impresión de que algunas cosas son tan viles o perversas o despreciables que a duras penas merecen un nombre. Darles un nombre sería honrarlas más de lo que merecen. Véase también «el-que-no-debe-ser-nombrado».

Atentamente,

LA PROFESORA

Esto no satisfizo particularmente al estudiante de secundaria y entiendo por qué. Al margen de cualquier otro motivo, fui el número diez millones doscientos seis en el contador de visitas del vídeo, así que mis comentarios al respecto se descartaron sin grandes esfuerzos. Y hasta nuestro Señor llamaba al diablo con una variedad de nombres eufemísticos. Además, los adolescentes tienen olfato para detectar la verdad. (La verdad es que yo no quería que me deportaran.) A la semana siguiente, sin alusión alguna a nuestro intercambio previo, el estudiante de secundaria golpeó de nuevo:

¡Eh, profesora, soy yo! Vengo a darle la lata otra vez. En clase de lengua nos han pedido que escribamos una nota comparando ciertas épocas de la literatura y qué dirían sus autores en respuesta al monólogo de Hamlet sobre la quintaesencia del polvo. El 99,9 % de los autores están muertos, pero usted está vivita y coleando. He pegado el monólogo aquí abajo por si no lo recuerda bien o no lo tiene a mano. ¡Muchas gracias por su tiempo!

Últimamente, no sé por qué, he perdido la alegría, he dejado todas mis actividades; y lo cierto es que me veo tan abatido que esta bella estructura que es la Tierra me parece un estéril promontorio. Esta regia bóveda, el cielo, ¿veis?, este excelso firmamento, este techo majestuoso adornado con fuego de oro, todo esto me parece nada más que una asamblea de emanaciones pestilentes e inmundas. ¡Qué obra maestra es el hombre! ¡Qué noble en su raciocinio! ¡Qué infinito en sus potencias! ¡Qué perfecto y admirable en forma y movimiento! ¡Cuán parecido a un ángel en sus actos y a un dios en su entendimiento! ¡La gala del mundo, el arquetipo de criaturas! Y sin embargo, ¿qué es para mí esta quintaesencia del polvo?
¡Gracias!

EL ESTUDIANTE DE SECUNDARIA

Le contesté:

Estimado estudiante de secundaria:
Yo diría que tiene la típica crisis de los veintitantos.
Atentamente,

LA PROFESORA

P.D.: Sé que no es gran cosa, pero, por otro lado
(ya lo dices) casi todos los demás están muertos
y yo estoy vivita y coleando.

Me topé con alguien en Bleecker Street que se había
pasado de la raya. Me apeteció conversar con él y eso
hice. Mientras hablábamos yo no dejaba de pensar «pero
tú te has pasado de la raya» y sin embargo, en lugar de
que eso nos disuadiera, empezamos a hablar más y más
desaforadamente, farfullando como un par de maníacos
sobre una barbaridad de temas: la vergüenza, la ruina, la
humillación pública, la destrucción del prestigio (esa parte inmortal de uno mismo), el desprecio de la propia esposa, de los propios hijos y de los colegas, la patología
personal, la visibilidad, las ideas suicidas y todo el mam-
bo. Pensé: quizá si algún día me paso de la raya del todo
y para siempre, también me sienta extrañamente libre.
De expectativas. De las opiniones ajenas. De muchísi-
mas cosas.
    —Es como la cárcel —dijo no sin un cierto regoci-
jo—. No ves a nadie y puedes escribir muchísimo.
    Si os estáis preguntando dónde se situaría ese hom-
bre en la escala de maldad que va del uno al diez, en mi
opinión (y por consenso general) está rondando entre
un dos y un tres. No tuvo tanto «víctimas» como «partes
indignadas». ¿Y si hubiera tenido víctimas? ¿Habría ido
a hablar con él? Pero sin duda en ese caso, en un mundo ideal (después de que un tribunal lo juzgara) habría ido
a la cárcel o, si tenéis ideas más abiertas sobre el delito y
el castigo, a un centro terapéutico que corrija a los individuos cuando éstos maltratan al prójimo. ¿Habría ido
a visitarlo a la cárcel? Probablemente no. No sé conducir
y además nunca me he ofrecido a participar en uno de

esos programas donde unos sujetos muy sentimentales influidos por las Sagradas Escrituras consideran que todos los seres humanos son en el fondo víctimas unos de otros y de sí mismos y por eso visitan voluntariamente incluso a los peores criminales y les llevan ejemplares de los Evangelios y también jerséis tejidos a mano. No era ése el caso que nos ocupaba. Él se había pasado de la raya, no yo. Nos dijimos adiós, regresé a mi edificio y permanecí lejos de la ventana toda la tarde porque no estaba de humor para pancartas o para flechas. En ese instante (la semana pasada) no sabía en qué punto de la escala estaba. Pronto iba a descubrirlo. ¡Muy pronto! Pero en ese momento, en el presente del que os estoy hablando, veía a través de un espejo, veladamente. Como vosotros tal vez. Como muchos otros.

Entonces cometí un error. Fue ayer, o sea que si estáis en la misma onda que Scout lo más probable es que ya os hayáis enterado. (Scout me mandó un correo electrónico al cabo de quince minutos para decirme que lo sentía y también para avisarme de que no volvería a mandarme ningún correo electrónico.) Ocurrió así: uno de nuestros poetas dijo algo escandaloso, algo que se pasaba de la raya. Es uno de los poetas más nuevos (de la rama musical) y por eso sus palabras tienden a llegar a todas partes flotando entre nuestros bloques de pisos, elevándose por encima de la ciudad. La gente se quedó consternada, furiosa. Todas las flechas lo señalaron. Y yo dije: mirad, políticamente tenéis derecho a enfadaros, pero existencialmente os equivocáis; existencialmente este poeta en particular sólo quiere que seamos libres. En realidad ni siquiera es un poeta, es un filósofo. Sí, eso dije: es uno de nosotros. Pero entonces el propio poeta dijo que la filosofía no sirve para nada y también que, ya puestos, sentía bastante simpatía por el diablo (a quien a veces llamamos «el adversario» y a veces no nombramos) y luego dijo que se alegraba de que quien-no-debe-ser-nombrado hubiera llegado al poder porque admiraba su energía o su incapacidad para distinguir entre el pasado, el presente y el futuro. Cancelaron al poeta poco después, y algo más tarde a mí también.

Grand Union

Después de chillarle a mi hija de seis años hasta el punto de que se arrojó sobre la cama y se echó a llorar, sentí la necesidad de salir de casa e ir a ver a mi madre. Ella estaba muerta y en el cielo, pero por una cuestión de conveniencia quedamos en la puerta de la pollería que hay al final de Ladbroke Grove. En ese momento fue el lugar más negro que se me ocurrió. Nos sentamos juntas en los escalones del Golden Dragon. Chicos y chicas pasaban por delante de nosotras en busca de sus salteados y su salsa sichuán. Mi madre y yo nos miramos. Para estar muerta se la veía fantástica. La muerte no podía marchitarla. Era tan sólo una en la larga lista de las cosas que no podían marchitarla. Llevaba sus rastas envueltas a la perfección en un recogido alto e imponente. Nunca cenicienta, su piel oscura resplandecía. Era la viva imagen de la reina Nana en el billete de quinientos dólares jamaicanos.

No es una coincidencia, me advirtió cuando le mencioné el parecido. Con la muerte me he convertido en Nana, la reina de los cimarrones. O sea, siempre lo fui, pero ahora se ha revelado. Okey, dije, pero ella me regañó por usar un americanismo y me preguntó si aún vivía en aquellas diabólicas tierras. Le tuve que confesar que sí, pero había venido desde allí cruzando el océano sólo para conversar con su espíritu. Bueno, ahora eres asante, me dijo, y me alegré de oírlo porque siempre lo había sospechado. De todos modos chasqueé la lengua con el fin de dejar claro que, como todas las hijas guerreras, quería más de mi madre guerrera, mucho más, y que nunca me cansaría. Mi madre también chasqueó la lengua indicando que lo entendía.

Juntas contemplamos la escena. Nos rodeaban los detritos del carnaval: latas de Red Stripe, restos de empanadas de cordero, silbatos rotos, brillantes de fantasía para adornarse la cara, plumas sucias y simpáticas tarjetas de la policía describiendo el protocolo correcto para la detención y el cacheo, informándonos sobre los límites de sus poderes. ¡Ah, el carnaval! Mientras bailamos al sol de agosto es estupendo, una alegría pegajosa, el dulce papel atrapamoscas de la vida, pero luego llega la noche, la policía nos mete prisa para que nos vayamos a casa, observamos las calles devastadas y pensamos «¿de verdad volveremos a soportar toda esta mierda el año que viene?». (Nana ha ido al carnaval cada año desde 1972.) O quizá sólo yo lo pienso. (Nunca me han quedado claras las fronteras que me separan de los demás.) Tal vez todos los ciclos deben respetarse.

Las mujeres de nuestra familia, anunció mi madre, no reconocen a las mujeres de nuestra familia. La verdad es que me pareció una afirmación simplona y tautológica, así que entré a pedir pollo. El local es chino, pero simpatizan con su clientela, de modo que ese día estaban vendiendo falso pollo a la jamaicana con arroz y guisantes y dos tenedores de plástico. Me fijé en que la hija de los dueños suspiró cuando la dueña madre le criticó en cantonés acelerado la técnica empleada para cerrar la caja de porexpán. Una vez conocí a una muchacha llamada Hermione cuya madre nunca se sentaba para comer. Pasaba directamente de cocinar a limpiar y si alguien intentaba que fuera a la mesa ella decía, «oh, no, no, no, estoy bien aquí con mi platito», y recogía y lavaba lo de todo el mundo y picoteaba de aquel platito como un pájaro, un bocado cada media hora, pongamos, hasta que la comida se quedaba fría y se formaba una capa encima. Entonces la mujer tiraba las sobras a la basura y lavaba ese platito también. Era su manera de mostrar cariño y a mí me parecía tan exótica que me fascinaba. Fui a su funeral. Setecientas personas se levantaron para cantar al unísono «¡*siempre pensaba en los demás, nunca en sí misma!*». Aun así, sólo puedes conocer de verdad la sangre en la que nadas.

Cuando volví afuera, mi madre había adoptado la postura de una vieja hechicera obeah: en cuclillas con las piernas muy separadas, las faldas colgando en medio y los pies abiertos como un pato. Seguía estando fantástica. Muchas veces se había lanzado a comer directamente de mi plato antes incluso de que yo levantara el tenedor, pero entendí por qué en una ocasión los arahuacos acudieron a ella en manada. Si estás al borde de la extinción, tan sólo Nana podrá salvarte. Y sin embargo, ni siquiera sabes cantar una nota, le dije a mi madre (por fin me decidía a ir al grano), y en cambio mi hija canta con el alma, con el alma de verdad, y sospecho que me preocupa el sentido que tiene eso. Entonces mi madre y las demás hechiceras del barrio se echaban a reír a carcajadas viendo cómo las inquietudes brotan en suelo húmedo y fértil, aunque rara vez se molestan en florecer donde reinan las sequías que ellas habían conocido.

A ver, si le preguntaras a Billie Holiday, dijo mi madre, ella te diría con los ojos cerrados: «Nadie canta la palabra *hambre* como yo. Ni la palabra *amor*.» Eso no es una excusa por nada, aclaró mi madre, es sólo un hecho. Y eso que, como bien sabes, hija mía, personalmente no soy muy fan de Billie. ¡Rodigan es mi amor en la música, antes, ahora y siempre!

Me puse de pie. Le dije que la quería. Fui paseando hasta el Grand Union Canal, que bien podía ser uno de esos cauces por donde fluye el agua que todas las hijas del mundo beben sabiendo que no han de beberla. No pueden evitar los malos tragos. ¿Déjala correr? Por esas mismas aguas navegan los americanismos, pero también el amor y el reconocimiento a la historia y la vastísima sombra de las Montañas Azules en cuya cima encontraréis a mi abuelo cimarrón, que nunca muere, un desmuerto, un desmuerto que vive eternamente entre sus pollos y sus cabras, sus parcelas de tierra disputada, sus docenas y docenas y docenas de hijos diseminados fuera de casa, entre los cuales unas cuantas niñas intrépidas se abren camino por la ladera en sombra de la montaña siguiendo los pasos de mi madre y de la madre de mi madre y de la madre de la madre de mi madre avanzando a la velocidad necesaria, no siempre de la mano.

Agradecimientos

Tash, Devorah, Chris, Dave, Georgia, Jonathan, Ann, Dev, Cressida, Ben, Darryl y Simon mejoraron estos relatos de una manera u otra. Gracias.

Gracias a Nick por leer la versión original de *Grand Union* y enviarme río arriba por un curso distinto.

Y gracias a Yvonne, mi madre, por recordarme a Kelso Cochrane en el momento justo.

Referencias

p. 99: parodia basada en la canción *Something's Gotta Give*, de John Mercer, 1954, que empieza con la estrofa: «*When an irresistible force such as you / Meets an old, immovable object like me / You can bet as sure as you live / Something's gotta give, something's gotta give / Something's gotta give.*»

p. 130: W.E.B. Du Bois, *Las almas del pueblo negro*, traducción de Héctor Arnau, Madrid, Capitán Swing, 2020.

p. 150: A.E. Housman, «It is No Gift I Tender», en *A Shropshire Lad and Other Poems: The Collected Poems of A.E. Housman*, Londres, Penguin Classics, 2010.

p. 152: fragmento de «I Dreamed a Dream», del musical *Les Misérables*, Alain Boublil, Claude-Michel Schönberg, Herbert Kretzmer y Jean-Marc Natel, editado por Alain Boublil Music Limited/Editions Musicales Alain Boublil, 2012.

p. 199: T. S. Eliot, «Miércoles de ceniza», en *Poesías reunidas. 1909-1962*, versión de José María Valverde, Madrid, Alianza, 2000.

p. 215: «What it is I Think I'm Doing Anyhow», Toni Cade Bambara, en *The Writer on Her Work*, editado por Janet Sternburg, Nueva York, W. W. Norton & Company, 1980.

p. 218: «A Humanist View» (Una visión humanista), Toni Morrison, discurso de la Colección de Oradores Públicos de Oregón en la Universidad Estatal de Portland, «Black Studies Center public dialogue, Part II», 30 de mayo de 1975.

pp. 224-225: Patrick Digby, citado en el *Daily Express*, 21 de mayo de 1959.

p. 226: Francis Ponge, *La Table*, París, Gallimard, 2002.

p. 227: Paul Gilroy, *Between Camps: Nations, Cultures and the Allure of Race*, Londres, Routledge, 2004; *Against Race: Imagining Political Culture Beyond the Color Line*, Cambridge, Mass., The Belknap Press, de Harvard University Press, 2000.

p. 270: William Shakespeare, *Hamlet*, Barcelona, Penguin Clásicos, 2015.

Procedencia de algunos de estos relatos:

«El Río Vago», en *The New Yorker*, 18 de diciembre de 2017.
«A la perfección», en *Granta*, 6 de abril de 2013.

«La señorita Adele entre corsés», en *Paris Review*, primavera de 2014.

«Huida de Nueva York», en *The New Yorker*, 8 de junio de 2015.

«Semana crucial», en *Paris Review*, verano de 2014.

«¡Conoce al presidente!», en *The New Yorker*, 12 de agosto de 2013.

«Dos hombres llegan a un pueblo», en *The New Yorker*, 6 de junio de 2016.

«Ahora más que nunca», en *The New Yorker*, 23 de julio de 2018.